最後的醫生仰望櫻花想念你

最後の医者は桜を見上げて君を想う

二宮敦人

王蘊潔 譯

目錄

武藏野七十字醫院是一家區域重點醫院，有三棟九層樓的白色建築組成。位在二樓角落面談室的門敞開了一半。

毫無情趣可言的房間內只放了桌子、椅子和白板而已，四個人一臉沉痛的表情坐在椅子上，其中一人是老年病患，睡衣外穿了睡袍，其他三個人是他的家屬，分別是老人的妻子和兒子、媳婦。

他們聽到踩著像鐘擺一樣正確節奏的腳步聲漸漸靠近。

「讓各位久等了。」

腳步聲在面談室前停了下來。桐子修司用力推開了門，走進室內。他坐下時，白袍的袖子搖晃了一下。他個子不高，皮膚白淨，虹膜的色素量很少，顏色很淡。這個外形看起來有點中性，不時散發出淡薄印象的醫生看了在場的四個人後說：「我是桐子，各位是希望面談的橋田先生和橋田先生的家屬吧？」

「是，醫生，請問……」

「各位想要確認目前的病情和今後的發展，是嗎？」

他完全沒有寒暄，就直接進入正題。四個人都倒吸了一口氣。桐子毫不猶豫地繼續說了下去。

「我看了病歷，可以說，比現狀有所改善的可能性幾乎是零。再加上橋田先生已經高齡，所以估計餘命差不多半年左右。接下來的問題就是能夠延長多久。」

「呃……」

家屬都說不出話，桐子並不理會，看著老人的眼睛問：

「橋田先生，你希望怎麼死？如果使用抗癌劑，應該可以延長幾個月的壽命，但這幾個月都必須住院。完全改為安寧護理，更有意義地使用剩餘的時間，也不失為一種方法。」

「等、等一下！」

在一旁聽桐子說明的兒子探出身體。

「目前正在使用抗癌劑進行治療……聽主治醫生說，數值有小幅度的改善。」

「是啊，並沒有惡化，但這種程度的反應無法期待病情緩和。在醫學上，已經是無可救藥了。目前所進行的治療本質，只是在祈禱奇蹟發生的同時拖延時間。」

桐子看著手上的資料。

「怎麼會！怎麼會！我爸爸好不容易考取了夢寐已求的船舶執照……終於有了自己的時間，正要開始好好享受人生，能不能想想辦法治好他的病？」

「沒辦法。如果有的話，我就會告訴你們。」

「但是！不是經常聽到使用蕈菇萃取物抗癌很有效，或是採用質子射線療法，還有、那個花草……有沒有什麼有效的方法？你們有沒有研究過？」

「沒有。目前使用的抗癌劑就是有科學根據，而且也認為有效的治療方法，這種抗癌劑無法阻止病情惡化，事情就這麼簡單。目前的病情已經不是討論會不會死的階段，這根本是在浪費時間。死亡已經是不可避免的事，你爸爸明年就不在了。所以要不要來討論一下如何運用死亡之前所剩不多的時間這個問題？我身為專家，將會力所能及提供各種協助。」

「你、你！竟然哪壺不開提哪壺……什麼死不死的，在我爸爸面前說這種話！我們聽說無論任何疑難重症，這裡的醫生都願意提供諮商，所以抱著一線希望特地來這裡，沒想到你竟然說這種話，真是太過分了……」

橋田的兒媳雙眼通紅地說，桐子一臉訝異的表情繼續說了下去。

「橋田先生對你們很重要，對不對？」

「廢話！」

「正因為他對你們來說是很重要的家人，所以我認為必須認真面對死亡的問題。」

他語帶冷靜地說的這句話，徹底惹怒了家屬。

家屬紛紛面紅耳赤地吵了起來，面談室內一片吵鬧聲。桐子面不改色，好像在看戲般看著眼前的景象。他完全無法理解這些人為什麼情緒這麼激動。

只有病人一臉蒼白地沉默不語。

外面的天氣很不錯，但今天風很大，福原雅和看著被風吹動的法國梧桐，大步走在連接兩棟大樓的走廊上。他個子高大，身材壯碩緊實，一身健康的黝黑皮膚，端正的臉上有一雙令人感受到強烈意志的眼睛。他筆直前進，不時和擦身而過的職員和病患點頭打招呼。

「你根本不瞭解別人的感受！我們再也不來這家醫院了！」

走廊上突然響起怒吼聲。福原朝那個方向一看，發現幾個家屬從北棟面談室衝了出來。家屬面紅耳赤，怒不可遏，一個女人捂著哭腫的臉，在身旁男人的攙扶下才能勉強走路。

「怎麼了？」

福原急忙跑過去問。

女人看到眼前高大的男人嚇了一跳，看到他胸前的名牌上寫著「外科 福原雅和」，立刻用求助的語氣說：

「你們醫院的醫生說我爸爸快死了。」

「什麼？」

「而且說了不止一次。被他這麼一說，原本可以治好的病也治不好了……一旦醫生也放棄，我們就真的走投無路了。你們打算就這樣把深受病痛折磨的病人棄之不顧嗎？」

「請妳別激動。啊，你是……住在血液內科病房的橋田先生吧？我記得你目前正在進行IC療法的第一個療程。」

福原輕輕扶著那個女人，看著她身旁穿睡衣的病人說。

「你知道我爸爸？」

橋田的兒子對第一次見到的醫生竟然掌握了父親的病情感到很驚訝。

「因為我是副院長，所以會努力掌握住院病人的情況，但也只是瞭解大致的情況而已。」

「副院長？」

福原看起來三十出頭，橋田的兒子目瞪口呆，可能沒想到大醫院的副院長竟然這麼年輕。

「這麼一說，我想起來了。之前聽說七十字醫院的外科有一位被譽為『奇蹟神手』的醫生，接連拯救了無數得了疑難重症的病人，破例升為副院長。」

「不，我還在學習，因為我父親是這裡的院長，所以很早就有機會開始學習。不過，真的很抱歉，造成你們這麼大的困擾。我馬上為你們重新安排進行面談。啊，妳可不可以幫忙把主治醫生找來？血液內科的赤園醫生。」

福原對剛好經過的護理師說完，扶著橋田坐上輪椅。護理師點了點頭，快步走進護理站。

福原站了起來。他的身高讓人必須仰視，看起來很可靠。

「我也會參加面談。雖然我是外科醫生，屬於不同的領域，但也許有我幫得上忙的地方。我們一起和病魔奮戰。」

他充滿熱忱的眼睛看著橋田。

「橋田先生，千萬不能輕言放棄。當醫生之後，我曾經親眼看到奇蹟。真的會發生奇蹟，不，我們來創造奇蹟。」

這時，後方的門打開了。

桐子修司從面談室走出來，腋下夾著病人的資料。他看了一眼坐在輪椅上的橋田、家屬，然後瞥了福原一眼。

「請多保重。」

桐子說完，轉身離開了，像鐘擺一樣有規律的腳步聲漸漸遠去。

橋田太太指著他的背影，哭著說：

「就是……就是他，他說話真的太過分了。」

「真的很抱歉。」

「那個人、那個醫生是怎麼回事啊？」

福原一臉不悅地說：

「他是皮膚科的桐子修司，本院的問題人物。」

第一章　一個公司職員之死

八月十二日

濱山雄吾到目前為止的人生中向來和疾病無緣，對他來說，大醫院簡直就是另一個世界。宛如百貨公司般的寬敞候診室內坐了很多人。

如果要等很久就傷腦筋了，真希望趕快看完回去上班。

他不知道要怎麼走去血液內科門診，確認院區指示圖好幾次，才終於搭上了電扶梯。他看到長方形的白色箱子在天花板的軌道上緩緩移動，那是在送病歷嗎？濱山對這裡的一切都感到好奇，忍不住東張西望起來。脖子碰到了剛洗好的襯衫領子，上過漿的筆挺感覺很舒服。

聽到護理師叫他的名字後，他走進了診間。

「醫生，麻煩你了。」

診間內有一張床，還有一張給病患坐的椅子，有淡淡的消毒水味道。穿著白袍的年輕醫生看了濱山一眼後坐了下來，醫生的臉很大，但眼睛小得有點不協調，難道是那副鏡片很厚的黑框眼鏡造成的錯覺嗎？還是因為上面那兩道彰顯存在感的濃眉造成的影響？醫生胸前的名牌上寫著

「赤園」的名字。

雖然這個醫生並不帥，但看起來很坦誠。濱山暗自有了這樣的感想。

「關於檢查結果，是白血病。」

赤園有點笨拙地動了動兩片厚唇，小聲地說。

「……啊？」

診間內陷入短暫的沉默。

戶外是亮得有點刺眼的晴天，行道樹的影子勾勒出鮮明的對比，連室內都可以聽到蟬鳴聲，光是聽到這些蟬鳴聲，汗水就會流出來。濱山茫然地看著醫生的臉。

「濱山先生，你在公司上班吧？」

赤園用力推了推眼鏡。

「嗯，是啊，等一下也要去客戶公司開會。」

「不好意思，可以請你向公司請假嗎？希望你可以馬上住院，幸好目前還有空病房。」

「啊？住院？馬上？」

赤園點了點頭。當濱山探出身體時，椅子發出了嘎登的聲音。

「但我從三個月前就開始準備今天的簡報，我不能臨時缺席。能不能等幾天？不，只要今天就好，先給我開點藥，或是打一下點滴。」

「這種疾病如果不及時治療，可能幾天內就會死亡。」

「呃……？」

「請你聽好了，如果你堅持要去工作，搞不好今天就會沒命。這不是誇大其詞，而是你目前真的處於極其危險的狀態。」

「這……但我並不覺得自己的身體狀況很差。」

「嗯……」

赤園一臉為難地看著自己的手，然後拿出一張紙放在濱山面前。

「如果你堅持要去工作，而且願意自行負責後果，當然沒有問題，但必須簽一份同意書，證明你已經知道這麼做的風險，可以嗎？」

「同意書……？」

濱山看了看同意書，又看了看赤園的臉。

可能今天就沒命了？我嗎？有這麼嚴重嗎？

濱山覺得難以置信，但當他發現赤園注視他的眼神很嚴肅時，雙腿忍不住發抖。

我會怎麼樣……？

他重重地癱坐在椅子上，露出求助的眼神看著醫生。

「醫、醫生，我該怎麼辦？」

「別擔心，目前已經有治療的方法。嗯，首先會在這裡插入名叫中心靜脈導管的管子。」

赤園指著脖子和鎖骨之間繼續說道。

「然後注射抗癌劑，破壞異常細胞，眼前的目標是緩解病情，所以要住院兩個多月。」

「兩個多月？要住這麼久？」

「對，但是不必擔心。目前白血病已經不再是不治之症，所以我們一起努力戰勝你的疾病。」

赤園說完，對他露齒一笑，似乎打算為他打氣。只不過赤園的笑容不太自然，反而讓濱山覺得有點發毛。

「我再稍微詳細說明一下，你的血液……」

赤園用筆在紙上畫著圖，護理師在他身後走來走去。濱山聽到她提到安排病房、預約X光等字眼。

他覺得自己目前的情況就像是至今為止順利運轉的齒輪突然掉落了。

同時，其他完全不同性質的東西載著他動了起來。

極其安靜，又極其沉重。

「真的假的？濱哥，你得了白血病？那不是癌症嗎？」

下屬堂島在電話彼端發出驚叫聲。

「對……醫生說是血癌。」

綜合醫院一樓的候診大廳很寬敞，也有很多人來來往往，所以聲音很嘈雜。濱山把聽筒更貼近耳朵。

「就是啊，我之前看到連續劇就是這麼說的，但會突然得這種病嗎？」

「我得了急性骨髓性白血病，病情惡化得很快，而且據說癌細胞已經從骨髓跑出來，跑到全身了……」

濱山自己說這些話時感到一陣寒意。

我的骨骼中心塞滿了異常的細胞，這些傢伙不斷增殖，壓迫正常細胞，讓正常細胞持續減少。但這些細胞仍然不善罷甘休，還從骨髓順著血液循環跑去我的肚子、兩腿和指尖，在身體各個角落蠢蠢欲動。

光是這麼想像，就覺得太可怕了。

「我瞭解了，簡報的事就交給我吧，我會搞定。」

「啊？」

「你不是要住院嗎？」

「喔，喔喔，醫生叫我住院。不好意思……臨時出這種狀況。」

「濱哥，你在說什麼啊，你得的可是白血病，這種時候沒必要為公司的事操心。濱哥，我和西尾會搞定，你不在也沒關係。你要住隔離病房嗎？」

「不，暫時住在普通病房。」

「那我們會去看你。等忙完這一陣子，我們這個小組會帶著訂單當作伴手禮去看你，請你努力和疾病奮鬥。那就先這樣了。」

「好，謝謝你。」

電話掛斷了，他把聽筒掛回綠色公用電話上，重重地吐了一口氣。

原來我不在也沒關係。雖然知道堂島這麼說是在激勵自己，但反而讓他感到很難過。

沒想到堂島這傢伙知道得真清楚，他是從連續劇中知道的嗎？罹患白血病的比例並不高，每年每十萬人中有六點三個人會得這種病，機率是百分之零點零零六三，我也一直覺得只有連續劇世界裡的人才會得這種病。

一個老婆婆笑嘻嘻地在旁邊的公用電話不知道和誰說話，似乎叫人來接她，還說回去之後想吃壽司。

他想要靜下來好好思考。

濱山鬆開領帶，準備認真思考這件事。

他拎著裝了簡報資料的皮包，緩緩走去沙發前，深深地坐了下來。這裡排列了很多張四人坐的沙發，等待繳費和掛號的病人坐在那裡，有人翻著周刊雜誌，也有人茫然地看著掛在牆上的大電視。

有人的手臂骨折了，也有戴著口罩的人不停地咳嗽，有帶著孩子的母親，也有戴著眼罩的年輕人。他們只是短暫出現在這裡，看完病之後馬上就離開醫院回家了。

我原本也這麼打算。

最近肩膀有點痛，身體有點疲累，偶爾覺得喘不過氣，身體狀況不怎麼理想。因為經常假日要加班，平時也總是加班到很晚，所以一直覺得這不是太大的問題。這些症狀時好時壞，但昨天發了燒，在妻子的催促下，想說來醫院配點藥……

沒想到竟然變成這樣。為什麼？

為什麼是我遇到這種事？

一個粉領族單手拿著處方箋，看著手錶走出醫院。自動門打開，送粉領族離開後又關上了。

我不用回去上班。不需要去上班了。大白天就坐在這裡看電視，明天、後天也一樣，接下來的一兩個月都一樣。

他感到不知所措，回想起讀小學時，搞錯放假日期跑去上學時的那種不安，覺得整個世界遺忘了自己在繼續運轉。

皮包裡的名片夾、便當和記事本在哭泣。

濱山打開皮包，把資料拿了出來。為了今天的簡報，昨天認真看了好幾次，上面用紅筆寫了很多字，也有很多折痕，已經有點破破爛爛了。他毫無意義地低頭看這些資料。明知道沒有意義，但還是翻閱起來。

他想要時間，想靜靜地思考。

他已經通知了工作相關的人，問題在於妻子。

要怎麼告訴懷孕六個月的妻子。

如果不好好思考，不可能想出辦法。

「白血病的治療方針就是『total cell kill』。」

戴著黑框眼鏡的主治醫生眨著眼睛，緩緩站了起來，然後在白板上畫了幾個細胞，在上面畫了大大的叉。

「也就是消滅血液中所有的細胞，包括正常細胞和異常細胞。」

「消、消滅所有……」

「你的癌細胞目前在血液中自由地游來游去，我們無法一個一個挑選出那麼小的癌細胞，而且只要漏失一個癌細胞，就會再度增殖，所以必須做好犧牲的心理準備，使用強效抗癌劑，連同正常細胞一起徹底消滅，直到癌細胞完全消失為止。」

赤園淡淡地說明，他嘀嘀咕咕的說話聲音在毫無情調的面談室響起。濱山在聽說明時忍不住發抖。

「一旦這麼做，我的血不就完蛋了嗎？」

「雖然不會完蛋，但血球數量會大量減少，所以必須靠輸血補充，同時，也會暫時失去對細菌的抵抗力。」

「那會怎麼樣？」

「正常人只會小感冒的疾病，有可能會造成攸關性命的症狀，所以必須十分注意衛生。吃飯前、上完廁所都要漱口、洗手，只要手摸過什麼東西，就一定要消毒。如果血球數低於一定數量，就必須住在特別隔離的無菌室。」

「隔離病房嗎？」

「喔，原來你知道，就是無菌隔離病房。住在無菌室時，只有家人可以面會，而且一天只有一個小時。」

「……好……」

「關於處方的藥，抗癌劑會使用蒽環類抗生素，這是已經證實有實際功效的藥物……同時，還會視情況處方利尿劑和強心劑，輸血則是血小板……」

赤園說明了藥物，又說明完所有的情況後看著濱山問：

「有沒有什麼疑問？」

濱山結巴起來，他覺得口乾舌燥。

「請問……」

才剛說了這兩個字，就忍不住咳嗽起來。赤園見狀，似乎猜到了他想問什麼，再度開了口。

「喔，我忘了說明副作用的情況。抗癌劑是藥效很強的藥物，所以會有副作用。也許你之前也曾經聽說過……首先會掉頭髮，然後會出現口腔炎、嘔吐、腹瀉等，或許會覺得很痛苦……但你有多痛苦，代表也同時在攻擊癌細胞，所以要努力撐下去。我也會處方改善嘔吐的藥物加以協助。」

「不，我想問的是……」

「嗯？」

濱山又咳了一下，才戰戰兢兢地問：

「請問……能治好嗎？」

赤園愣了一下。

「應該可以治好吧？那個是不是叫殺死所有細胞？……只要用這種方法，就可以治好吧？我不會死吧？」

赤園笑了起來。

「喔，嗯，基本上可以治好。我之前不是說過嗎？如今白血病已經不再是不治之症了，有很多人都痊癒了。」

濱山也跟著笑了起來。赤園見狀，脫口說道：

「大部分病人都可以靠這種治療方法緩解病情。」

「大部分人……？」

濱山繃緊了嘴角。

「大部分是指幾成？」

赤園閉上嘴，有那麼一剎那，臉上沒有任何表情。眼鏡後方的雙眼怔怔地看著濱山，然後再度露出笑容說：

「嗯，大約百分之八十。」

所以五個人中有四個人。

濱山感覺到冷汗靜靜地從後背流下來。

五個人中有四個人。五次中有四次成功。自己能夠戰勝這個機率嗎？濱山躺在血液內科大病房的病床上注視著天花板。門打開了，一個拖著點滴架的老人走了進來。因為剛才閒聊過幾句，所以濱山向他點頭打招呼。那個老人也是罹患急性骨髓性白血病。老人重重地嘆了一口氣，懶洋洋地躺在自己的病床上。

這個大病房內有六名病患，也就是說，其中有一人無法治好。如果治不好會怎麼樣？治不好是什麼意思？那就是、死亡……

濱山太害怕，無法向赤園確認這件事。

門口突然出現一張不安的臉。一個臉瘦瘦的女人探頭進來，向病房內張望。

「喔！」

濱山向她揮了揮手。

她可能急急忙忙趕過來，所以頭髮很凌亂，一看到濱山，鬆了一口氣。瞇起眼角下垂的雙眼無力地笑了起來。濱山也一起笑了笑。

女人抱著挺起的大肚子，在病床旁的椅子上坐了下來。濱山把簾子拉起來，放鬆了嘴角的肌肉，摸著妻子的肚子。

「京子，不好意思，可以請妳幫我把西裝帶回家嗎？」

濱山指著旁邊衣架上掛的西裝，和早上出門時穿在身上，中午就脫掉的襯衫，努力用開朗的聲音問。京子用力點了點頭。

「因為暫時不會穿了，妳先送去乾洗。出院的時候差不多是秋天。不，妳挺著大肚子帶回家太辛苦了，那我用寄的，到時候妳幫我收。」

「雄吾，先不說這些，你……」

「嗯？喔，對了，妳下次產檢是什麼時候？」

「下個星期。」

「是喔是喔，原本打算這次要陪妳去，真對不起，我沒辦法去了。這次要做超音波吧？我原本還很期待可以看超音波。」

「……」

京子垂下眉尾，注視著濱山。濱山看著她悲痛的表情，不加思索地露出笑容。

「怎麼了？妳別露出這樣的表情，我沒事，倒是治療費的問題有點傷腦筋。早知道應該加入保險，根本沒想到會生這種病。」

「雄吾……」

「怎麼了？我不是在電話中說了嗎？醫生說，現在是可以治好的病。妳不用擔心。」

京子沒有回答，只是目不轉睛地抬頭看著濱山，倏地伸出食指，摸著他的臉頰。

「啊……」

很冰。不，很溫暖。濱山在感覺到這種不可思議的觸感後，才終於恍然大悟。

「我……哭了……」

他慌忙低下頭，用醫院的衣服擦了擦眼睛。無聲流下的眼淚濕了衣襬。他的手在發抖，嘴唇僵住了，牙齒在打顫。

背後感受到一陣溫暖。是京子。京子抱著我。

「明明是你自己最害怕，你不需要逞強。」

「……妳好煩喔。」

媽的，真是輸給她了。

「我瞭解，你一定驚慌失措。在今天之前，你都只是正常過日子……突然遇到這種事，突然要住院，你當然會嚇到。雄吾，你就是這樣的人。」

咚、咚。京子用緩慢而有規律的節奏溫柔地拍著他的背，不可思議的是，濱山真的慢慢平靜下來，好像京子每拍一次，不好的東西就慢慢消失了。

「……妳知道，簡報……我……」

他泣不成聲。

濱山就像小孩子般嗚咽起來。

「我知道，你花了很多心血。從很久之前，每天都準備到深夜。我知道，我都知道。」

京子配合濱山緩緩說道。濱山抽泣著，用力瞪著扭曲的視野，拚命想要說點什麼。熱淚滴滴答答地滴在病床上。

「……而且、我……」

「嗯？」

「我……妳快生孩子……我、根本……沒時間……」

「沒問題，所有的事都沒問題。」

京子比自己小四歲，這種時候卻很堅強。這是母性嗎？她的溫暖和溫柔，讓人覺得只要依偎過去，她就會包容一切。相較之下，自己真是太靠不住了，更何況明年孩子就要出生了。

兩天前才知道是兒子。

自己從昨天就開始想名字。

沒想到今天就……

「不用著急，雄吾，沒問題，你不孤單，我陪在你身旁。」

「但是、我……」

他知道自己的臉上滿是淚水，恐怕連自己都不敢正視。京子捧著他的臉，然後從正面看著他。

「我們一起努力，之前我們不是也一直齊心協力嗎？不管是你出車禍的時候，還是我得憂鬱症的時候，最後不是都撐過來了嗎？」

他看到自己在京子大大的黑色眼眸中眨了一下眼睛。

「我們一起治好它。只要齊心協力，就不會有問題。你不要一個人煩惱，任何事都可以和我討論。」

京子嫣然一笑，她的嘴唇令人愛得發抖。

醫生要求濱山注意感染問題，也要求他盡量避免和別人有肉體接觸，所以他伸出手指。

他用手指摸著京子的嘴唇。京子沒有逃，讓他撫摸著。他一直觸碰、撫摸著，京子的嘴唇一直在那裡。濱山不由得想起他們剛認識的那段日子。

身體的顫抖稍微平靜了些。

八月十三日

「福鹽、福原醫生，我、我夏……我想、請你、班、幫個忙。」

福原在巡房時，讀小學二年級的澤田肇明叫住了福原，但說話時連續自我糾正了好幾次。福原把聽診器掛回脖子後，對他露出親切的微笑。

「嗯？什麼事？你說來聽聽。」

「那、那個，千、嘟，不對，秋紙……」

澤田罹患了腦腫瘤，目前是暑假，他卻無法出去玩，每天都躺在病床上。床上放的機器人玩具和已經翻舊的漫畫讓人感到憐憫。

「千嘟？」

「啊，不對，千、千鶴。」

澤田說話結結巴巴，這是腦腫瘤導致的語言障礙。福原放慢速度和他說話，盡可能避免導致澤田緊張。

「喔，原來是千紙鶴，學校的同學送給你的嗎？」

福原看著澤田舉起的一串紙鶴笑了起來。那是用五彩色紙折的紙鶴。澤田也露出牙齒笑了起來。他目前正在換牙，所以缺了好幾顆牙齒。

「但、但是，我，味燈灘，濕了……看！」

「喔，你不小心弄灑了味噌湯嗎？」

有一串紙鶴沾到水之後變了形，其中有好幾個都破掉了。澤田一臉歉意地拿出一疊色紙。那些紙已經折成菱形。

「這是什麼？折到一半的色紙嗎？」

「嗯。我、要把、壞掉的紙鶴、重折……，所以、折了，但是，這裡折不到，請你幫我、折這裡。」

「喔……」

福原拿起一張色紙。這的確是鶴，但還是折到一半的鶴。澤田的手也開始麻痺，重折了好幾次、歪掉的折痕顯示他折到這種程度已經費了很大的工夫。

紙鶴無法張開翅膀，縮成一團的樣子很像澤田，福原感到一陣難過。

「對不起，醫生。你、海（很）忙吧……。我、這個、想在朽（手）術前、做好。」

澤田戰戰兢兢地說。福原從他手上接過色紙，用開朗的聲音說：

「這些色紙可以給我嗎？」

「啊？」

「我會請醫生和護理師一起幫你折，帶著我們真心祈禱的紙鶴，絕對比你自己折更有效，對不對？」

澤田瞪大了眼睛。

「福鹽、福原醫生，真的可以嗎？」

「當然啊，你後天動手術吧？我請大家在那之前折好。」

「……醫生。朽（手）術、很痛、吧。我……」

澤田臉色蒼白，低下了頭。福原張開大手掌，用和他壯碩身材不太相襯的細長手指摸著澤田的頭。

「不會有事的。」

「醫生。」

「由我為你動手術，我絕對不會失敗。」

「……真的嗎？」

「我不會說謊。」

「我……還鵝（可）以、打躲避球嗎？」

「可以，不管是打躲避球還是踢足球，都沒問題。」

「但是……現在、夏紙、色紙、也抓不住……」

「我會讓你可以抓住，但不能光靠我一個人。肇明，我們一起努力。只要你不要放棄手術和復健，好好努力，我絕對可以治好你。我可以用這雙手發誓，保證可以治好你。」

福原摟著澤田的肩膀，蹲下身體，使兩個人的視線在相同的高度後直視著澤田。澤田看著他清澈的雙眼。那雙燃燒著熱情的眼睛，就像電視上的英雄一樣。

澤田皺著臉，嘴唇顫抖著。他一定很害怕，但這不能怪他。

澤田的身體在發病後越來越麻木，嘔吐、頭痛不已，離開了父母和朋友，一個人住在醫院，後天就要用手術刀切開腦部，切除腫瘤。對八歲的他來說，這個考驗太嚴峻了。

但是，澤田還是克服了恐懼。

他忍住了眼淚和洩氣的話，對福原說：

「我、保證，杇術（手術）、戶健（復健）……都努力。所以……所以、醫生……」

他說不下去了。福原點了點頭，然後用力拍了拍澤田削瘦的後背。

「這是男人和男人之間的約定。」

澤田也眼眶含淚地點了點頭。福原拿起色紙站了起來。

「這我就帶走了，手術前會折滿一千隻還給你。」

澤田堅強地露出微笑。福原看到他的笑容後，走出了病房，走向下一個病房。他的內心深處好像有一把火在燃燒般熾熱。

──不需要向他保證，我一定會治好他。我絕對不會放棄。

走進病房前，福原把千紙鶴和色紙交給護理師。

「可不可以請妳告訴大家，請大家幫忙一起折？」

「好。」

「最晚明天要折好，另外，我也要折一個，為我留一張。」

「好，知道了。」

護理師點了點頭，拿著千紙鶴走回醫生辦公室。

熱死了。

內科醫生音山晴夫搖晃著有點發胖的肚子，一路擦著汗。他的臉原本就很圓，沾了汗水的頭髮沿著臉部輪廓垂了下來，讓他的頭變成滾圓形，看起來簡直就像滿月一樣。他的氣色很好，臉頰紅通通的。

他走到二樓角落時，重重地吐了一口氣，再度擦了擦額頭的汗水。然後看著院區指示圖。奇怪，照理說就在這裡啊。

他經過皮膚科，又走過健檢中心，仍然沒有看到他要找的地方。前面只有員工廁所……

「該不會是那個？」

不久之前還是預備倉庫的那個房間門上，貼了一張寫了「第二辦公室」的紙。音山皺起了眉頭。那張紙是普通的影印紙，上面是用麥克筆寫的字。

這也未免太潦草了。

音山瞪大眼睛巡視四周後敲了敲門。

第二醫生辦公室。

由於人員增加，所有人都擠在同一個辦公室太擁擠，臨時安排了這個房間作為第二辦公室。雖然美其名是這麼一回事，但其實只是為了隔離一名問題醫生而安排的地方。

「喂，你在嗎？我進去囉。」

音山推開了門，才推到一半就卡住了。他驚訝不已，這時，聽到裡面傳來說話聲。

「只能開到這麼大，你自己想辦法擠進來吧。」

說話的是桐子修司。音山感到無言，但還是搖晃著堆積了不少脂肪的肥胖身體，想辦法從門縫中擠了進去。

「這個房間還真猛啊。」

房間沒有窗戶，一盞小燈泡是唯一的照明，而且房間整體有一種令人窒息的感覺。一方面是因為房間本身很小，但最大的原因是狹小的空間內堆滿了醫療品的紙箱。生理食鹽水、紗布、繃帶……。這些紙箱佔了半個房間，也因此導致門無法完全打開。

「為什麼放在這裡啊？」

「音山，這也沒辦法啊，不久之前，這裡還是倉庫。」

桐子身穿白袍，把其中一個紙箱當成桌子，另一個紙箱當成椅子，坐在那裡吃便當。雖然他臉上露出不悅的表情，但和他認識多年的音山知道，他向來就是這種表情。

「不是不久之前，現在仍然是倉庫，你並不是被調到第二辦公室，只是被安排在倉庫工作。」

「你真是一針見血。」

音山聽到呵呵竊笑聲，回頭一看，身材高挑的護理師手拿板夾站在那裡。她是神宮寺千香，一雙細長的眼睛，嘴唇很豐滿，一頭直髮綁在腦後，有幾根頭髮翹了起來，展現出介於隨興和性感之間的獨特魅力。

「即使是倉庫也沒關係，在哪裡工作都沒有影響，一個人的辦公室反而更自在。」

桐子不以為意地說，然後字跡潦草地在紙上寫了什麼之後交給神宮寺。神宮寺滿面笑容接過之後，夾在板夾上。音山很受不了他們對眼前的狀況滿不在乎。

「你到底知不知道？這明顯是在整你，是副院長一手策劃的。」

「副院長？你是說福原？」

「對啊。福原用自己的權力為所欲為，當初把你趕去皮膚科不是就很奇怪嗎？你一直希望在內科，卻硬是把你趕去皮膚科，這種人事安排絕對有問題。」

「因為當初說皮膚科人手不足，所以我也無可奈何啊。更何況皮膚科也有很多事可以做，也是個好地方。」

「好地方？好在哪裡？」

「比方說，很少有急診病人……」

音山用手捂住了臉。

「桐子，你還真是無憂無慮啊。你聽好了，這是福原給你的最後一次機會，如果你不懂得反省，繼續惹麻煩，你……你就會被趕出這家醫院。」

「會嗎？」

「當然會啊，我是基於大家都是同期，所以來警告你，你給我好好記住。」

「原來是這樣啊，是喔……你要不要喝？」

桐子拿著手上的保溫杯問音山。

「咖啡嗎？」

「不，只是白開水。」

「……我不要。」

「是喔，那我自己喝了。」

桐子把保溫杯裡的白開水倒了出來。白開水飄著裊裊蒸氣，他一臉陶醉地喝了起來。和副院長室放著義大利迪朗奇咖啡機相比，簡直是天壤之別。

「喂……桐子，這是什麼？」

「啊？」

「這個啊、這個，你拿什麼當筷子？」

「喔，原子筆。」

桐子一臉不以為意的表情，用兩支原子筆默默吃著便當。

「你這個人還是老樣子……」

「只要洗乾淨就沒問題了，問題在於能不能滿足需求。」

桐子看著電子病歷，不時做筆記。音山苦笑起來。桐子在大學時就這樣，好像還曾經用塑膠袋當書包裝教科書。

「算了，那我也來吃飯吧。」

「請便。」

音山撕開剛才在商店買的三明治包裝紙，張大嘴巴塞了進去。他一邊大口吃著，一邊從手上的透明資料夾裡拿出一張色紙。桐子訝異地問：

「……你在幹嘛？」

「啊？折紙啊，我要折紙鶴。對了，桐子，你也來折一個。」

「為什麼？」

「聽說福原和腦腫瘤的病人約定，要完成千紙鶴，讓手術獲得成功。」

桐子接過音山遞給他的一張折紙，滿臉不可思議的表情打量著。

「為什麼要求助於這種東西？」

「啊？」

「如果千紙鶴可以讓腫瘤消失，誰都不必辛苦了。到目前為止，到底有多少隻紙鶴送到醫院，然後又空虛地變成可燃垃圾？」

「桐子，沒有人認為千紙鶴可以治療疾病，但這些紙鶴可以為病人壯膽。大家都希望能夠為和疾病奮戰的病人做些什麼。」

「如果想為病人做點什麼，我認為送現金補貼病人的醫療費最理想。折紙鶴當然是各人的自由……但以為自己折了紙鶴，就已經為病人盡了力就不好了。」

音山看著桐子的臉，他臉上沒有表情。

「我們這些醫生有時間折紙鶴，還不如多看一個病人。對了，以後乾脆蒐集那些病人不要的紙鶴，把死去病人的紙鶴保留下來，用在其他病人身上。這樣也可以減少紙張浪費。」

桐子若無其事地說道，看起來不像在開玩笑。他是認真的。神宮寺呵呵笑了起來。

「桐子醫生，如果你在別人面前說這種話，氣氛會很尷尬。」

「會嗎？」音山嘆了一口氣。

「桐子，你真的還是老樣子……」

他對別人的感情很遲鈍。

「音山醫生，你竟然可以和桐子醫生當這麼久的朋友。」

「我已經習慣了。」

桐子經常會有一些驚人之語，但他並沒有惡意。雖然他很認真思考之後才說出那些話，只是常常會說出一些離題的答案。

「我覺得自己說的話很合理啊。」

「醫院這種地方，無法只追求合理，所以你才會被關在這種地方。」

「原來是這樣啊。」

桐子一臉錯愕的表情。

他完全沒有發現自己話中帶刺。同期進入這家醫院的醫生，都知道他最經典的故事。有一個女生花了大錢去了髮廊，結果他對那個女生說：「妳這個髮型看起來比之前醜」，結果馬上就終結了那段戀情。

但他也不在意別人整他，他剛才說「一個人的辦公室反而更自在」應該是真心話，甚至真的為此感到高興。

音山突然瞄到了桐子正在看的筆電螢幕。

「喂，桐子，你在看什麼？」

螢幕上顯示的是電子病歷。

「這是哪裡的病人？不是你的病人吧？」

「是血液內科的病人。」

音山探出身體。

「……又有一個？你的嗅覺簡直就像死神。」

「是啊，我喜歡看病歷。」

我原本只是挖苦你。音山在心裡說。

站在桐子身後探頭張望後就知道，桐子剛才看著病歷，不時寫下來的名字，都是已經病入膏肓的病人。他們都罹患了無可救藥的疾病，死亡已經迫在眉睫，或是接近這種狀態。但凡學過醫學的人，只要大致瀏覽病歷，就能夠判斷出這樣的結果。的確有這種散發出屍臭，呈現死相，禿鷹已經在頭上盤旋的病歷。

桐子默默看著這些令人不願正視，散發出濃濃死亡氣息的病歷。

「……桐子，你要和那個病人面談嗎？」

「如果病人主動要求的話。」

「就是因為你去干涉其他醫生的病人，所以才會引發問題。你心裡應該很清楚，如果再惹惱福原……」

「為什麼要看福原的臉色？我們醫生只要面對病人。」

音山忍不住咬牙切齒。

桐子，你知道別人在背後怎麼叫你嗎？你知道這對醫生來說，是多麼恥辱的名字嗎？

把人逼向死亡的醫生。

——死神。

八月十九日

京子打開衣櫃，發現自己想要計算衣櫃裡的襯衫數量，忍不住嘆了一口氣。

結婚之後養成的習慣無法輕易改變，雖然丈夫不在家，也不用去公司上班了，但還是會在不知不覺中為他準備襯衫、領帶和襪子。

家裡少了一個人所產生的變化超乎她的想像。

把做太多的菜裝進保鮮盒的空虛，洗完澡時，關掉浴缸保溫功能的寂寞，少鋪一床被子的無味。

她終於發現，之前在不經意中所做的每一件事，都建立在和雄吾共同生活的基礎上。

不久之前，還每天都生活在一起。

不久之前，他還在吃完飯時，摸著我的肚子說，等孩子出生之後，我們搬去大一點的房子。

在這種失落感面前，一切都好像在做夢。

她有時候忍不住感到害怕。

萬一雄吾就這樣一去不返怎麼辦？這種想法不時掠過她的腦海。

她覺得適應雄吾缺席的日常生活，會讓雄吾真的離開，所以她不想適應，她希望自己繼續感受痛苦。

肚子動了一下。肚子裡的小人從內側拍打她。

京子坐在沙發上，摸著自己的肚子。

是啊，我要努力。媽媽必須努力。

雄吾也在努力……

她不由得想起親眼看到注射抗癌劑時的狀況。

裝在透明袋子裡的鮮豔橘色液體用點滴架掛在半空中，一滴一滴地滴落，在導管中微微顫動後，滲入雄吾的身體。

看起來像清涼飲料般的液體流到雄吾身體的每個角落，徹底破壞他血液中的細胞。雄吾的臉、手、胸口、肚子、腳，他的所有細胞都在皮膚下死去。

當時，雄吾什麼都沒說。

只是睜大了眼睛，注視著橘色液體朝向自己的身體奮勇前進。

六點。目前應該是醫院的晚餐時間。不知道雄吾今天吃什麼，一個人會不會感到寂寞。京子抬頭看著滿天晚霞，想著身在遠處的雄吾。

濱山用筷子夾起一小塊油炸食物咬了一口。

原以為裡面是魚或是肉，沒想到是蔬菜，而且還加了起司。真有意思啊。他抬頭想要表達這種感想。

並沒有人坐在他面前，只有電視無聲地播放著綜藝節目。平時總是坐在自己對面，和自己分享炸雞塊，或是相互遞醬油或醬汁，一起吃飯的妻子並沒有坐在那裡。

他忍不住嘆了一口氣，眼淚差一點流下來。陌生的送餐員送來的醫院餐在菜單設計上花了很多心思，但他還是覺得淡然無味。

孤單一人吃飯，孤單一人睡覺。

以前單身時習以為常的很多事，如今都忍不住感到難過。

濱山突然發現有什麼東西掉進了味噌湯。他目不轉睛地看仔細後，發現是一根頭髮。他戰戰兢兢地摸著頭，輕輕抓了一下，簡直就像在掃灰塵一樣，只聽到啪沙啪沙的聲音，頭髮紛紛掉落。他抓住頭髮扯了一下，立刻抓下一大把。

濱山慌忙站了起來，走進廁所看著鏡子中的自己。

髮旋右下方已經禿光了。

他把手上那把頭髮丟進垃圾桶，再度摸著腦袋，抓住乾澀的頭髮輕輕一拉，又輕鬆地拉下一把頭髮。

這是抗癌劑的副作用。

他把手當成梳子梳理了頭髮，無數頭髮纏在手指上掉了下來，簡直有點好笑。地上有一大把頭髮，就像是坐在理髮店剪了頭髮。

雖然之前就做好了心理準備，但親眼目睹，還是承受到很大的衝擊。

沒想到我也有禿頭的這一天。

不知道該覺得難過還是驚訝，他低著頭，眨了眨眼睛。一根很短的毛髮掉在洗臉台上，他撿起來一看，是睫毛。

八月二十二日

「妳下午要來看我？是喔。」

濱山在休息室角落的電話區用手機打電話。

「那妳幫我買一頂帽子。嗯，還有……那叫什麼，就是妳經常用的那個。不，就是那個啦，化妝時……畫眉毛的那個。嗯，那個借我一下。不，我只是覺得也許看起來好一點。」

濱山掛上電話後，重重地嘆了一口氣。

一旦開始掉髮，之後就越掉越快。

曾經那麼濃密的頭髮好像從根部剪斷般掉落，如今只剩下零星的頭髮，看起來反而很醜，所以他乾脆自己拔掉了。不光是頭髮，就連睫毛和眉毛也開始掉落。濱山的長相有點嚴肅，但現在看起來就像外星人。

他害怕看到鏡子，所以去洗手台的次數也減少了。

但是，去廁所的次數反而增加了。

因為他整天想嘔吐。即使一吐再吐，仍然吐不完。胃整天都在翻騰，連腹肌都開始痠痛。胃裡早就空了，去了廁所，也只能吐出胃液，但回到床上才幾分鐘，就馬上又想吐了。

他告訴主治醫生後，醫生為他處方了止吐劑，但濱山吃了似乎沒太大的效果。

他一整天都在嘔吐，每天抱著馬桶過日子。

由於無法好好吃三餐，所以臉頰明顯瘦了下來，但醫生要求他多喝水。據說如果無法大量排尿，會有不好的影響，所以他拚命喝水，但牙齒碰到塑膠的感覺，和水流進身體的感覺也會讓他想吐。每次都是喝了又吐，吐了又喝。

每次嘔吐，都會情不自禁流淚，喉嚨也很疼痛。

所謂禍不單行，口腔黏膜也出現了副作用，口腔內大約有五到十個地方都出現了潰瘍，而且潰瘍上又有新的潰瘍。喉嚨刺痛，也經常潰爛。他甚至懶得動嘴巴。

但是，為了預防感染，必須經常漱口。

也許別人覺得一個大男人怎麼可以為區區口腔炎叫苦，但如果只是痛一下子也就罷了，整天都必須承受這種疼痛簡直就是折磨。

不是陣陣刺痛，就是痛不堪忍。

疼痛、嘔吐，還有腹瀉、掉頭髮。

無法正常吃三餐，整天都懶洋洋，感受自己的身體走下坡比想像中更加耗費精神。

濱山嘆了一口氣，坐在沙發上。

我活著到底為了什麼？

他忍不住這麼想。

他並不是想死，只是太疲累了。為了消除這種疲累，想要稍微離開這個肉體，讓自己變得自由。難道要這麼累才能治好病嗎？

他用手掌拍打著臉頰。

不要軟弱。

醫生也說了，只要撐過這段時間。當抗癌劑治療結束之後，頭髮就會重新長出來，口腔潰瘍也會改善。不必擔心，這些都只是消滅癌細胞過程中的短暫症狀。

他又拍了一次臉頰，無力地拍著皮包骨的臉頰。

然後他站了起來，撐著點滴架，慢慢走回病房。

八月二十三日

淋浴的水流沖在手掌上，碰到手掌後破碎，然後變成細小的水滴落下，流入排水溝。福原雅和健壯的身體靠在牆上，抬頭沖著熱水。

他感受到血、脂肪和消毒藥水，以及香皂的味道，手上仍然殘留著些微的緊張。溫水溫柔地帶走這一切。

那是一場高難度手術。他閉上眼睛，把血管接上冠狀動脈的左前降枝瞬間的影像清晰出現在眼前。心臟持續跳動，血管像蟲子一樣隨著心跳搏動，然後把血管……取自病人手腕的血管……接起來，形成一條新的血液通道。這個手術必須細膩而迅速。

只要稍有差錯，就會造成大出血。

死亡就在那裡摩拳擦掌。

福原觀察了病患的心臟活動，然後用身體感受，讓自己和病人合為一體。

咚、咚、咚、咚……

病人和福原。兩個人的心臟開始演奏和弦。

絕對不能破壞對方的節奏，就像伴奏配合主旋律一樣，必須很自然地融入。憑著本能操作像剪刀一樣的金屬工具——持針器，同時目不轉睛地盯著患部，及時發現些微的異常。腦袋冷靜，內心熱情，福原只聽到彼此的脈搏跳動，連站在旁邊的助手呼吸聲也消失了。他動作俐落地縫合，拿著持針器的手在無影燈光下發出金黃色的亮光。

病人的心臟看起來就像是靜止不動。

福原洗頭髮時，為幾分鐘前完成的手術露出滿足的笑容。

救活了。我救活了病人。如果不是我，那個病人必死無疑，我讓他活了下來。

他關掉了水龍頭，一隻手拿了毛巾，放在微鬈的黑色頭髮上豪邁地擦拭起來。

福原握緊拳頭，似乎在確認從死神中搶回生命的感覺。

音山晴夫等在男子更衣室前，這時，簾子拉開，身穿白袍的福原雅和走了出來。他剛洗完澡，看起來氣色很好，黝黑皮膚上冒出的汗水微微發亮。音山舉起手向他打招呼。

「福原，辛苦了。」

「喔，是音山啊。」

福原看到同期進醫院的音山，立刻露出潔白的牙齒笑了起來。手術前像野獸般的鬥志消失，福原又恢復了笑容親切的美男子。

「你剛完成微創冠狀動脈繞道手術，聽說很成功啊。」

「是啊，我三兩下就完成了。」

「你真是太厲害了，竟然有辦法完成這種簡直就像是製作瓶中船一樣的手術……聽說那個腦腫瘤少年的手術也成功了，無論腦外科還是心臟外科都難不倒你，簡直難以相信，你要不要乾脆連內科也一起包辦？我偶爾也想請長期休假。」

「喂喂喂，你不好好工作，小心我用副院長的權限幫你減薪。」

福原開玩笑地勾住了音山的脖子。「這件事沒得商量。」音山也笑著說。雖然他們在辦公室時不會這樣說話，但單獨相處時，就立刻恢復了朋友關係。音山努力用自然的語氣對他說：

「對了，福原，你還沒吃午餐吧？早就餓了吧？」

「嗯，被你這麼一說，真的餓壞了……」

福原摸著肚子，肚子咕咕叫了起來。

「要不要一起去食堂？」

「好啊，我要吃肉，今天要吃兩份牛排。」

「剛動完手術，竟然吃得下肉……」

音山很受不了地笑了笑，福原撥了撥頭髮說：

「不管是手術前還是手術後，都要吃肉增加體力。」

一樓的餐廳中央用屏風隔開了病人用餐區和工作人員用餐區。

「你在等我動完手術嗎？」

「嗯，你說對了。」

福原和音山邊聊邊走進餐廳，因為過了午餐時間，放了好幾排白色桌子的餐廳內沒有太多人。福原看到其中一張桌子旁的人影，忍不住皺起了眉頭。

「喂，音山，該不會……」

福原不悅地轉過頭，低頭看著比他矮一個頭的音山。

「是、是這樣啦，我覺得我們三個同期偶爾可以一起吃吃飯，現在沒辦法像以前一樣聚會，而且當面聊一聊也很重要啊。」

音山也覺得這樣的藉口很牽強，但還是硬是拉著福原的袖子走過去。桐子修司把手肘架在餐桌上，面無表情地看著他們。

「你又在搞鬼，你一開始的目的就是為了讓我和桐子一起吃飯吧？」

福原瞪著音山。

「吃頓飯有什麼關係嘛。你不是要吃牛排嗎？趕快買餐券啊。」

「……」

福原露出不悅的表情，但很快就放棄抵抗，把五千圓塞進餐券販賣機，連續按了兩次牛排定食的按鍵。

「好久沒有像這樣坐在一起吃飯了，桐子、福原，對不對？」

音山切開漢堡排，面帶笑容地輪流看著身旁的福原和坐在對面的桐子說道。雖然眼前的尷尬讓他有點不知所措，但他還是努力炒熱氣氛，只不過他的努力白費力氣，另外兩個人都默默吃著各自眼前的食物，談話一點都不熱絡。

福原大口吃著肉、沙拉和湯，健康的下巴上下活動，轉眼之間就把其中一盤吃光了，還拿起盤子裡剩下的一根水田芥送進嘴裡。

桐子還是一如往常地用奇怪的方式吃飯。他點了有大量蔥花的天婦羅烏龍麵當然沒問題，問題在於碗裡的炸蝦只吃掉麵衣和蝦尾巴，照理說，剩下的部分才美味，但他似乎吃了半碗麵就飽了，所以放下筷子，把保溫壺裡的白開水倒在杯子裡喝了起來，然後重重地吐了一口氣。

「桐子的這種吃法，讓我想起學生時代。」

聽到音山這麼說，福原也哼哼笑了起來。

「雖然那時候只有清湯烏龍麵，沒有天婦羅。」

「是啊。話說回來，你真是平步青雲，轉眼之間就當上了外科部長，又變成副院長了，所以都沒什麼機會找你，真是傷腦筋。」

「那不是靠我的實力，是沾我爸的光。」

「不，如果你沒有實力，不可能這麼順利。桐子，你應該也不太適應吧？」

音山問桐子，但桐子只嘀咕了幾個字。

「還好啊。」

「是、是喔……福、福原呢？你和桐子很少有機會聊天，應該有很多……那個誤會吧？」

「音山，你的話題還轉得真硬啊。」

福原用紙巾擦了擦嘴巴周圍，然後又拿起另一張紙巾，簡單擦了一下桌子。

「我知道你在打什麼主意，是不是想為我和桐子說和？」

「這……是啊……」

「我有言在先，不需要費這個心，不，你這是多管閒事。」

「但我覺得你們失和很可惜，如果可以像之前那樣齊心協力，就——」

「不可能。」

福原站了起來，椅子和地面產生摩擦，發出了巨大的聲響。

「我和他在根本問題上格格不入。」

說完，他指著桐子。桐子拿著裝了白開水的杯子，靜靜地看著指向自己的手指。

「我對你身為醫生所做的行為很不滿意，不，是無法原諒。你聽到了嗎？我無法原諒你。好吧，既然機會難得，我就把話說清楚。」

「喂，福原……」

福原繼續看著桐子，似乎根本沒有聽到音山的聲音。

「你不可以繼續留在這家醫院，我會為了醫院，不，是為了病人把你趕出這家醫院。」

從雲間探出頭的太陽從福原的背後照了過來，他的影子浮現在逆光中，照在桐子的身上。桐子喝了一口白開水回答說：

「福原，你沒有權利決定怎樣才是好醫生。」

桐子似乎覺得刺眼，瞇起眼睛繼續說道：

「只有病人才能決定，不是嗎？」

「……殺了病人的醫生怎麼可能是好醫生？」

福原咬牙切齒地說完，拿起裝了餐盤的托盤。

「音山，我走了，以後別再多管閒事了。」

說完，他拍了拍音山的肩膀，大步走去歸還餐具的地方，他白袍的衣襬飄了起來。音山看著他的背影，嘆了一口氣。

桐子沒有說話，只是用力抿著嘴，看著自己在白開水中晃動的影子。

這時，PHS手機響了。音山以為是自己的手機，摸著胸口，看到坐在對面的桐子從口袋裡拿出手機放在耳邊。

「我是桐子。」

「醫生，你在哪裡摸魚啊，和病人面談的時間到了。」

電話中傳來的聲音應該是護理師神宮寺千香。

「預定表上有這個病人嗎？」

「沒有，因為病人要求，所以我臨時為你安排了。」

「是嗎？那我馬上過去。」

桐子簡短說完後，掛上了手機，然後蓋上了保溫壺的蓋子對音山說：

「不好意思，我臨時有事。」

「喔喔，沒關係……嗯，你不必放在心上。」

音山不置可否地點了點頭。

「那就改天見。」

桐子說完，向音山微微欠身，拿起托盤離開了。被剝光的蝦子無聊地在碗公邊緣晃動。

八月二十五日

「上次的案子，客戶下訂單了。」

「……是嗎？那真是太好了。」

電話中傳來堂島興奮的聲音，濱山無力地回答。

「咦？你很不甘心嗎？這也難怪，你沒辦法為我們感到高興，但大家都說多虧了濱哥，所以請你振作起來，這樣很不像你的作風啊。」

堂島應該沒有惡意，但正在打點滴的濱山覺得無論堂島說任何話，聽起來都像在挖苦。他努力掩飾內心的負面情緒，直接對他說：

「是啊，謝謝你特地通知我。」

「別客氣，不過濱哥，真不好意思，一直沒去看你。因為這個案子定下來之後，突然忙了起來，我也忙得分身乏術，等有空時，我一定會去看你。」

「沒關係，你不必勉強。」

「不，我一定會去。」

「你不必來了，沒關係，好好工作。」

因為他目前的狀態無法見人。最近氣色很差，頭髮也掉了，最嚴重的是渾身無力，就連打這通電話也覺得很疲累。如果不是硬撐著，就會馬上想吐。

「那就改天再聊。」

堂島似乎還想說什麼，但他硬是掛斷了電話。

然後，他怔怔地看著手機螢幕。

他在意的並不是案子的事，而是擔心公司會怎麼判斷他請長假這件事。請年假期間問題還不大，但年假請完之後呢？公司願意讓自己暫時停職嗎？公司並不大，老闆人不壞，但也很嚴格，最糟糕的情況，可能會遭到解僱。雖然他覺得自己是生病請假，公司應該不至於做得這麼絕……

濱山心情鬱悶地回到病房。

他幾乎沒有吃午餐，全都剩下了，躺在病床上怔怔地看著天花板，聽到門打開的聲音。

一個削瘦的老人走了進來。這個老人和濱山一樣，罹患了急性骨髓性白血病。

濱山的視線追隨著老人的身影。他沒有推點滴架，手上也空空的。

看到老人慢吞吞走回自己病床後，濱山對他說：

「抗癌劑治療結束了嗎？恭喜你。」

老人垂著嘴角，看著濱山，然後搖了搖頭。

「不是結束了，而是我投降了。」

「投降……？」

「我很慶幸去和死神談了一下，我已經決定放棄了。」

老人氣鼓鼓地說完後，重重地坐在病床上，然後深深地嘆了一口氣，看著放在床頭櫃上的相框。裡面有一張福態的男人和女人一起笑著站在海邊的照片。

投降是什麼意思？濱山看著老人的後背。他瘦得只剩下皮包骨，腦袋上的頭髮幾乎都掉光了，冒了幾根像胎毛般的白髮。雖然和照片中的人判若兩人，但和濱山很像。

「這家醫院根本是地獄，是沒有出口的地獄，你不覺得嗎？」

「請問是什麼意思？」

「你會這麼問，就意味著你還沒有被逼到這一步，嗯，這樣很好。我給你一個建議，當你感到束手無策時，去申請和皮膚科一個姓桐子的醫生面談，只要找一個姓神宮寺的護理師，她就會為你安排。」

「請等一下，你說皮膚科？皮膚科的醫生能夠為我們做什麼？」

「什麼都可以問他，任何疾病都沒問題。他在病人中很有名，我也是聽了傳聞之後申請了面談。他的綽號有點可怕，叫七十字的死神……」

老人露出凝望遠方的眼神。

「我覺得他是名醫。」

濱山正打算繼續發問，老人伸手把簾子拉了起來。視野被擋住，隔絕了彼此的世界。

老人當天就出院了。

只剩下空空的病床。

八月二十七日

濱山霸佔了廁所的小隔間嘔吐不已。吐完之後才剛漱完口，又接著嘔吐起來。口乾舌燥，嘴裡都是潰瘍。

現在是晚上十點，嘔吐和嘴巴疼痛讓他難以入睡。

他覺得自己快吐得神志不清了。

他從口袋裡拿出手機，打開了電子郵件信箱。他不知道看了這封電子郵件多少次，上面寫著「產檢沒問題」，還附了一張相片，那是超音波拍下的黑白照片，照片上是兒子的身影。

兒子蜷縮在京子肚子裡睡得很舒服。

他至今仍然難以置信，自己將要當爸爸了，一個繼承了自己血液、全新的生命將誕生。為了這個孩子，自己還可以繼續撐下去。

他端詳著照片，然後看著螢幕角落顯示的日期。

八月二十七日。他忍不住笑了起來。

注射抗癌劑的療程還有五天就結束了。

這場像是永無止境的拷問，終於快結束了。

接下來只要祈禱檢查後發現癌細胞都消失了。我這麼努力，神啊，求求你，讓我好起來，讓五分之四的幸運降臨在我身上。

他閉上眼睛祈禱時，喉嚨忍不住顫抖起來。

一陣噁心湧現，他再度對著馬桶嘔吐起來。

他在廁所裡吐了二十分鐘左右才出來，走起路來都有點蹣跚，只能撐著點滴架，走在已經熄燈的走廊上。他聽到有規律的嗶嗶聲，不知道是不是什麼儀器的聲音。

嗚呃呃呃，嗚呃呃呃。不知道哪裡傳來低聲呻吟，可能是後面的病房有人很不舒服，他看到護理師神情慌張地跑過去。

真討厭這個地方。

濱山忍不住想。

他搖搖晃晃地靠著牆，稍微休息一下。

醫院真的是令人討厭的地方。他當然不是討厭醫生或是護理師，只是忍不住感到沮喪。瀕臨死亡的人，還有痛苦和悲傷都集中在這裡，每天都聽到呼叫鈴響起，有人死去，然後又有新的病人送進來，產生新的絕望和悲傷。這些都是這裡的家常便飯。

他以前不知道世界上有這樣的地方。

不，他甚至不知道人會死。

雖然他知道人終有一死的知識，也曾經經歷過祖父母的死亡，但因為在日常生活中看不到，所以就忘記了。無論在公司、在通勤的電車上，或是在和京子一起居住的社區，從來沒有看過有人痛苦呻吟，也沒有看過男人瘦得皮包骨，抱著馬桶嘔吐不已，更沒有在半夜聽到痛苦的呼號聲，然後慢慢變弱。

然而，這並不代表不存在。

因為這些人都集中在這裡，因為都被隔絕在這裡，所以平時不會意識到這些事。人都會死，都會痛苦地孤獨死去，任何人都無法逃離死亡。

濱山住院之後，才終於真切地感受到這件理所當然的事。

「桐子醫生……我找你，是有事想要請教你。」

他聽到不遠處有人說話，忍不住跳了起來，點滴架搖晃起來。

「赤園醫生，是什麼事？」

「那個……是關於橋田先生的事。」

光線從微微打開的門縫中洩到黑暗的走廊上。濱山的主治醫生赤園在眼前的面談室內和誰說話。

他們到底在談什麼？濱山知道自己不該偷聽，但還是站在走廊上。

「是罹患AML住在血液內科的橋田先生，桐子醫生，你是不是又和他面談了？」

AML就是急性骨髓性白血病。濱山聽過桐子這個名字。

他們似乎在討論之前躺在濱山隔壁病床的老人。

「嗯，我前幾天和他面談過。」

「這、這是怎麼回事？你怎麼可以和他面談……桐子醫生，你之前曾經惹怒了橋田先生的家屬，引起了很大的問題，福原醫生應該也已經請你不要再和橋田先生見面，完全交給我這個主治醫生，當時不是都談好了嗎？但是，你為什麼……？」

「我盡量避開他，但是他說想要見我。」

「這……怎麼可能？你騙人。」

「這種事，有什麼好騙的。」

「桐子醫生，你知道他怎麼樣了嗎？他的態度突然強硬起來，說不再接受治療了。雖然我再三挽留他，但他前幾天出院了。枉費至今為止的化學療法都很順利，所有的努力都白費了，沒想到強固療法竟然會這樣中斷……這根本就像是骨頭還沒長好，就拆掉石膏，原本可以治好的病也治不好了。不，他甚至可能因為併發症，今天或是明天就死了。」

「這是他的意志。」

「一定是你對他說了什麼奇怪的話，我之前就聽說了傳聞，你和許多病人面談，提議他們放棄治療，或是積極接受死亡。」

「我並沒有要他們死，只是有時候會告訴不可能治好的病人，沒必要持續接受治療。根本治不好的疾病，卻要他們和疾病奮鬥，這不是徒勞嗎？」

「……徒勞，你竟然會說出這種話。你敢在努力和疾病奮戰的病人，和竭盡全力治療疾病的醫生、護理師面前說同樣的話嗎？」

「嗯？當然敢啊，徒勞就是徒勞，無論病人和醫生，都應該省下這些徒勞，把資源用在更有生產性的活動上更有意義。」

可以聽到赤園咬牙切齒的聲音。

「桐子醫生，我無法理解你說的話，完全無法理解。不，我不想理解，這根本是死神說的話……」

「我並沒有說希望你能夠理解，我們必須努力瞭解病人，醫生之間不需要相互理解。」

兩個人的談話沒有交集。桐子說的話雖然冷漠，但聽起來並不像在挖苦。

那個老人為什麼會去找這個姓桐子的奇怪醫生？而且和他面談之後，稱他是名醫，冒著生命危險出院。濱山和赤園一樣，也完全無法理解。

短暫的沉默後，響起桐子的聲音。

「可以了嗎？我還有工作沒做完。」

濱山躺在床上，睜著眼睛。

他睡不著。

剛才聽到兩個醫生的對話仍然在耳邊縈繞，難以忘記。自己和那個老人受同樣的疾病折磨，當然會左思右想，輾轉難眠。

他想起自己在面談室前抓著點滴架時的情景。

談話結束，面談室內關了燈，身穿白袍的兩位醫生來到走廊上。

濱山假裝剛好路過，向他們鞠了一躬。

赤園發現他後走過來問他：

「濱山先生，這麼晚了，你在這裡幹什麼？睡不著嗎？」

無論從他的聲音還是眼鏡後方的雙眼，都可以感受到他對濱山的關心。

「不，那個，我想嘔吐……」

「是嗎？那我為你開點止吐藥，你等我一下。」

濱山對赤園點頭的同時，看向走廊前方。那個身穿白袍、姓桐子的醫生瞥了他一眼，轉身走向電梯的方向。

那個醫生看起來氣色很差，而且很瘦，皮膚很白，淺色的眼眸在黑暗中發亮。雖然五官很端正，但稱不上是美男子，反而有一種好像假人般可怕的感覺。

他就是傳聞中的死神……？

當時的印象很強烈，只要閉上眼睛，就會浮現出那張臉。

睡不著。

病房內很昏暗，他看向隔壁病床。之前老人睡的病床上，躺著一個新來的罹患慢性淋巴性白血病的男人。

那個老人震耳的鼾聲、氣味、動靜都消失無蹤了。

他從濱山的世界消失了。

八月三十一日

三樓的會議室。早上的會診結束，所有醫生都站了起來。赤園也關掉電腦起身，有人在背後叫住了他。

「赤園，你現在有空嗎？」

血液內科高砂部長一臉很神經質的表情正看著他。

「有。」

「福原副院長為病人的事找你。」

「……找我？」

赤園停下腳步，寒意漸漸從腳下爬上來。

自己犯了什麼錯嗎？」

福原副院長與眾不同。他年紀雖輕，但是外科的權威，也是掌管七十字旗下各家醫院的大老福原欣一朗的獨生子。掌握實權的他有很大的發言權，就連部長也要對他察言觀色，像赤園和其他年輕醫生都很崇拜他，同時也是大家敬畏的對象。

但是，他為什麼直接找自己？福原副院長負責外科，並不是赤園的直屬上司，有什麼事要跳過高砂部長和自己談？

因為不瞭解原因而產生的害怕，讓赤園越來越緊張。

高砂部長似乎也有同感，他摸著尖下巴，叮嚀赤園說：

「雖然不知道福原副院長找你有什麼事，但你要小心點，千萬不要讓他盯上我們科。」

「好……」

因為到時候就會追究我的管理責任。高砂部長的小眼睛似乎在這麼說。

「打擾了，我是血液內科的赤園。」

「進來吧。不好意思，特地把你找來。」

副院長室有一整面牆都是窗戶，所以景觀非常好。福原張開粗壯的雙臂，比赤園想像中更友善地歡迎他。他稍微鬆了一口氣，推了推滑下來的眼鏡。

「來，坐吧。」

「好。」

福原面帶微笑坐在沙發上，也示意赤園坐下。福原的聲音很粗，很有男人味。端正的長相散發出震懾他人的氣場。赤園近距離感受到這種領袖的魅力，不由得緊張不已，但還是欠了欠身，在玻璃茶几另一側的沙發上坐了下來。

「是為了橋田富士夫的事。」

福原直截了當地說。赤園聽到這個名字，立刻倒吸了一口氣。

「聽說他今天早上在家中去世了。」

赤園戰戰兢兢地看著福原的臉，笑容從他臉上消失了。

「……這、這樣啊……」

赤園好不容易才擠出這幾個字。橋田。堅持要中斷強固療法回家的病人。赤園可以回想起他的一雙大眼和骨感的下巴。原來連一個星期都沒撐過。當時無論如何都應該留住他……

赤園感受到身為醫師的後悔，忍不住握緊拳頭，咬緊牙關，然後偷瞄著福原的臉。

「醫院方面接到家屬的聯絡，質問治療方針是否有問題……他們很生氣。這也難怪，因為之前面談時就曾經惹火了他們，而且出院後馬上就死了。我會處理這件事，雖然不知道他們會不會提出訴訟，但即使發生這種狀況，我們應該不會輸。因為我們有他出院時寫的同意書，只不過可能會引起對醫院的負評。」

「……對不起。」

赤園鞠躬說道，福原搖了搖頭。

「我知道你全力為他治療，問題在於桐子，他在面談中惹火了家屬，也是他擅自勸病人出院，全都是他幹的好事。該對這個問題負責的不是你，而是他。」

赤園誠惶誠恐地抬起頭，福原繼續說了下去。

「不過，你的工作也稱不上完美。照理說，你應該和病人之間建立信任關係，讓桐子即使想要干涉，也沒有可乘之機。」

「……是。」

「聽說橋田出院的理由，也是對抗疾病太疲累了。但是，這種時候，醫生更要鼓勵病人，為病人打氣，帶給病人勇氣，讓病人振作起來，你無法鼓舞橋田到這種程度。」

「……」

福原直視的眼神並不會讓赤園覺得他在責備自己，反而更令赤園感到羞愧。

「即使病人想要放棄，醫生也絕對不能放棄，否則就無法創造奇蹟，對不對？」

福原的大手攤在赤園面前。這雙手曾經用手術刀拯救了多少生命。因為一次又一次消毒，所以皮膚粗糙得好像快裂開了，即使如此，這雙手仍然沒有失去應有的滋潤。這是一雙強而有力的手，這件事不容置疑。

「是，真的很抱歉。」

赤園再度道歉。

「不，沒關係，但我想和你討論一下今後的事。」

「今後？」

「血液內科不是有一個和橋田症狀相似的病人嗎？好像叫濱山。」

「嗯，對，的確和橋田一樣，都是急性骨髓性白血病的M6。」

福原點了點頭，探出身體低聲地說：

「不能重蹈覆轍。」

「……知道了。」

「嗯，如果遇到什麼困難，隨時來找我。你要記住，我們必須和疾病奮戰，必須一馬當先，比任何人都更發揮勇氣奮戰。要一戰再戰，戰到最後一刻……」

赤園看著福原，忍不住倒吸了一口氣。

福原和動手術前一樣，全身充滿了富有野性而英勇的鬥志。

九月六日

今天的蟬鳴特別吵。已經關上了窗戶，但房間內仍然可以聽到。

濱山和妻子一起在診間等候。他突然問妻子：

「妳最近身體狀況還好嗎？」

京子懷孕快七個月了，肚子已經很大了。京子驚訝地瞪大了眼睛，然後輕輕笑了笑。

「我很好啊。」

「妳在笑什麼？」

「因為你有閒工夫擔心我，還不如擔心你自己。」

京子似乎很無奈，但露出了溫柔的笑容。濱山在她的笑容中感受到母性，忍不住看得出了神。妻子以前就這樣嗎？還是因為體內孕育著新生命，讓她散發出母性？

他從京子身後的玻璃窗上看到了自己慘不忍睹的樣子。頭髮已經掉光的腦袋上戴著針織帽，嘴唇乾裂，臉頰凹陷，氣色也很差。

但是，京子仍然像以前一樣，對自己展露笑容。

濱山感到深深的安心，吐了一口氣。這時，面談室的門打開了。

「讓兩位久等了。」

身穿綠色手術衣的赤園手拿資料走了進來，他匆匆在椅子上坐下後，看著濱山，揚起嘴角笑了笑。

「骨髓穿刺的報告出來了，先恭喜你，已經確認順利緩解了。濱山先生，真的辛苦你了。」

濱山情不自禁露出了笑容，然後看向京子。京子也鬆了一口氣。

活。

幸好撐過了痛苦的抗癌劑治療，終於消滅了白血病細胞。我可以恢復，可以回到原來的生

頭髮、皮膚都可以恢復原狀，也可以回到和京子共同生活的那個家。

「所以，我可以出院了嗎？」

赤園仍然面帶微笑，但並沒有點頭。

「喔……目前還不行。」

然後，他打開了紙，用筆在上面畫了圖，開始向濱山說明。

「你體內的白血病細胞目前幾乎已經都消滅了，達到了用顯微鏡觀察骨髓液，已經看不到白血病細胞的程度。」

「……這是不是代表白血病已經治好了？」

「嗯，從採集的骨髓液中並沒有發現異常細胞，但是，這只是在顯微鏡下無法發現，也許還殘留在體內某個地方。只要還有一個癌細胞存活下來，就有可能再度增殖、復發。」

「呃……」

濱山覺得身體一下子變得沉重，沉入椅子中。

所以說，這場戰爭還沒有結束？

「緩解狀態並不是治癒，只是擺脫了重大危機，所以，接下來要討論今後的治療方法。」

赤園一副理所當然的態度翻開手上的資料繼續說道：

「大致可以分為兩種方法。第一種方法是做強固療法後出院，繼續觀察。第二種方法是移植造血幹細胞。」

「呃、呃呃……這兩種方法有什麼不一樣？」

「目前最重要的是復發的問題。在針對你的血液做了檢查之後，發現你的白血病屬於FAB分類中的M6型，通常認為這一型的白血病預後不良，也就是復發的可能性很高。」

赤園淡淡說出的話刺進濱山的心。

「除此以外，根據染色體等多項檢查結果分析出的預後因子，也認為預後不良。但是，你才三十多歲，還很年輕，所以可以降低復發的可能性。」

「醫生，請問到底是怎麼樣？我到底會復發，還是不會復發？」

濱山鼓起勇氣問道，但聽到的回答很冷漠。

「這個問題，沒有答案。」

「沒有答案……」

「因為每個人的情況不同，所以沒有明確的答案。有人在短短幾週內就復發，也有人從此沒問題了。但是，依我個人的見解，我認為你復發的機率有百分之七十。」

百分之七十。

又是機率。

眼前再度出現了兩條路。

「關鍵在於如何認真考慮復發的風險。如果認為不會復發，在接受強固療法後就可以出院。也就是為了以防萬一，再短期接受抗癌劑治療，之後就可以出院繼續觀察。」

「如果選擇這種方式，之後又復發了，該怎麼辦？」

「基本上和這次的治療方式相同，到時候就必須再次住院，接受化學療法。」

濱山嘆了一口氣。

光是想像一下，心情就憂鬱起來。即使出院，每天都會提心吊膽，擔心不知道什麼時候會復發。一旦復發，就要再來一次住院生活。

「請問……即使復發，只要每次都接受化學治療，就可以一直活下去嗎？」

赤園聽到這個問題，露出為難的表情。

「通常風險會越來越高，因為復發時，上一次還曾經有效的抗癌劑可能會失效。一旦復發，是否能夠藉由治療達到緩解狀態，就要看個人的運氣。」

「具體來說，大致可以活多久？」

「……這只是一個指標，資料顯示，五年存活率是百分之四十。」

才百分之四十？開什麼玩笑！

濱山感到愕然，無力地低下了頭。

「所以，我個人認為不要採取強固療法，而是更推薦另一種方法——也就是造血幹細胞移植。」

京子問：

「請問移植了造血幹細胞會怎麼樣？」

「一旦成功，就可以大幅減少復發的可能性，如果想要治癒，我建議採用這種方法。」

一旦成功？

赤園的說法令人感到不安。

「如果不成功……會怎麼樣？」

「造血幹細胞移植會有風險。詳細情況我接下來會向你們說明，但這並不能說是危險性小的治療方法，但是，不，正因為這樣，所以效果也很理想。」

赤園並沒有回答濱山的問題，濱山抬頭看著赤園的臉。

「當然，到底要不要接受這種治療方法，最終由你判斷，但如果只想到失敗的情況，就無法前進。怎麼樣？要不要鼓起勇氣踏出這一步？只要你下定決心和疾病奮鬥，我會全力支持你，我們可以齊心協力，持續奮戰到底。」

雖然不是很明顯，但濱山覺得赤園今天的態度和之前有點不太一樣。

之前一直覺得赤園和病人溝通時沒那麼投入，但今天他的眼中充滿熱忱。這固然令人感到很可靠，但也讓人覺得是稍微一碰，就會燙傷的危險物品。他的鬥志是從哪裡來的？

赤園好像受到感染似地露出熱誠的眼神繼續說明。

醫院一樓的咖啡店。

濱山雙手捂著臉，面前放了一杯冒著熱氣的熱可可。京子坐在他旁邊，撫摸著他的背。

「雄吾，我們慢慢思考。」

京子的聲音很溫柔。

「不需要馬上做決定，我們一起思考。」

「但是，我們沒有太多時間，如果要移植，就必須趕快做決定，立刻採取行動。醫生也說，如果要做，就要趁還有體力的目前就做，也需要時間和捐贈者交涉。」

濱山放下捂著臉的手，睜開了眼睛。眼前的世界充滿了光，他眨了眨眼睛。咖啡廳有一大片玻璃窗，外面的陽光都照了進來。四周放著觀葉植物，空氣很清新，和濱山的內心成為明顯的對照。

「雄吾，你對移植這件事很積極嗎？」

京子看著他問。濱山看到她擔心的表情，忍不住低下了頭。

「不知道……」

造血幹細胞移植。

造血幹細胞就是製造血液的細胞，濱山目前無法自行製造健康的血液，製造出來的都是癌細胞。

所以，必須接受他人的造血幹細胞。由捐贈者提供骨髓——裡面就像草莓醬一樣，有很多新鮮的造血幹細胞——然後移植到濱山身上，也就是所謂的骨髓移植。於是，濱山又可以製造健康的血液，不再製造白血病細胞。

雖然移植聽起來很棒，但事情並沒有這麼單純。

首先，在移植之前就很辛苦。

因為要移植新的骨髓，所以必須消滅原本的舊骨髓。

於是，就要對骨髓進行破壞性的前處置。顧名思義，就是要徹底破壞濱山目前的骨髓，把內部清空。注射無限接近致死量的大量抗癌劑，並進行放射線照射，將骨髓徹底消滅，無法再製造血液，所以副作用和之前的抗癌劑治療無法相比。

消滅骨髓之後，才能夠接受移植手術。

濱山聽赤園說到這裡，就已經快嚇死了，但事情還沒有結束。

即使手術成功，也未必解決了所有問題。

首先可能會發生接種失敗的情況，也就是大費周章移植的造血幹細胞無法接種。接種失敗的發生率大約百分之七。一旦發生接種失敗的狀況，濱山的身體仍然無法製造血液，靠輸血補充也有極限，所以要維持生命就變得很困難。

即使躲過了這一節，還有GVHD的問題。

移植的骨髓製造的白血球是別人的白血球，如果能夠認識到濱山的身體是新的宿主，當然不會有問題，但有時候會把濱山視為異物展開攻擊，就會變成濱山自己製造的白血球會持續攻擊自己的狀況，而且這種情況會持續到死為止。這就是GVHD，也就是移植體對抗宿主病，俗稱排斥反應。

症狀有重有輕，最嚴重會導致死亡。

雖然可以在某種程度上預測移植後會不會發生這種情況，但最終還是必須在實際移植後才知道。

有百分之二十的人在移植後，會深受包括排斥反應在內的併發症折磨。又是機率。自己到底屬於這百分之二十，還是可以躲過這百分之二十的機率？

即使到了這一步，白血病復發的機率也不是零，有百分之十的人仍然會復發。

風險並不僅止於此。

在移植和排斥反應的相關處置過程中，免疫受到了很大的傷害，需要三年時間才能逐漸恢復。日常生活當然要格外謹慎，但萬一得了肺炎，就可能會致命。五年長期無病生存率為百分之七十。

機率、機率、機率。從頭到尾都是機率。

以前活著是那麼簡單的事，但如今為了活下來，必須通過好幾個機率的考驗。

眼前有無數條岔路，未來的自己將在其中一條岔路上倒下。通往未來的道路上屍橫遍野，自己能夠抽到正確的路嗎？

濱山用無力的聲音說：

「沒辦法決定……我沒辦法決定這種事。」

到底會不會復發？如果相信不會復發，然後出院，之後真的平安無事，那就皆大歡喜。但是，萬一事與願違呢？如果真的會復發，那就應該接受骨髓移植。然而，骨髓移植也是一場賭博，有可能賭輸。丟下骰子之前，根本不知道結果。

如果只是賭賽馬，最多只是損失金錢，但這場豪賭是在賭命。主治醫生說會全力支持，但能支持什麼？賭命的是濱山，並不是赤園。

真希望可以知道未來。

希望可以掌握確實的資訊。

濱山終於瞭解那些求助於占卜和祈禱的人的心情。

「……應該沒問題吧。雄吾，既然你這麼害怕，就不要接受骨髓移植，一定沒問題。」

濱山戰戰兢兢地看著京子。

「所以妳認為不會復發嗎？復發的機率可是有百分之七十。」

「我覺得應該沒問題。」

「真的嗎？」

「嗯。」

「絕對沒問題嗎？」

「啊……？」

「絕對？絕對不會復發嗎？即使不移植也沒問題嗎？萬一復發，妳該怎麼辦？妳能為我做什麼？」

濱山站了起來，椅子搖了一下，發出嘎噹的聲響。所有人的視線都集中在他身上，寂靜向四周擴散。京子瞪大了眼睛。

濱山發現自己說話太大聲，慌忙道歉。

「對、對不起……」

「不，沒關係……對不起，我太沒用了。」

「不，是我不好，我不是這個意思……唉……」

濱山捂住了臉。即使把氣出在京子身上也無濟於事。

「既然這麼痛苦，乾脆什麼都不想，死了算了……」

「雄吾，我能夠理解你的心情，但別說這種話。」

「……」

沒有人知道會不會復發，就連醫生也無法明說。任何人都無法為自己的生命提供保障。這也是理所當然的事。

但是，這樣下去不行。兩隻腳一直發抖……

顫抖的雙腿感受到溫暖。是京子的手掌。濱山感受到這份溫暖，顫抖漸漸平靜下來。

「……我以為自己可以活很久。」

濱山突然開了口。

「嗯。」

京子的聲音聽起來很遙遠。

「我以為可以一直和妳在一起。雖然沒有根據，但我一直這麼相信，一直以為這一切都是很久以後才會發生。」

「嗯……」

「等到孩子成家立業，我也退休，變成老爺爺，以前的老同學都一個一個死了，覺得自己活得夠久了。然後……才會想到自己的死。我一直這麼以為。」

「雄吾……」

「我、我真是太傻了。小學時，曾經上過性教育的課，在課堂上學到這樣這樣做，就會有小寶寶。我記得當時受到很大的衝擊。並不是對『做人』這件事感到驚訝，而是我驚訝自己之前完全沒有想過小寶寶是怎麼生出來的。」

濱山摸著腦袋，他原本想要摸頭髮，但腦袋上只有失去水分，像老人般的皮膚。

「我的個性太迷糊，根本沒有想過小寶寶從哪裡來，只是覺得自然就生出來了，然後人越來越多，大家一起生活。現在的我和小時候沒什麼兩樣……沒什麼兩樣。」

京子看著他。濱山繼續說了下去。

「增加的人口也會減少，沒錯，人會死去，所以地球上的人不會滿出來。我從來沒有想過這件事。妳知道嗎？人都會死，不管是我還是妳，還有我們的孩子，所有人都會死！」

每個人都會嘔吐、掉頭髮，深受折磨。

都會害怕，深陷絕望，然後孤獨死去。

早晚都會有那一天。

「我很害怕。現在才知道這些事，然後感到害怕，就像讀小學的小孩子一樣……」

京子握著濱山的手，戰戰兢兢地說：

「我知道，但每個人都會面對死亡，只是早晚的問題。」

濱山聽了，內心深處竄起了火。

我知道。

雖然知道。

但妳還很健康，沒資格對我說這些話。

這種話根本安慰不了我。我想聽的不是這些。

濱山咬緊牙關，克制著想要破口大罵的衝動。

我知道妳已經盡力了，也知道希望妳完全瞭解我的心情是一廂情願。只有得到長生不老，才能消除我內心的不安。我也知道這是愚蠢的任性。我都知道，但是……

不，我不希望對著京子亂發脾氣，不能增加她的痛苦。濱山對著京子努力擠出笑容，嘴角有點僵硬。

「是啊，我的情緒有點不穩定。對不起。」

「雄吾，你沒事吧？」

「嗯……」

「要不要先回家住幾天？醫生不是說沒問題嗎？」

濱山搖了搖頭。

「我今天還是留在醫院。」

「……家裡的事，你完全不用擔心。」

「不，」他撫摸著京子的頭髮說，「我想一個人好好思考。謝謝。」

雖然知道自己硬擠出來的笑容不好看，但他還是再次笑了笑。京子注視他片刻，但最後什麼也沒說，點了點頭。

九月八日

沒有足夠的時間思考，就必須做出決定。濱山希望時間可以停下腳步，希望能夠平靜內心的不安。他很痛苦。不管是神也好，鬼也罷，趕快救救自己逃離這些痛苦。他希望可以正常吃東西。

他做了惡夢。

當他醒來時，發現自己只睡了不到十分鐘。他眨了眨眼，換了一個姿勢，結果又做了惡夢。看一下時間，又才過沒多久。一次又一次做惡夢。天色遲遲不亮，一直無法逃離這樣的循環，就像在毒沼中越陷越深。

現實和惡夢交錯在一起，侵蝕濱山的世界。

他看向隔壁病床，從拉起的簾子中，可以聽到中年男人的鼻息聲。以前曾經躺在那裡的老人已經不在了。消失了。沒有留下任何痕跡。

我也會死嗎？

就像那個老人一樣，也會有其他病人躺在我睡過的病床上嗎？這麼一想，就感到極度空虛、痛苦，也感到絕望。

他突然想起那個老人曾經對他說的話。

——當你感到束手無策時，去申請和皮膚科一個姓桐子的醫生面談。

桐子。

被稱為死神的醫生。

自己並不打算向他求助。不，如果他真的是死神，就要好好罵他一頓，為什麼要讓我受這種罪……

老人還說，只要找一個姓神宮寺的護理師，她就會為你安排。

濱山看著旁邊用電線連在牆上的按鈕。呼叫鈴。他在朦朧的意識中，似乎看到它緩緩晃動。

不知道過了多長時間。

「你好……」

他睜開眼睛，一個女人沒有開燈，站在他的病床旁。雖然他知道是護理師，但覺得哪裡不太對勁。那個女人既沒有為他抽血，也沒有操作任何儀器，只是站在那裡。濱山以前沒有見過她，她胸前的名牌寫著「神宮寺」這個名字。

她一頭長髮，幾乎遮住了眼睛，但一雙細長的眼睛炯炯有神。她很瘦，感覺很單薄。

還在做夢嗎？

那個女人開了口。

「你想見桐子醫生？」

濱山的腦海中浮現那個臉色蒼白的醫生身影。

「名叫死神的醫生這麼晚也願意見病人嗎？」

護理師仍然面無表情地說：

「是啊，只要病人有需要，幾乎隨時都願意。」

她的語尾被濱山嘔吐的感覺淹沒了，護理師怔怔地注視著濱山。

「如果你要見桐子醫生，請跟我來。如果不想見他，請你閉上眼睛繼續睡覺。」

護理師說完，緩緩轉過頭，轉身邁開步伐。那種寧靜，那種流暢，簡直就像雲在飄動。

濱山看了一旁的時鐘。目前是凌晨兩點十三分。因為沒有秒針，所以感覺好像停了。

到底該不該追以呼吸三次才走一步的速度漸漸遠去的白雲？這真的是現實嗎？還是夢境？濱山猶豫了一下，但立刻做了決定。

我要去。事到如今，沒什麼好怕的。

濱山坐了起來。護理師聽到毛毯和床單摩擦的聲音，回頭看著他，然後用熟練的動作推著點滴架扶著他。

「如果被人看到會很麻煩。」

護理師說完，帶著他繞過護理站，推開了一道沉重的金屬門，來到樓梯間。像敲鐘般的低沉聲音在逃生梯上擴散，然後她又打開另一道門，走進電梯，到二樓後走出電梯。

沒有人的門診候診室內只有逃生燈還亮著。候診室內排著無數沙發，電視螢幕一片漆黑，電扶梯也停止運轉。

兩個人的腳步聲聽起來格外尖銳，好像有人在彈走了調的鋼琴。

牆上閃過一道紅光，以驚人的速度掠過牆壁。

是救護車的旋轉燈嗎？似乎在病房大樓外旋轉閃爍，但並沒有聽到警笛聲。燈光照亮了寫著急救中心的牌子，然後一閃而過。這一切都令人倍感不安。

護理師握住濱山的手。

只有這份溫暖讓他感受到真實的世界。

面談室。

推開清楚寫了這幾個字的房間門，裡面的日光燈光線立刻衝了出來，濱山瞇起眼睛。

「你好。」

那個醫生向他打招呼。就是臉色蒼白的桐子醫生。他身穿白袍，坐在椅子上，抬頭看著濱山。

「雖然我有點驚訝，你竟然半夜找我，但換個角度想，這樣反而更方便，因為我們可以使用面談室。」

護理師露出微笑，又看著濱山輕輕笑了笑。

「濱山先生，這個時機剛好。不瞞你說，我們成為那個頑固副院長的眼中釘，所以現在白天的時間禁止我們使用面談室。」

護理師說完，靜靜走去桐子身後。

「請坐。」

濱山在桐子的示意下坐了下來，鐵管椅發出了擠壓的聲音。這個房間很狹小，毫無情調可言，只有一張桌子和幾張椅子而已。濱山和坐在對面的桐子之間的距離只有幾十公分而已。

「……你是死神嗎？」

濱山在思考之前就脫口問道。

「我告訴你，你實在太卑鄙了。」

走來這裡的路上，他的腦袋越來越清醒。他知道坐在眼前的這個男人並非真正的死神，也知道死神並不存在，但他還是無法不說這些話。至今為止，一直壓抑在內心的思緒都脫口而出。

「為什麼要製造死亡這種東西？為什麼要這樣折磨我？這種手法太陰險了！」

桐子和神宮寺都默默聽著濱山的怒斥。

「如果想殺我，就靜靜地殺了我！趁我不注意的時候，在我感到不安之前，一下子奪走我的性命就好。現在是在玩什麼把戲？在我面前留下那麼多選項，每種治療法都有機率的問題，偽裝成是我的選擇造成了死亡。你知道嗎？你害我都睡不著覺……因為無論怎麼思考，都想不出答案！」

濱山大喊著，把壓在心頭的話都說了出來，然後趴在桌上，握緊拳頭。

「……求求你……別讓我做這種選擇……即使只有死路一條也沒關係，即使我逃不過這一劫也沒關係，求你不要把希望放在我面前。我不行，還不如把我徹底推入絕望的深淵。讓我隱約看到希望太痛苦了，想要的東西明明就在伸手可及的地方，卻因為自己的努力和運氣而被拿走，這實在太痛苦了……」

濱山回過神時，發現自己咬緊牙關啜泣著。

「要給希望，就給我百分之百的希望，讓我百分之百可以治好……」

桐子和神宮寺仍然不發一語，只是默默看著濱山。

「求求你，讓我可以治好，求你放過我。我結婚才一年，京子雖然很堅強，但別看她這樣，其實她會壓抑自己，我必須陪在她身旁。我們的孩子快出生了，是兒子，我有很多事想和他們一起做……」

我到底在說什麼？簡直語無倫次，但他停不下來。

「求求你，別奪走我性命……」

濱山抬起頭，熱熱的東西順著臉頰滑落。

他對著眼前靜靜看著自己的死神說：

「求求你治好我的病！」

濱山的聲音空虛地在室內響起。

那兩個人仍然面無表情，露出好像在看電視的眼神。他們已經習慣病人向他們乞命了嗎？

濱山突然瞪大了眼睛。

因為一行淚水從桐子的眼中滑落。桐子臉上的表情完全沒有改變，視線也依然冷漠，但他的確確流下了眼淚。濱山正想說什麼，桐子搶先開了口。

「我不是死神，而是醫生，所以從醫生的角度表達意見。我看了你的病歷，除了主治醫生告訴你的治療方法以外，沒有其他方法。」

「……不能想想辦法嗎？」

濱山咬緊牙關，發出了擠壓的聲音。

「沒有辦法。」

「……」

聽到這句冷漠的話，濱山的怒火再度燃燒起來。

「別自以為了不起……你不是死神，而是醫生？那我就和你這個醫生說話！你知道赤園那傢伙對我說什麼嗎？他建議我做骨髓移植，說要和我一起奮戰到最後。又要奮戰嗎？還叫我繼續奮戰下去嗎？而且即使奮戰了，也無法保證能夠獲勝！你根本事不關己，別自以為了不起，高高在上地對我說話。等你和我生了一樣的病，再來說和我一起奮戰這種話！」

「我相信赤園的見解就是那樣，但要不要接受移植，是你的自由。」

「自由？你說自由？我也討厭你這種態度。只要我稍微抱怨幾句，就立刻想要用機械式的方法處理。你們每天都面對病人，所以習以為常了，但是太習以為常了，在治療我們的時候，簡直把我們當成工業製品。百分之幾可以治好，百分之幾會死，從這種統計的角度來思考、處理，但是，每個百分之一都是我們每個人的性命！」

「是啊。」

「你根本不瞭解！如果你瞭解，就不會用這種態度說話。」

「態度並不重要。」

「你說什麼？」

桐子說話的感覺和剛才不一樣了，濱山覺得自己好像快被他那雙眼睛吸進去了。

「你想要的並不是態度，而是治好你的疾病，但因為無法如願，所以才會像現在這樣挑剔。」

「……這……」

「沒關係，如果你想要恭敬的態度，我也可以這麼做，但你還是照樣會痛苦。」

濱山咬著嘴唇。桐子說得沒錯。懊惱和悲情湧上心頭。

桐子的話有一種高高在上的感覺。這也很正常，醫生和病人的處境本來就不一樣。並不是因為知識量的差異，或是哪一方是客人的問題，而是醫生很健康，但病人生了病，就這麼簡單。

桐子繼續說道：

「我身為醫生，認為這種痛苦，才是必須從根本消除的東西。也就是說，必須戰勝疾病，克服、打敗疾病，你同意嗎？」

「當然沒錯，但既然沒有其他治療方法……」

「不，還有其他方法。」

「……什麼意思？」

「濱山先生，你不覺得死亡也是戰勝疾病的方法之一嗎？」

這個醫生在說什麼？

「你剛才提到工業製品，的確存在這一面。」

桐子繼續說道：

「診斷確定後，該做的事都一樣。如果是白血病，就先做骨髓穿刺，根據不同類型的白血病，採用不同的化學療法緩解，同時確認預後不良因子，判斷要不要做造血幹細胞移植。無論病人是誰，這個流程基本上都不會改變，就像放在傳輸帶上的產品一樣，送去固定的生產線，所以有些人會忘記，自己是一個活生生的人。」

「呃……」

「並不是我們醫生把你當成工業製品，而是你自己。如果你不回想起自己是一個人，在醫院這種地方，就會淪為工業製品。」

他在說什麼？難道是我的錯？濱山覺得渾身的血都往腦袋衝，但內心深處嚇了一跳，有一種好像被說中的討厭感覺在內心擴散。

「你被送上傳輸帶，傳送了一段，然後來到了分歧點，要不要接受造血幹細胞的移植。這是賭博，只知道過去的機率，所以不知道該賭哪一邊。」

「沒、沒錯啊。」

「於是，你就覺得醫學和醫生都不負責任。」

「對……」

「不是這樣，對你的生命最不負責任的不是別人，是你自己。」

桐子淡淡地述說著。

「濱山先生，你到底想怎麼樣？你來這家醫院，到底想得到什麼？」

「當然是治好我的病，然後健康地出院。」

「如果能夠做到，當然最理想，但如果治不好呢？」

「啊？」

「我換一個方式發問，你能接受哪種程度的結果？」

濱山一臉困惑，桐子探出身體說：

「打一個比方，如果可以免於一死，但必須失去視覺，你能接受嗎？如果還必須失去聽覺和觸覺呢？如果失去了腿呢？如果智能指數失去一半呢？如果失去所有的存款呢？如果必須和別人交換生命呢？如果壽命折半呢？如果竄改你的記憶呢？」

桐子一口氣說了很多假設，濱山愣住了。

「你可以接受到什麼程度？具體來說，到什麼程度，你願意用自己的生命來交換？」

濱山倒吸了一口氣。

「到什麼程度，你願意用自己的生命交換，其實就是你認為自己的生命有多少價值。對你來說，生命是什麼？你曾經認真思考過嗎？」

桐子露出認真的眼神問濱山。

他認為這就是對生命負責的態度嗎？如果思考到這種程度，就不會在附帶了機率問題的治療法之間猶豫了嗎？

「這種事，我從來……」

「你從來沒有認真考慮過自己的生命，就因為不想死，所以來醫院，把自己的生命交給醫生嗎？」

面對這種惡劣的追問，濱山反駁說：

「你是說，所有人都是想清楚這些問題之後才來醫院嗎？」

桐子搖了搖頭。

「不，大部分人什麼都沒想就走進醫院，只是隱約希望可以再度健康地出院。」

「就是啊。」

「所以，我們不得不把他們放上傳輸帶，把他們放在只追求稍微延長壽命的生產線上，像工廠一樣運作。因為這就是他們的心願。」

濱山發出低吟。

「但是，死亡就在前方，極限早晚會出現，傳輸帶無法再繼續轉動，或是已經無可救藥。這時，大家才會發現，想要重拾健康的心願只是幻想。」

「接下來會怎麼樣……？」

濱山的身體開始顫抖。桐子的話很沉重，好像他身為醫生看到的所有死亡都佇立在他背後。

「放棄。」

站在房間角落的神宮寺垂下眼睛。

「面對死亡的恐懼疲憊不堪，深陷絕望，然後心灰意冷地死去，徹底投降。」

「這、這……」

濱山低下頭，看著自己的大腿之間，看著鐵管椅的腳和白色的地面。

「這也太過分……」

「沒錯，現實很過分。」

桐子把握住的拳頭放在桌上。

「濱山先生，我在面談時經常告訴病人，要不要輸給死亡，都取決於自己。」

濱山猛然抬起頭。

「如果不希望最後以敗北結束，有很多方法。」

「……該怎麼辦？」

「比方說，可以離開傳輸帶，拒絕傳輸帶把自己慢慢送向死亡，然後，用自己的雙腳走。」

「你說什麼？」

「用自己的雙腳走向死亡。」

濱山瞪大了眼睛，桐子的臉色蒼白，沒有光澤，好像裡面隱藏了虛無。

「當自己能夠接受死亡時，不就是戰勝了死亡嗎？」

濱山感受到了。

他感受到死神的氣息。

九月九日

野鳥大聲啼叫。天快亮了。

濱山一夜沒睡，迎接早晨來臨。

他一次又一次思考和桐子之間的談話。

自己走向死亡。

但這並不代表自殺。

桐子告訴他，有病人主動離開傳輸帶。那個病人和濱山一樣，也罹患了白血病，因為高齡的關係，所以治療效果不理想，但還可以藉由治療延長壽命。用化學療法可以延長大約半年的生命。

但是，那名病患拒絕治療，主動出院了。

桐子雖然沒有提及病人的名字，但濱山覺得就是原本躺在隔壁病床的老人。

桐子說，那名病人在和桐子討論之後，自己做出了這樣的決定。他決定在木造的破房子內為庭院的盆栽澆水，每天早上煮一鍋粥，晚上烤魚，有空的時候看看書。他認為這才是自己的人生，即使因為生病而倒下，那也是自己的人生。

注射抗癌劑，在醫院中度過的時間稱不上是活著。即使延長了生命，考慮到因為治療而失去的時間，反而是損失。生命所剩下的最後時光有限，不需要浪費在這種地方。

「他選擇了死亡。」

桐子說。

他不是在醫院採取延命措施之後走向死亡，而是選擇短暫而燦爛，在自己家中走完人生。

「請你好好思考一下，我們醫生往往因為太想拯救病人，有時候被迫和疾病作戰，運用各種方法讓病患遠離死亡，直到最後一刻。病人的家屬也希望這麼做，但這病人真的想要用這種方式活著嗎？會不會是醫生和家屬的自我滿足？病人不能因為他人的自我滿足而輸給死亡。」

桐子對濱山說了一番好像禪修問答的話。

「一旦受到死亡的影響，往往會失去生活方式。失去生活方式的人生就和死亡無異。相反地，維持自己生活方式的死亡，就等於還活著。」

這已經不是醫學，也不是醫生所做的事，而是宗教，或是哲學。

然而，這些話留在濱山心中。

回想起來，濱山一直感到厭惡。

從被宣告得了白血病至今一個月來，人生的運轉已經脫離了他的意志，疾病主導了時間，高舉著機率，逼著他做出一個又一個選擇。濱山只能被追得拚命奔跑。

這種感覺讓他很不舒服，他想奪回自己的人生。

……奪回？

我現在、失去了、自己的人生嗎？

……從什麼時候開始……？

他抬頭看著天花板，看到白色中有許多黑色小斑點。他想起了京子喜歡的牛奶巧酥冰淇淋。

我什麼時候掌握了自己的人生？

以前的確有這樣的感覺，可以按照自己的意志前進，開拓前進的道路。但是現在呢？每天擠電車去上班，在公司時整天坐在辦公桌前工作，回到家後倒頭就睡，每天都重複這樣的生活。雖然安穩平靜的生活並不壞，但出人頭地或是未來都掌握在更大的力量手中，根本無法如自己的願。

不知不覺中，我被人生困住了。

而且，自己也徹底習慣了這種情況。

濱山雙手捂住了臉，手掌摸到了粗糙的皮膚，陷入了一種好像在摸爬蟲類鱗皮的錯覺。他的下半身蓋著被子。醫院內的冷氣沒有開得很強，大腿內側被汗水濡濕了。雖然汗水不至於多到需要擦拭，但可以確實感受到的黏答答很不舒服。

他不希望用這種方式結束。

傳輸帶？開什麼玩笑。公司？醫生？死神……？

這是我的生命，不交給任何人。把我的生命還給我。

濱山緩緩吐著氣，拿下了手。

……決定了。

刺眼的朝陽從窗簾的縫隙灑進病房內。

九月十日

「雄吾，真的沒問題嗎？」

京子露出不安的眼神看向身旁。臉頰凹陷，瘦了一大圈的丈夫握著雙手坐在那裡。

「嗯，我不是說了嗎？我已經決定了。」

「既然是你經過思考後做出的決定……我不會反對……」

沒錯。她決定不反對。因為她不能干涉當事人雄吾做出的決定，但仍然無法消除內心的不安。

「你應該知道有很多風險吧？」

「是啊，昨天不是已經說了很多次了嗎？」

「是沒錯啦……」

「妳還在擔心嗎？」

「……不，沒事。」

京子說完閉了嘴，但她在說謊。

然而，她知道雄吾應該比任何人都感到不安，所以她不希望把自己的不安加在他身上。

面談室的門打開了。

「兩位久等了。」

身穿白袍的赤園邊說邊走了進來，京子起身致意，正打算坐下來時，忍不住倒吸了一口氣。

「兩位好，很高興認識你們，是濱山先生和太太吧？」

一個高大的男人跟在赤園身後，向他們欠身致意後走了進來。因為他穿著白袍，所以知道他是醫生，但京子看到那張陌生的臉，忍不住有點緊張。

「我是本院的副院長和外科部長福原，雖說是副院長，其實差不多就是幫大家跑腿的角色。因為我很希望瞭解一下正在和頑症奮鬥的濱山先生的情況，所以再三拜託赤園，要求讓我也一起參加。不好意思，突然來這裡打擾。」

那個姓福原的男人露出潔白的牙齒，展現了爽朗的笑容。雖然他身居高位，但柔軟的身段讓京子鬆了一口氣。赤園繼續補充說：

「福原副院長對拯救像濱山先生這樣頑症的患者投入了很大的熱情，希望本院能夠盡力提供協助，所以今天也一起來參加面談。」

「喂喂，你說得這麼一本正經，濱山先生會緊張。」

福原用手肘頂了頂赤園，然後放鬆臉上的表情，看著濱山和京子。

「總之，希望你們不要有太大的壓力，除了赤園，我們都會一起努力，希望濱山先生能夠健康出院。」

「……謝謝，副院長特地親自來和我們面談，也為我們壯了膽。」

京子有點被嚇到，但還是鞠躬說道，福原面帶笑容地點了點頭。

這時，她發現赤園露出試探的眼神看過來。

原本以為在看自己，但立刻發現自己錯了。

赤園正注視著身旁的雄吾。京子也順著他的視線觀察雄吾。

雄吾鎮定自若，即使副院長突然出現，他也不慌不忙，氣定神閒地看著前方。京子覺得他看起來好像靈魂出竅，不由得感到不安。

「……濱山先生？」

赤園叫了一聲。

「是，怎麼了？」

「喔，沒有，不好意思。今天我們要討論今後的治療方法……聽說你已經決定了。」

「對。」

雄吾點了點頭，京子覺得喉嚨深處陣陣刺痛。一旦說出口，就沒有退路了……

福原和赤園的眼神中充滿了期待，濱山對他們說：

「我要做造血幹細胞的移植。」

福原感到內心深處一陣顫抖，燃料點了火。他熱血沸騰，全身燃燒起來。

「……濱山先生，已經下定決心了嗎？」

赤園露出有點洩氣的表情，向濱山確認。濱山點了點頭。

「對，請你們為我做造血幹細胞移植。」

「你已經瞭解移植的風險吧？」

「對，我瞭解。」

福原情不自禁站了起來。

「感謝你做出這個決定！」

他從正面端詳著濱山的臉。因為受到緩解導入療法的影響，濱山的臉頰凹了下去，氣色也很差，但他的眼中有光。那是和疾病奮戰的意志所發出的光。

就是這種光。每次看到這種光，我內心就會湧現鬥志。

福原內心這麼想著，轉頭看向赤園。

「赤園，你要做好萬全的準備，往這個方向進行。」

「我知道。」

赤園也面帶笑容地點了點頭。

「好！」

福原輕輕做了一個勝利的姿勢。

之前聽赤園說，濱山很猶豫，對治療感到疲憊。絕對不能再次發生像橋田那樣的狀況。為了以防萬一，他決定一起參加面談，原本打算視實際情況，和赤園一起說服濱山。但完全是杞人憂天。濱山自己做出了決定，也許赤園和濱山之間建立的信賴關係超乎了自己的想像。赤園，幹得好！

「濱山先生，請問你有兄弟姊妹嗎？」

「有一個弟弟。」

赤園立刻開始向濱山調查詳細的情況。

「那你弟弟會是捐贈者的第一人選。因為要調查血型，所以要請他來醫院一趟。然後是骨髓銀行，根據我們事先詢問，有三個人初步配對成功。」

「這樣算多嗎？」

「不，人數算少。你的類型比較罕見，所以最晚必須在年底進行移植。從現在開始和捐贈者交涉，時間有點緊迫。因為交涉經常會耗費超過一年的時間。」

「也就是說，即使我想接受移植，也沒有可以移植的骨髓嗎？」

「……我們會採取措施，避免這種情況發生。首先，你和弟弟的型能夠配對成功的可能性是百分之二十五，如果能夠配對成功，當然就是最理想的結果。我們會和骨髓銀行那三位配對成功的捐贈者進行交涉。除此以外，還有半相合移植，也就是接受你父母的骨髓，只是這種方式的移植會增加風險。雖然配對成功的可能性不高，但我認為可以先檢查一下。」

濱山愣了一下，但他吞了吞口水後，點頭回答說：

「好，我要先聯絡我弟弟，對嗎？」

「對，我們努力在年底之前完成移植，包括前處置在內，我們馬上著手進行。」

福原感受到面談室內有著令人欣慰的緊張。

赤園和濱山。醫生和病人攜手挑戰疾病。這才是正常的關係。

桐子，怎麼樣？如果放棄生命，無法創造任何東西。

「濱山先生，我們一起努力。」

福原露出心滿意足的微笑對濱山說。

「好。」

濱山點了點頭。

九月十一日

狹小的第二辦公室內，護理師神宮寺說：

「桐子醫生，聽說濱山決定接受骨髓移植，他要繼續和疾病奮戰。」

桐子沒有回答，看著電子病歷，喝著白開水。

「老實說，我很意外。因為濱山聽了你的話之後，看起來很認同的樣子。我以為他會避免持續和疾病作戰，在某一個時間點接受死亡，就像之前的橋田一樣。桐子醫生，你怎麼認為？」

「什麼怎麼認為？」

「你會不會覺得他的行為否定了你的意見？濱山仍然在赤園醫生，不，是赤園醫生背後的福原醫生……由他操作的傳輸帶上。」

桐子想了一下後回答：

「我並沒有否定傳輸帶，如果是基於自己的意志留在傳輸帶上，這也是積極的決定。」

「……誰知道是不是基於自己的意志呢？」

神宮寺不懷好意地問。

「雖然沒有證據……」桐子看著半空，「但我相信濱山。」

杯子冒出的熱氣微微搖晃。

九月十二日

「雄吾，你聽我說……這樣真的好嗎？」

京子在整理衣物時問。

「妳怎麼還在說這些話？不是早就已經決定了嗎？」

雄吾看著電視回答，電視中傳來家庭主婦看的連續劇的聲音。

「但我還是會害怕。」

「我有什麼辦法？我自己也會怕啊。」

「是啊，我知道……」

我知道，我真的都知道。

京子把衣服從櫃子裡拿出來，裝進行李袋。丟掉牙刷。因為要買新的牙刷。毛巾折好後放進背包，然後把新的毛巾拿出來放好。

「雖然知道……但是……」

「我說啊，」

雄吾的聲音很不悅。京子回頭一看，發現他關上電視看著自己。

「妳說這種話，我不知道該怎麼辦？還是說，妳覺得生這種病是我的錯嗎？」

「不是，但不安越來越強烈，我放不下心。」

京子垂下雙眼。雖然已經做好了心理準備，但現在越來越忐忑。她實在無法克制，才忍不住把這些想法說出口。

「但醫生不是已經說會盡全力嗎？」

「是沒錯啦。雄吾，你為什麼可以這麼篤定？你在決定要移植時也一樣，總覺得你好像突然變堅強了。」

「我並沒有篤定，只是心意已定，就只是這樣而已。」

「但不是很可怕嗎？我不相信你不害怕，你不是也聽到骨髓移植前處置的事嗎？會使用接近致死量的放射線和抗癌劑……」

「我知道。」

「你真的知道嗎？以後沒辦法再生小孩了。」

她發現雄吾的嘴角抽搐。

「……我知道。」

「你之前不是說，想要生三個孩子嗎？現在已經不想了嗎？」

雄吾皺著臉。京子的話似乎提醒了他。

那是蜜月旅行的時候。因為他們希望盡可能節省，所以沒有出國，而是去了國內的溫泉旅行。那是一家老舊的小旅館，但從房間看出去的海景美得難以用言語表達。那天在房間內看夕陽時，雄吾的確說過那句話。京子至今仍然記得雄吾和自己握在一起的手的溫度，也記得雄吾的頭髮碰到自己臉頰的感覺。

「我也很痛苦啊，今天就別再聊這些了。」

「這樣好嗎？雄吾，這樣真的好嗎？雄吾，你再和我多聊一下嘛。」

一旦開始討論，就停不下來了。京子在不知不覺中用歇斯底里的聲音逼問雄吾。

「我們不是在聊嗎？而且隨時都可以聊。」

「哪有！你接下來不是要搬去無菌室嗎？雄吾，你到底知不知道？也許……」

京子的眼眶含著淚，她無法再繼續說下去。

也許你無法離開無菌室，就這樣死了。

她當然不可能把這種話說出口。

「妳幹嘛？從剛才就一直這樣。是我要接受治療，原本壓力就夠大了，妳不要再說這些有的沒的！」

雄吾的語尾也很粗暴。京子著急起來，不知道該如何傳達自己的心意。她恨自己不會說話，但雄吾很快就會被帶去無菌室，已經沒有時間了，必須趕快告訴他。

「雄吾，我想要你的孩子……」

「孩子的事根本沒辦法啊。放射線和抗癌劑會破壞生殖功能，這是無可避免的事，我也會冷凍保存精子。妳倒是想想我的心情啊！」

「不是！不是這樣。」

這不是自己想討論的話題。

「那到底是怎麼樣？妳還有什麼不滿嗎？」

京子愣了一下，雄吾漲紅了臉繼續說：

「不是已經讓妳懷了一個孩子了嗎！這樣不就夠了嗎！」

京子感覺到自己臉色鐵青。

她摸著巨大的肚子，整個人僵在那裡。

淚水從眼中滑落。腹部深處，子宮的內側在顫抖。

京子慌忙摀著嘴衝出了病房。

濱山覺得「慘了」時，已經來不及了。

他聽到京子衝進了廁所，然後隱約傳來嘔吐的聲音。

「京子……」

自己說話太過分了。

但是，到底該怎麼辦？自己到底該回答什麼？移植很危險，這的確是事實，他完全想不到任何可以安慰京子，讓她放心的話。自己也很害怕，當然不可能消除京子的不安。

嘔吐的聲音好像在向自己發難，他感到坐立難安。

……無論我還是京子，都快要崩潰了……

「濱山先生。」

一名護理師走進病房。

「無菌室的病床已經準備好了，我們走吧。」

「啊，好……」

護理師看著放在床邊的行李袋。

「都準備好了吧？」

那是京子剛才整理的行李，為自己準備的物品。護理師抱起來後，拎在手上。

「那我們走吧。」

濱山默默點頭，護理師打開了病床滾輪的扣鎖，然後慢慢推著濱山。推出病房後，繼續推向樓層深處的無菌室。

無菌室用兩道玻璃門隔開，閒雜人等當然不能隨便進入，甚至嚴格限制院內工作人員出入。

門口有一排消毒器具，上方的監視器看著濱山。

濱山的骨髓即將遭到破壞，必須在無菌室生活，就像魚缸裡的金魚一樣。

等一下要傳電子郵件給京子，向她道歉。

這是我目前所能做的一切。

濱山斜眼看著京子前往的女廁標識。

九月二十六日

「所以，要很久之後才能出院，對嗎？」

「對，即使一切順利，也要明年一月才……」

濱山來到可以打電話的區域，用手機打電話。

「原來會超過半年。」

「對。」

人事部部長的聲音顯得很為難。

「濱山，公司方面當然認為你生病很不幸，而且也很肯定你之前的工作能力。」

「是……」

「但是，很抱歉，像我們這種小公司很難通融。如果你沒辦法來上班，就需要有能夠替代的即戰力。」

「在我休假期間無法提供薪水的意思嗎？」

「……不，雖然很難以啟齒，但半年後可能沒辦法安排你的工作。」

「是解僱我的意思嗎？」

「不，如果你現在能回來上班，當然是最理想。」

「但我有半年時間沒辦法回去上班，搞不好要更長時間，公司的意思是叫我不要接受移植嗎？」

「不，公司當然希望你好好接受治療，恢復健康，只是很難一直保留你的職位。」

濱山忍不住嘆了一口氣。這不就是解僱嗎？

「所以，這件事已經決定了嗎？」

「董事長決定了。」

人事部長說話的語氣堅定。濱山知道多說無益。

「好吧，那至少匯點慰問金給我。」

「濱山，不好意思，我也極力為你爭取，但還是沒辦法。我當然會找機會去看你，我一定會去。」

少騙人了。他一定很慶幸順利裁掉了中堅職員。

「不必了，我目前在無菌室，只有家屬才能探視。」

濱山掛上電話，然後抓了抓只長了軟毛的腦袋，坐在沙發上。

他感受到公司的冷酷無情，那是團體捨棄不必要東西時特有的跡象。

不，那家公司原本就沒有什麼溫暖。公司的經營捉襟見肘，年輕員工虎視眈眈，資深員工只顧著自保。堂島直到現在都沒有來醫院探視過濱山。聽說他目前是營業部第二組的組長。濱山缺席後，他立刻替補上來，也搶走了濱山的功勞。

如果晚一天生病，如果那天完成了簡報。

會不會稍微不一樣？

……事到如今，說什麼都沒用。

京子寄來了電子郵件。「那天很對不起，我們改天再好好聊一聊。我支持你。」濱山操作手機，只回覆：「謝謝，我也有不對。」

非但不可能再次討論，自己越來越無法對京子說真心話。

但這也是無可奈何的事。

怎麼可能告訴她，公司在月底就會解僱自己……？

「濱山先生，房間已經準備好了，你打完電話了嗎？」

年輕的女護理師問他。

「喔，對，不好意思。」

濱山慌忙把手機關機，放進了口袋。

「請跟我來。」

護理師面無表情，好像帶動物去籠子一樣，帶著濱山來到只寫了「處置室」的房間。

「請裝在這個收集管內，結束之後，請通知窗口。那就麻煩你了。」

濱山點了點頭，接過裝在袋子中像試管般的容器，走進小房間，鎖上了門。

小房間內的白色牆壁有點泛黃。

濃烈的除臭劑香味，反而顯示這個小房間內充滿了特有的味道。

小房間內有一台小電視，連結著DVD機，旁邊放了幾盒A片錄影帶和18禁的寫真集。

濱山把收集管放在一旁，坐在電視前的椅子上。

脫下褲子，露出了下半身。

他突然覺得很可悲，眼淚都快流出來了。他按住了眼瞼。

然後，他吐了一口氣，注視著透明的收集管。

有朝一日，會靠在這裡收集的精子生下孩子嗎？會有這麼離奇的事嗎？

竟然要把冷凍保存的精子塞進子宮，他覺得這種事太粗暴了。這根本不是什麼生命的奧秘，而是像工地現場般粗暴的感覺。

但是，並非只有這件事而已。

回想起來，抗癌劑的構造也很原始，只是把好細胞和壞細胞一起殺死。骨髓移植也一樣，從別人身上抽出來之後，放進自己的身體。沒錯，就是這樣。人類不是魔術師，醫學也並非萬能。

這就是現實，現在無暇做夢。

接受吧。

濱山選了一部A片，放進了DVD機。

十月五日

無菌室的自動門打開，京子緩緩走過那道門，低頭走出無菌室。她回頭看了一眼，監視器在兩道門內看著她。

她拿下胸前的面會證，交還給櫃檯，向剛好路過的護理師點頭打招呼後，走進了電梯。她感受到肚子裡的孩子在體內旋轉。乖喔，乖喔。她隔著孕婦裝摸著肚子。

走出醫院，看了一下時鐘。

京子是自由網頁設計師，零星接了一些案子，離截稿期的時間還很長。她獨自點了點頭，經過花店前，走向一家漫畫咖啡店。

白天的店內很安靜。她走進包廂，關上了門，坐在椅子上。

她沒有租漫畫，也沒有打開電腦，坐在黑暗的包廂內捂住了臉。

「唉……」

她發出了呻吟。

「我不知道，完全不知道該怎麼辦，也完全不知道雄吾在想什麼。」

自從上次爭執之後，他們之間的關係一直很彆扭。雖然雙方都道了歉，照理說心裡應該沒有疙瘩了，但還是覺得有嫌隙。今天去探視時也一樣，用對講機和躺在無菌室玻璃內側病床上雄吾聊天時，都是聊一些無關緊要的事。

無論京子問什麼，雄吾都只說「別擔心」、「交給我處理就好」。

兩個人內心深處都感到不安，卻因為不想增加對方的負擔而隱瞞。其實根本沒辦法隱藏，但一旦說出內心的不安，又會發生爭執。

只能忍耐。

雄吾已經很辛苦了，所以自己只能忍耐。京子深切瞭解這一點。

胃的深處在蠕動，但還不至於想吐，只是有點反胃。不知道是否懷孕後，體質發生了變化，只要情緒激動，就會想嘔吐。她緩緩呼吸，讓心情平靜下來。

「但是，都是我的錯嗎？我也很痛苦啊……」

京子說出了無法對任何人傾訴的話。

「我之前根本不知道會這麼痛苦。」

以前沒有想到心愛的人生了病，不在家時會這麼不安，也不知道擔心可能會失去心愛的人是多大的恐懼。去探視時，必須面帶笑容，無法在最想要示弱的人面前表現出脆弱的一面。

正因為愛，所以才會痛苦。因為痛苦，所以才會和心愛的人之間產生嫌隙。

京子終於瞭解，病人的家屬背負著另一種痛苦。

她閉上眼睛，握起雙手祈禱。

請給我力量。請給我和雄吾的疾病奮戰的力量。

她無法不祈禱。她無法在家裡祈禱，在充滿雄吾氣息的家裡，她總是心神不寧，反而更加痛苦。

漫畫咖啡店低消時間的三十分鐘內，京子一直在祈禱。

……好了。

她拿起帳單。

結完帳後，接過會員卡。

「謝謝妳。」

已經熟識的店員看著京子笑說：

「妳最近每天都來這裡。」

京子不置可否地笑了笑，把會員卡放進皮夾。

十月八日

「很遺憾，你弟弟的HLA和你無法相合。」

赤園說話時，眼鏡反著光。濱山垂頭喪氣。自己無法通過百分之二十五的機率。

「……骨髓銀行那裡的情況怎麼樣？」

「目前正在徵詢捐贈者的意見，但對方願不願意同意，就要看運氣了。三位捐贈者中，目前已經有兩位說無法提供，還在等最後一名捐贈者的最終回覆。」

「最終回覆……沒問題嗎？」

赤園皺著眉頭。

「無法保證絕對沒問題，捐贈者可能在最後關頭拒絕提供。捐贈這件事是建立在對方善意的基礎上，我們只能相信對方，繼續等待。這一次……對方的回覆有點慢，所以也必須考慮到對方拒絕的可能性。」

「但是，目前已經開始進行前處置，怎麼可以現在跟我說，沒辦法做移植呢？」

接下來要做全身放射線照射，並注射大量抗癌劑，消滅濱山的骨髓，讓他的身體無法自行製造血液。

身體無法製造血液，聽起來很可怕。

這就像沒有大腦的人一樣，只能靠醫療的力量生存。在自然界會遭到淘汰，根本不可能存在，和妖怪或是幽靈一樣，都是不自然的存在。

只有植入捐贈者的骨髓之後，才能恢復造血功能。但是，如果找不到捐贈者呢？或是捐贈者在最後關頭拒絕提供，又該怎麼辦？

濱山就只能繼續當妖怪，無法變回人類，然後死去。

「有沒有其他方法，像是……保障之類的。」

「別擔心，還可以做臍帶血移植。」

赤園看著濱山說。

「那是什麼？」

「臍帶就是連結嬰兒和母親的臍帶，裡面有許多造血幹細胞，只要移植臍帶血，就可以期待和骨髓移植相同的效果。」

「原來還有這種東西，所以，可以靠臍帶血來解決嗎？」

濱山鬆了一口氣。

「對，配對成功的骨髓當然最理想，所以我們祈禱骨髓銀行可以協調成功。如果那裡不行，我們就使用臍帶血，但臍帶血也有存量的問題，所以也有極限。」

「目前存量有多少？」

「只有一個抗原不相合的臍帶血有一支。」

赤園露出嚴肅的眼神說。

「只有……一支？」

「對，所以只能用一次。」

「醫生，如果那個……細胞無法順利接種，會造成什麼結果？」

「如果接種失敗，就沒有臍帶血了。」

濱山的表情頓時緊繃起來。

「只能設法靠其他方法解決。」

機率。機率。機率。

簡直就像在走鋼索。

神明到底要我接受多少次考驗？

「濱山先生，你別擔心，我們很有勝算。萬一接種失敗，我們也會考慮其他方法。」

濱山用力吞著口水，然後直視赤園，用平靜的聲音說：

「好，那就沒問題，請繼續進行下去。」

「濱山先生，那就一起努力。」

和濱山談話結束後，赤園走出無菌室。他取下口罩，拿下帽子。然後沿著走廊走到底，打開了走廊盡頭的門。風吹了進來。

他來到四樓的逃生梯，俯瞰著下方的景色，重重地吐了一口氣。

風一吹，額頭的汗水立刻涼涼的。氣溫一天比一天低，蟬也都死光了，變黃的銀杏葉紛紛飄落。

一切都失去了溫度，漸漸結冰。

真的有辦法做到嗎？

赤園回想起自己剛才說的話。捐贈者的反應不理想，臍帶血也只有一支。雖然的確看到了希望的光，但眼前的狀況絕對稱不上順利。

在這種情況下，仍然必須激勵濱山，不能讓他發現自己內心的不安……

還不到四點，太陽就漸漸下山了。秋日冰冷的紅色夕陽，攪亂了赤園的心。

「別擔心，你要有自信。」

有人重重拍著他的肩膀，回頭一看，發現福原站在那裡。

「赤園，你剛才去見了濱山先生吧？」

「福原……醫生。」

福原的頭髮有點亂，可能是剛才跑來追自己。

「濱山決定接受移植，你不能退縮。」

「是啊。」

赤園點了點頭。

濱山的態度的確發生了改變。之前他很猶豫，也很害怕，但現在似乎下定了決心。必須向他學習。

「你要相信，一切都會很順利。」

福原握著拳，注視著赤園。

「……對。」

赤園回答，他從福原的眼神中得到了勇氣。

十月十九日

家裡很安靜，京子在客廳撫摸著肚子。

她和雄吾的關係還是沒有改變。

她知道夫妻之間產生嫌隙的原因。自己整天擔心，但雄吾好像頓悟般接受了現狀。不知不覺中，不安的一方和必須支持對方的兩個人立場逆轉了。

就是那天之後，從雄吾決定移植的那天之後。

雄吾前一天還喊著，自己無法做出這樣的選擇，沒想到隔天早晨就決定移植。雖然京子問了他原因，但雄吾只回答說：「我想找回自己的人生，所以希望自己決定。」

京子至今仍然不太瞭解這句話的意思。

想要找回自己的人生和移植有什麼關係？那天晚上，到底發生了什麼事？京子無法深入瞭解狀況，時間一天一天過去。

前幾天聽主治醫生說，移植的前途多舛。配對成功的捐贈者拒絕提供捐贈，骨髓銀行協調失敗，所以必須用臍帶血移植。

但是，雄吾完全沒有慌亂，只是淡淡地說：「是這樣啊。」就連京子也受到很大的打擊，雄吾到底怎麼了？

他可能自暴自棄了。

如果他對和疾病奮戰感到疲累，覺得一切都無所謂了，就可以解釋目前的情況。

京子摸著自己的腹部。寶寶的身體就在隆起的臍帶後方。

隆起的腹部轉動了一下，好像在回應京子的呼喚。強而有力的胎動。

「……是啊。」京子小聲地說，「爸爸一定在努力，沒錯，我們要相信他。」

京子咬著下唇，抬頭看著窗外。不知道哪裡冒出來的厚厚烏雲籠罩了天空。似乎快下雨了。

移植前處置已經開始，如果計畫沒有改變，雄吾今天全身都要接受放射線照射。京子無法想像那有多麼可怕。

雄吾。

京子為了克服內心的不安，抱緊了自己的身體。

原來這裡就是放射線治療室。真是毫無情調。

寬敞的白色房間內，濱山躺在冰冷的平台上，看著感受不到生命力的天花板。

「那我們就開始吧。」

聽到技師的聲音，濱山默默點頭。

他覺得自己就像砧板上的魚肉。隨著嘰的一聲，平台移動起來。頭部上方是像太空船內部般的巨大白色裝置……那是放射線照射儀器。黑暗從像是固定小窗戶的部分瞪著他。

放射線就是從那個地方出來。

輕微的機器聲之後，就聽到嗶的聲音。

放射線已經照在我身上了嗎……？

沒有光，也沒有任何東西照在身上的感覺。眼珠深處似乎有眩目的感覺，但應該是心理作用。

據說要分三次照射十二格雷的放射線，如果集中一次照射，致死率為百分之百。總計為一千兩百萬西弗……遠遠超過核電廠作業員在緊急狀況時被曝極限的五十倍，會把內臟燒爛。

可以看到死亡。

濱山忍不住這麼想。

他覺得死亡就在眼前。死亡撲了過來，我主動讓死亡籠罩我的全身。

只為了活下去。

牙齒因為恐懼而顫抖，眼睛表面乾澀，但他仍然睜大眼睛，好像在和野獸對峙般注視著放射線照射儀器的照射口，注視著感受不到生命力的黑色部分。

十月二十四日

糟透了。

放射線和大量抗癌劑對濱山造成了強烈的副作用。

他感到渾身無力，高燒不退，口腔到喉嚨深處都嚴重潰爛，持續分泌混著血絲的高黏度唾液。嘴裡一直有鐵的味道，疼痛無法消除。腹瀉不止，透過導尿管排出的尿液都是血尿，嘔吐的感覺比之前更加強烈。

即使在這種情況下，仍然必須忍著嘔吐喝水，也必須吃藥，把逆流的胃液吞下去。每次都感受到鐵的味道。口腔內部疼痛不已，好像一直有針在刺。

簡直是地獄。

這種綜合性的痛苦和全身的疼痛比之前的任何痛苦更加強烈，而且沒有終點。

他昏沉沉地躺在無菌室內，不時有人來看他，隔著玻璃看著他，然後用對講機和他說話。濱山覺得自己好像在動物園的籠子裡。

不，一定就是這樣。

我的骨髓已經死了，我已經無法製造血液，變成了妖怪。所以，這裡是動物園的籠子，客人來這裡看妖怪……

「濱山先生。」

濱山聽到一個熟悉的聲音。

「……有。」

雖然很懶得動，但還是轉過頭。那個男人皮膚蒼白，有著一雙大眼睛，戴著口罩和帽子。

「桐子醫生……」

「我來看你。」

濱山輕輕動著因為口腔炎而無法順利活動的嘴。

「我只有在深夜和你聊過一次，謝謝你特地來看我。」

桐子在玻璃的另一側點了點頭。

「赤園很納悶，因為你的意志突然很堅定……你還好嗎？有沒有勉強自己？如果有什麼問題，隨時可以和我討論。」

濱山露齒笑了笑。

「死神醫生，不好意思，無法讓你如願，我會活下去。」

「……是嗎？」

桐子一如往常的面無表情，無法解讀他內心的感情。

「但是，和你聊過之後，提供我一些參考。」

「那真是太好了。」

「醫生，你今天比較空閒嗎？」

「對，皮膚科的門診比較早結束。」

濱山提出一個要求。

「醫生……可以拜託你一件事嗎？」

桐子默默注視著濱山的臉。

「我想請你為我保管一樣東西。」

十月三十日

終於到了移植那一天。

濱山心神不寧地等待那一刻。

今天，臍帶血要移植到我這個妖怪身上。

京子一臉不安的表情，濱山笑著向她揮手。

睫毛、鬍子和頭髮再次掉光。濱山猜想自己現在看起來應該像外星人。京子對他露出說不清是哭還是笑的表情。

不一會兒，赤園和護理師來了，手上拿著裝滿液體的袋子。

終於到了這一刻。

在時鐘指向十二點的同時，移植開始了。

雖說是臍帶血移植，但沒想到一下子就結束了。

只是用點滴把塑膠袋裡的東西注射到體內，看在旁人眼中，會覺得和輸血一樣，但是濱山看著眼前的景象出了神。

這是鮮紅的、鮮紅的血，紅得讓人難以置信這個世界上有這麼高純度，這麼美的紅色。臍帶血。

那是某個母親和她的孩子連結的地方，神秘的臍帶充滿了生命力，如今給予了我。他感受到神聖，也感受到愛和力量。生命流入了自己的身體，女神賦予已經不是人類的我新的生命。

太美了。

這是光。這是希望的光。

紅色的臍帶血就像寶石般閃著光，一滴一滴吸入身體。

他看向京子。

京子哭了。

濱山也哭了。

短短數十分鐘，就完成了臍帶血的移植。

護理師對濱山說，如果有什麼異狀，請他按呼叫鈴，然後就走了出去。臨走前告訴濱山，幾個小時後，要注射免疫抑制劑，到時候還會再過來。濱山目送她的背影，吐了一口氣。

他有一種奇妙的感覺。

他並沒有感動，身體狀況也沒有立刻發生變化，醫院方面的應對很平淡，但濱山有一種難得飽餐一頓後的深深滿足感。

京子在玻璃牆外，可以從對講機中聽到她的聲音。

「雄吾，這下子應該沒問題了，對不對？」

「……是啊。」

他突然發現京子穿著外套，還戴著圍巾。天氣變冷了。對喔，已經十月底了，住在醫院內，連這種事也不知道。

……不，不對。

京子剛才就在那裡，衣著也和現在一樣。自己之所以沒有看到，是因為根本沒看她。

終於走過了一個難關。他暗自鬆了一口氣。

京子看著他，他緩緩開了口。

「京子，」

「……嗯？」

只要說一個字，喉嚨和嘴巴就痛起來。他用沙啞的聲音說：

「我被公司開除了。」

「我知道。」

「……啊？」

「你以為我不知道嗎？公司會寄通知到家裡。」

京子在玻璃牆外苦笑著。

「……」

濱山說不出話，京子對他說：

「你不必勉強說話，喉嚨會很痛吧？你好好休息，讓細胞順利接種。」

「嗯，嗯嗯。」

「……等你出院，我們再好好聊，你先休息吧。」

京子說完，笑著站了起來，完全沒有表現出依依不捨的感覺。這個不經意的動作充滿了多少愛。

濱山忍著淚水，點了點頭。

他躺在病床上看著京子走去走廊的背影，濱山摸了摸自己的嘴唇，點滴的導管搖晃起來。

他覺得背後有點癢。

十一月四日

下午三點。

「濱山先生，你無法呼吸嗎？」

赤園確認濱山點頭後，讓他坐了起來，打開他睡衣，立刻皺起了眉頭。

從腹部到後面長滿了好像銀河般的紅色濕疹，無力的抓痕讓人看了心痛不已。

「我輕輕碰一下。」

赤園伸出手，輕輕敲了敲濱山鼓起的腹部，然後又按了按，仔細觸診。赤園每次輕按他的腹部，他嘴裡就會吐一口氣。當赤園摸他胸口時，他立刻感到疼痛。

赤園臉色蒼白。

「醫生，請問……」

赤園聽到濱山發問，一臉緊張地點了點頭。

「我認為……是急性排斥反應。」

果然是這樣。濱山閉上眼睛，深深吐了一口氣。

自己無法通過百分之二十的機率，移植的造血幹細胞所製造的白血球，隨著血液循環，吞噬、撕裂、殺死濱山的細胞。

「醫生，我之前就知道皮疹是排斥反應的症狀，但我的肚子為什麼這麼鼓？」

「是腹水引起的。白血球會攻擊血液循環集中的內臟器官，所以肝臟和腎臟都遭到攻擊，無法順利控制體液，導致腹部積水。」

「……應該沒問題吧？」

「我會盡量採取必要措施。準備環孢靈，還有類固醇。」

赤園向護理師發出指示，然後對濱山說：

「濱山，請你加油，既然會出現排斥反應，就代表造血幹細胞已經接種成功的可能性相當高。唯一的一支臍帶血成功送進你的身體，再加把勁！」

「好。」

沒錯。

排斥反應根本是小事一樁。接種成功，卻出現排斥反應，總比辛苦移植，卻沒有接種成功好多了。

我還可以撐下去，完全沒問題。

十一月七日

京子在無菌室外顫抖。

濱山雄吾。病房門口的牌子上寫著熟悉的名字，主治醫生赤園和幾名護理師不斷進進出出，京子根本沒辦法進入。所有人都滿頭大汗，一臉緊張地送藥劑、進行相關處置。眼前的一切好像夢境般缺乏真實感，難以想像躺在裡面的是雄吾。

目前狀況很不理想，要做好最壞的打算。醫生對她說這句話後，這種狀態一直持續。

聽說在這三天內，總共有四個等級的排斥反應升到了第三級，症狀急速惡化，腹瀉量超過兩公斤，混了大量血液的糞便不斷從像破了洞的水袋中溢出。

京子幾乎被恐懼壓垮，她坐在三人沙發上按著肚子。坐在沙發上，也可以聽到裡面緊張的聲音……

「濱山先生，原本說好今天要進行第二次類固醇脈衝治療，但我決定改變治療方針。」

赤園一口氣說完，濱山無力地點頭。

「因為在病理檢查中發現了CMV腸炎，巨細胞病毒是一種病原體。這種病原體進入你的體內，在你的腸內肆虐，造成了腹瀉和出血。原本使用免疫抑制劑抑制排斥反應，卻反而助長了巨細胞病毒。」

病原菌從外攻擊，體內有移植細胞，濱山的全身都受到了威脅。一旦抑制體內的威脅，體外的威脅就會增強。只要某個風險降低百分之幾，其他風險就會增加百分之幾。

濱山目前正身陷掌握生命的機率網之中。

「……醫生……」

濱山不禁感到愕然。他無法發出聲音，真的發不出任何聲音。無論用盡全身的力氣，也無法發出聲音。

「你不必勉強說話，現在一定很不舒服吧？因為腹部積水壓迫到肺部，接下來會視情況考慮穿刺，將腹水引流。然後還要做血液透析，目前，你的腎臟離衰竭只差一步，所以必須用儀器代替腎臟過濾血液。」

「……喔……」

交給你了。拜託了。

濱山用「喔」這個字，同時表達了這兩句話。

赤園點了點頭，又說了一次「我們一起努力」。

即使在這種時候，肚子裡的孩子仍然很活潑。

京子用顫抖的手，隔著肚子，摸著孩子。沒問題，不會有問題。她告訴自己和孩子。

這時，一個人影站在她身旁。

「請問是濱山京子女士嗎？」

她抬起頭，看到一個身穿白袍的男人，正用一雙大眼睛看著她。

「我是皮膚科的桐子。」

「啊……？皮膚科的醫生為什麼來找我？」

「濱山雄吾先生要我轉交一樣東西。」

桐子拿出一個信封交給她。

「給妳。」

「這是什麼……？」

京子臉色發白，看了看信封，又看了看桐子。信封上寫著「京子收」。雖然筆跡很無力，但的確是雄吾寫的字。

不祥的預感貫穿全身。

「不要……我不想收這種東西。」

「那請妳丟掉。濱山先生只是請我轉交而已，之後如何處理，應該是妳的自由。」

桐子淡淡地說。京子咬著嘴唇，戰戰兢兢地接過那封信。

雄吾。

她猶豫了一下，打開那封信，看了裡面的內容。

如果濱山現在看鏡子，看到鏡子中的自己，應該會感到害怕。

他的皮膚變得通紅，全身好像被火燒傷，看起來很可怕。而且身上有無數水泡，如果用手指擠破水泡，就會流出淡黃色的淋巴液。即使不用手指擠，水泡也會自己破裂，形成像火山口般的凹洞，體液弄濕周圍的皮膚。他全身又痛又癢，腹部、手腳、後背、頭部、耳朵後方都很痛，而且內側和外側同時疼痛。

他感到呼吸困難，腹部沉重，目前只能勉強喝水，而且不斷排出血便。

幸好濱山不會看到鏡子。

他已經無力坐起來了。

京子：

我拜託一位信賴的醫生，請他在我做完移植後，把這封信交給妳。雖然最好當面對妳說這些話，但我這個人太笨拙了，所以決定寫在紙上告訴妳，我為什麼決定接受移植。

妳很瞭解，我這個人優柔寡斷，很怯懦，也很膽小。

我從小到大都這樣，而且不記得自己曾經做過什麼決定。考大學的時候，也只是報考父母建議的學校。大學畢業後找工作，也是且走且看，雖然沒有考進第一志願的公司，但最後進入一家差強人意的公司。工作上雖然不會偷懶，如果問我有沒有發揮自主性，恐怕並沒有。

久而久之，我已經習慣了這樣的自己，但在生病之後，才重新意識到這件事。

我遇到一位有趣的醫生，和他聊天之後，我才發現自己的人生一直在傳輸帶上，只是隨波逐流，但也算是一帆風順，只不過人生掌握在別人手中。之前不是有一天，我請妳回家，我說要一個人在醫院好好思考嗎？那一天，我發自內心對傳輸帶產生了厭惡。

但是，我不知道事到如今，怎樣才能用不同的生活方式過日子。

濱山能夠聽到自己周圍的聲音和說話聲嗎？

「慘了，出現黃疸了，膽紅素……十七嗎？」

這個數值顯示濱山的肝臟功能逐漸衰竭。室內瀰漫著緊張氣氛。

「赤園醫生，血液透析的準備工作已經完成了！」

「等一下，先解決血小板。」

「好。」

戴著口罩的護理師進進出出。

赤園看著濱山。濱山看起來好像睡著了，但臉部又紅又腫，眼睛無法完全閉起。

排斥反應已經達到第四級，是最嚴重的狀態。腎臟逐漸遭到破壞，肝臟也逐漸遭到破壞，大腸、小腸、肺部、眼睛、皮膚都將從內側遭到破壞。

多重器官功能衰竭。

赤園咬緊牙關。

怎麼會這麼嚴重？排斥反應達到四級程度的機率很低，然而，即使機率再低，即使盡了最大的努力，還是可能會發生。

如果說運氣差，未免太簡單，也未免太殘酷。

「赤園，不要低下頭！」

赤園聽到怒斥聲，他瞪大了眼睛，發現福原副院長衝了進來。

「趕快發出指示！現在是生死關頭！」

福原戴著口罩，口罩上方那雙充滿戰意的眼神直視著赤園。

沒錯，不能放棄。如果我放棄，誰和疾病奮戰？我要奮戰到最後一刻。要奮戰、奮戰，奮戰到最後，然後奇蹟就會發生……

一旦放棄，原本會發生的奇蹟也不會發生。

「我負責對病人說話，赤園，你繼續採取必要措施。」

「好。」

赤園努力急救，濱山用力嘔吐起來。

心電圖的數值亂了。

濱山發生了呼吸困難。有沒有什麼方法？赤園絞盡腦汁。有沒有什麼方法？有沒有什麼方法！

「血壓降低了！」

死亡以無窮無盡的重力把濱山拉向黑暗。絕對不能讓死亡得逞。赤園大叫著：

「升壓劑！」

不能讓死亡把病人帶走……

那一天，我想起來了。至今為止，我曾經一度離開傳輸帶。不依賴任何人，憑著自己的意志，決定了自己的人生。

那就是和妳結婚的時候。

妳還記得嗎？四年前，我們都去參加了村田主辦的烤肉派對，我和妳剛好都把皮夾忘在車上，所以就一起去拿。我可以清楚回想起當時的情景。妳戴了一頂白色帽子，穿著淺桃色襯衫和牛仔褲，腳上穿著拖鞋，說很擔心被蚊子咬。妳還告訴我，妳討厭防蚊液。

我向村田打聽到妳的電話，邀妳去看電影，被妳拒絕了。而且不是婉轉拒絕，而是明確拒絕，說妳並不想和我交往。當時我真的很驚訝，因為我只是邀妳看電影，沒想到妳說話竟然那麼絕。

我曾經聽妳提過，自從妳父母離婚後，妳不要說結婚，甚至討厭和男生交往。村田也表示反對，妳的朋友都叫我別糾纏妳。所有人都反對，叫我別追妳，就連妳也一樣。

但我沒有理會大家的勸阻。

我愛上了妳。我覺得那是我這輩子唯一一次那麼拚命。我每天都很煩惱，每天都在思考。只要聽到哪裡有表演，就想到邀妳一起去看，不知道妳會不會高興。在雜貨店看到每一樣商品，就在思考妳收到哪一個禮物會喜歡。我不是曾經送給妳一條手機吊飾嗎？雖然只有五百圓左右，但那是我猶豫了三個小時後才做出的決定。

京子一個勁地看著信上的文字。

即使在妳終於答應和我約會，終於開始考慮和我結婚後，我仍然多次遭到反對。我父母反對，妳妹妹也反對。我們曾經一起煩惱，既然大家都反對，我們仍然要因為自己的任性而堅持下去嗎？但是，我排除了所有雜音，因為我不想妥協，因為我無論如何都想和妳共度人生。

我愛妳。

結婚之後，我又恢復了以往的優柔寡斷。無論買電器，還是出門時要吃什麼，都交由妳來做決定。

造血幹細胞的移植太可怕，我覺得自己無法做決定，但是，接受移植後，有治癒的希望，也許可以一輩子和妳在一起。

既然這樣，我願意嘗試。

和那時候一樣，我要再次向妳求婚，我要再次和妳共度餘生，我要再次和妳在那個家裡一起生活。我要奪回自己的人生，奪回和妳共度的人生。

不管是放射線還是抗癌劑，就連排斥反應，我也都不怕。

淚水滴落在信紙上。

這就是我所有的想法，但好像變成情書了。下次見到妳，可能會有點不好意思。

最後，萬一真的失敗。

請妳告訴孩子。

爸爸雖然死了，但是在奮戰後死去。

所以，妳也要勇於活出自己的人生。

雄吾

如果我恢復了，我們再去烤肉。

信看完了，京子的手顫抖著，牙齒不停地打顫。

她站了起來，看著無菌室，然後衝了進去。

好幾個穿著手術衣的人在雄吾躺的房間進進出出。

「血壓進入危險區域！」

房間內充滿了幾乎像是慘叫的聲音。

濱山的意識模糊。

內臟器官逐一受到侵蝕，身體功能漸漸停止，但濱山並不知道這些事，他只是感到痛苦。渾身都像灼燒般疼痛，但他無法發出慘叫聲，也無法痛得打滾，更無法掙扎。因為他已經沒有力氣了。

手和腳都好像離開了自己的身體，完全不聽使喚。

「雄吾……你不守信用，你不守信用，我不是和你交往了嗎！不是和你結婚了嗎！」

京子對著對講機大喊。她聲嘶力竭地訴說著。

「你不是說好要帶給我幸福嗎！」

穿著手術衣，戴著口罩的人都驚訝地看著京子，但沒有人制止她。

「我根本不想結婚！都是你死纏爛打，都是你糾纏不清，我一次又一次拒絕你，你一次又一次這麼說，所以我才相信你！」

沒有人知道躺在床上的濱山是否能夠聽到這些話。他的意識很模糊，心電圖仍然很亂，血壓也急速下降。

「你是個大騙子嗎？你信上寫的都是謊話嗎？你要怎麼補償我！」

淚水流入她大喊的嘴裡，她的聲音顫抖。

「我的孩子快出生了，那是你的孩子，他很健康，現在也在我的身體裡動來動去。在這裡，他就在這裡。你要抱一抱即將出生的兒子！你要對他笑一笑！你要叫他的名字！你要摸他的頭，和他手牽手一起出門！我們要一起躺成川字！」

眼前一片紅色。京子不顧一切，用盡全身力氣大喊著。

不知道什麼儀器發出了訊號。

赤園把手伸向躺在床上的濱山的臉。

京子見狀，倒吸了一口氣。

赤園走向京子的方向。他一臉嚴肅地走了過來。

「雄吾，醫生，救救雄吾，請你救救雄吾……」

赤園隔著無菌室的玻璃，站在她面前。

「不……不要！」

赤園向她鞠躬，所以看不到他臉上的表情。

「他去世了。」

時間在那個剎那停止。

京子整個人搖晃起來，癱軟在地上。

然後在那裡一動也不動。

在醫院，死亡並不稀罕。

病人去世是一件特別的事，醫療相關人員都會飽嘗無法拯救病人生命的懊惱，但同時也會很乾脆地處理死亡。把病人的屍體送去太平間，葬儀社來了之後，決定之後的相關事宜。醫生還有下一個病人，醫院無法停下腳步。

三個小時前還曾經展露笑容的人，如今已經不動了，而且永遠都不會動了。

雖然赤園咬緊牙關，眼眶泛著淚光，但也無法帶來任何安慰。

傍晚六點。

在飄來晚餐香味時，京子才終於辦理完手續，坐在醫院的候診室內。在搭計程車回家之前，她想休息一下。

她的心完全空了，完全無法思考。雖然可以感受到人來人往，雖然可以看到電視正在播放新聞報導，但她無法理解。

不知道過了多久，一個男人的身影映入她的眼簾。京子站了起來。她內心深處的感情一湧而上。那是憤怒，也是悲傷。京子跑向迎面向她走來的男人，然後一把抓住他白袍的胸口，低聲吼道：

「桐子醫生……你是桐子醫生吧？」

桐子沒有回答，只是默默點頭。

「是不是你和雄吾說了什麼？雄吾是不是信賴你？」

京子跑過去時，原本想要道謝，謝謝他把那封信轉交給自己，也謝謝他曾經和雄吾討論病情，但這些想法在轉眼之間消失了。她忍不住尖聲對桐子說：

「既然這樣，為什麼？為什麼？你為什麼不阻止雄吾？為什麼？你為什麼不阻止他移植？」

說到這裡，她情緒失控了。京子用渾身的力氣抓住桐子的白袍，大聲哭了起來。淚水不停地滑落，她持續發出分不清是悲鳴還是尖叫的聲音。

桐子完全沒有抵抗，只是任憑京子抓著他。他白袍的釦子被扯下一個，第二個又被扯了下來，布料發出嘰嘰的聲音。不一會兒，京子跪在地上，低頭落淚，他用手臂抱著京子的身體，輕輕扶著她。

其他病人和護理師好奇地看著他們。

有幾個人察覺了狀況，轉身離開了；也有人跟著哭了起來。然後，有幾個人發現了一件事。綽號叫死神的醫生仰頭看著天花板。他用力閉上雙眼，好像在克制什麼，又好像在祈禱。

但是，只有站在桐子身旁的神宮寺發現，他的眼中流下了一滴淚水。

為什麼自己哭得這麼傷心，自己這麼悲傷，自己的情緒已經失控，此時此刻，仍然可以感受到胎動？

為什麼？

肚子裡的孩子什麼都不知道。

京子鬆開抓住白袍的右手，然後把那隻手輕輕放在肚子上，感受著肚子裡生命的溫度，默默想道。她想要藉由這種方式，告訴肚子裡的孩子。

今天……

京子抱著肚子，彷彿抱著肚子裡的孩子。

爸爸今天努力活過了。

太平間。

桐子在這個黑暗冰冷，沒有窗戶的房間內默禱結束後走向電梯，一個高大的男人擋在他面前。端正的臉上有汗水的痕跡，頭髮還沒有完全乾，顯示他和死亡奮戰到最後一刻。

「……福原。」

聽到桐子開口，福原也回答說：

「桐子……什麼意思？你是來嘲笑的嗎？」

桐子偏著頭問：

「嘲笑什麼？」

「濱山的事啊，我和赤園讓他奮戰到最後一刻，但這些努力都白費了，他最後還是因為排斥反應離開了。在你眼中，這不是最糟糕的劇本嗎？我們救不了他，最後讓他白白承受了痛苦。」

「我沒有嘲笑，也沒有理由這麼做。」

桐子說完，站在塑膠地板上。

「桐子，我瞭解你說的那些道理，我們看過很多持續和疾病奮戰，最後全身都出問題的悽慘病人。」

「……是啊。」

「你試圖給病人不和疾病奮戰的選項，那就會淪為逃離疾病的逃兵。」

「我不喜歡你這種表達方式，你認為是醫生『給』病人這樣的選項，那是醫生的傲慢，我們該面對的是每個病人。福原，你整天都在面對疾病。」

福原的拳頭捶向牆壁，隨著一聲沉悶的聲音，還感受到震動。

他咬牙切齒地吐出了一句話。

「桐子，你應該也瞭解，這裡會發生奇蹟。」

桐子的手仍然放在白袍的口袋裡，福原繼續說道：

「有病人奇蹟似地恢復，完全無法用醫學加以解釋，有些病人雖然多重器官衰竭，卻像不死鳥般甦醒。還有誰都認為無藥可救的病人，但最後癌細胞離奇消失了……既然你是醫生，就不可能不知道這些病例。奇蹟的確存在，只要不輕言放棄，奮戰到最後一刻，就會發生奇蹟。」

「你把奇蹟強加在病人身上，你知道這是多麼殘酷的事嗎？」

兩個人的視線激烈衝突。

「……即使這樣，我也不會放棄奇蹟。」

桐子在福原的眼眸中，看到了過去病患的記憶。

那些治癒後出院的病人，在家人簇擁下的背影，那些可以再度回到日常生活的病人臉上像太陽般的笑容。

他的眼角忍不住抽搐。

對福原來說，那就是勝利。完全相反的死亡就是挫敗。

即使這樣。

即使這樣，期待奇蹟仍然是醫生的自我滿足。

桐子閉上眼睛，注視著黑暗。他的眼前浮現出那些悲慘死去的病人身影。有人在長期和疾病奮戰後精疲力竭，用乞求般的眼神希望自己解脫。甚至有人用點滴管繞住自己的脖子企圖自殺。

桐子睜開了眼睛。

「……如果醫生不放棄奇蹟，誰可以和病人一起放棄？」

死亡並不是挫敗。如果把死亡視為挫敗，那些走向死亡的人不是太不值了嗎？

雖然兩個人都是醫生，但他們的意見是平行線，不會產生交集。

桐子沒有再說什麼，邁開步伐離去。

他經過福原身旁，走向電梯，走廊上響起有規律的輕微腳步聲。

福原看向前方，當兩個人擦身而過時，彼此都沒有看對方一眼。

福原的白袍被汗水弄髒了。

桐子的白袍釦子被扯掉了。

兩件白袍慢慢靠近、交錯，然後越離越遠。

第二章 一個大學生之死

「凌晨三點四十三分死亡。」

音山晴夫看著手錶確認後宣布道。在病床旁一直注視音山的老婦人開始顫抖，然後像癱倒般抱住了遺體。

朝陽還沒有露臉的室內，只有心電圖監視器閃著綠光，上面顯示的零這個數字，以及平坦的曲線，都顯示病人的心臟已經停止跳動。

音山收起聽診器，輕輕關掉了心電圖監視器。

「爺爺奮戰了這麼長時間，真的辛苦了。」

音山低著頭，用嚴肅的語氣緩緩說著。

「很少有病人這麼堅強，直到最後都展現了男子氣概，我也深受感動。」

老婦人哭喪著臉，抬頭看著音山。她想要說什麼，卻說不出話，只是默默點了幾次頭。

音山寫完死亡診斷書後，坐在屋頂平台的長椅上。

他抬頭仰望著漸漸明亮的天空，叼著菸，吸了一口。不快的臭味和菸味一起吸進了肺部，他忍不住咳嗽起來，把菸丟進了菸灰缸。

雖然一點都不覺得菸很美味，但這種時候，還是忍不住想抽菸。

唉。他重重地嘆了一口氣。

今天去世的那個病人，他太太每天都來探視，所以向她宣布病人死亡時，自己讓淚水在眼眶中打轉。

這當然是演技。

對醫生來說，死亡並不是特別的事，而是家常便飯。對家屬來說，無可取代的家人死亡，對音山來說，只是第數百個人的死亡。

他感覺到自己對死亡漸漸麻痺。

當家屬抱著遺體時，自己伸手關掉了心電圖監視器的電源。因為當家屬用力抱著遺體時，監視器可能會出現失誤，顯示脈搏跳動。家屬會興奮地以為死者起死回生，但聽到醫生的說明後就會失望。這種場面簡直太掃興了，所以醫生必須正確操作儀器，徹底投入死亡這場嚴肅儀式的演出。

當病人去世時，最後說的話也一樣。

醫生都有幾種哀悼的說詞，根據不同的病人區分使用。這次的病人在病危之後，足足撐了兩天，所以就說「奮戰了這麼長時間」；如果病人很快就死去，應該就會說「瀟灑地走完最後一程」。

我從什麼時候開始變得這麼冷眼？

其實我比別人更愛哭。

音山點了第二支菸。

當母親因急性疾病去世時，讀小學的他向學校請了假，在家裡哭了整整一個月。當時的悲傷和懊惱，也成為他決心投入治病救人這個職業的契機。

但是，隨著經驗和知識不斷累積，醫術逐漸進步，當時的感情也漸漸遠離。

看到病人去世，當然不可能不難過，但感情的起伏的確越來越小。如今，必須藉由誇張的演技，才能面對病人家屬。

他仰頭看著天空，想起了同期的另外兩個醫生。

福原渾身充滿了永無止境、熊熊燃燒的熱情。桐子向來冷靜思考，甚至毫不猶豫踏入禁忌。他們也和音山一樣，看過無數的死亡，為什麼還能繼續那麼做？

他們為什麼沒有對死亡感到麻木？

音山感到納悶的同時，也感到羨慕。

他們太厲害了，但我做不到。

天空從原本的紫色轉成紅色，漸漸變成失去色彩的透明，前一刻還在天空閃爍的金星，此刻已經消失不見了。

二月十六日

「看……看到了。」

川澄麻理惠忍不住眨了眨眼睛。

她難以置信。如果不是真的，如果有人在騙我，那該怎麼辦？那該怎麼辦？她感到雙腳發冷麻木，口乾舌燥。

「麻理惠，看到了嗎？」

啟子在一旁催促著，麻理惠不置可否地「呃」了一聲，再度確認了自己的准考證。第二九九號。抬頭看著布告欄上大大的榜單，的確有這個數字。無論看幾次，無論看了多少次，都的的確確有二九九這個數字。

「醫學院醫學系入學考試　合格者如下　東教醫科大學」

啟子指著布告欄大叫著：

「看到了！看到了！麻理惠！妳看，就在那裡！」

「啟、啟子，那妳呢？」

啟子露出燦爛的笑容，對麻理惠比了一個勝利的手勢。

「我也考上了！」

麻理惠再也無法控制自己的情緒。她的視野扭曲，嘴唇發抖。

「麻理惠，真是太好了！」

「嗯，嗯……」

淚水不停地滑落。啟子緊緊抱著她，紅黑格子的圍巾碰觸到她的嘴唇。麻理惠也抱住了啟子。兩個人的大衣摩擦時，發出了沙沙的聲音。

「太好了！太好了！」

她們抱在一起，像小孩子一樣跳著。

「爸爸？」

「是啊。」電話的另一端傳來一如往常的冷淡聲音。平時和爸爸說話都很緊張，但今天很興奮。麻理惠對著電話說：

「我考上了。」

爸爸停頓了一下，說了聲：「是喔。」麻理惠覺得隱約聽到爸爸呼吸的餘韻中，好像有鬆了一口氣的感覺。

「妳現在就回來嗎？」

「我去領完資料後，要和啟子一起去喝咖啡，喝完咖啡就會回家。」

「……」

「我晚上就回家了。」

爸爸沒有回答。爸爸在否定時都會明確說出口，所以麻理惠似乎看到爸爸站在籐製電話桌前，皺著眉頭握著聽筒點頭的樣子。

「那就先這樣了，我已經傳電子郵件給媽媽了。」

麻理惠說完這句話後閉了嘴，兩個人都陷入短暫的沉默後，麻理惠聽到電話中傳來爸爸低沉的聲音。

「麻理惠，太棒了，恭喜妳。」

麻理惠倒吸了一口氣，正想要說什麼，電話已經掛斷了。她目不轉睛地看著安靜的手機。冷風吹了過來，但她內心很溫暖，她又快哭出來了。

「麻理惠，妳爸爸有沒有為妳感到高興？」

啟子在一旁問。

「……嗯。」

麻理惠拚命忍著淚水點了點頭。

「太好了，我們走吧。啊，快走！」

啟子指著斑馬線對面的咖啡店跑了起來，麻理惠看到號誌燈在閃爍，也慌忙跑了起來。

「啊！」

左腳絆到了，她踉蹌了一下。啟子慌忙伸手扶住了她。

「麻理惠，妳沒事吧？」

「對、對不起，我絆了一下。」

「不，是我不好，突然催妳。我們慢慢走。」

前方已經變成了紅燈，公車、轎車和計程車來來往往。

麻理惠推了推滑落的眼鏡。

四月八日

從地鐵車站來到地面，春風吹拂在音山的周圍。

前方是新宿御苑，櫻花花瓣從樹木的縫隙中飄上天空。碧藍的天空萬里無雲，灑落的陽光似乎也在為灰色的高樓大廈祝福。

已經一年沒有來這裡了。

以前就讀醫學院時，每天都會走這條路。這條路上有多年維持老樣子，一直在那裡做生意的花店，也有變成咖哩連鎖店、完全變了樣的區域。

音山拎著裝了伴手禮的紙袋，走向和櫻花樹相反的方向。

他在路上和好幾個身穿西裝的年輕人擦身而過，那些年輕人炯炯有神的雙眼都看著前方。

又到了展開新生活的季節。

音山怔怔地看著他們繼續趕路。

不一會兒，他來到一棟古意盎然的透天厝前，按了對講機的門鈴。稱不上考究高雅的傳統鈴聲令人懷念。一排繡球花後方的拉門打開，氣質高雅的老婦人探出頭。

「春江師母，午安。」

音山鞠躬打招呼。

「啊喲，是音山啊，請進。」

「我想來上香。」

音山踏進門內，走進散發出木頭味道的屋內。

他坐在佛壇前，搖了搖鈴鐺。

悠揚的高音靜靜消失在和室中。音山放下合起的雙手，睜開了眼睛。

那張臉還是那麼可怕。

黑色相框中的恩師用一雙好像爬蟲類的眼睛瞪著音山。眉宇間的那道皺紋、像蜈蚣般濃密的粗眉和鬍子，還有突出的下唇，陌生人看了，一定會覺得他很嚴肅，但音山覺得，應該沒有人比恩師更親切善良了。

紙拉門打開了，春江探頭進來。

「音山，茶已經泡好了。」

「不好意思。」

音山起身遞上自己帶來的紙袋。

「師母，我想把這個供在老師的牌位前。」

「不好意思，每次都讓你費心。」

「您太客氣了。對了，桐子或是福原來過了嗎？」

「啊？」

春江瞪大了眼睛，音山指了指供在佛壇上的長方形糕點說：

「不是啦，因為沒有幾個人知道楠瀨教授喜歡吃柚餅子這件事。」

春江掩著嘴笑了起來。

「喔，原來是這樣。沒錯，而且還非得是仙台的柚餅子不可。」

「還要有核桃，那是福原帶來的嗎？」

「不是，是桐子，但他說還有其他事，所以馬上就回家了。福原剛才打電話來說，他今天沒辦法過來。」

「是喔，原來是桐子……」

只買一個柚餅子的做法很像是他的作風。

音山坐在桌子旁，拿起了茶杯。裝了茶的陶杯溫暖了他的手掌。

「那我們就陪他一起吃吧。」

春江打開包裝，從裡面拿出加了核桃的柚餅子放在小碟子裡，把其中一個供在佛壇前，在自己和音山面前各放了一個，旁邊放了木叉。

「謝謝。」

每次來這裡，都會吃自己買來的點心。音山拿起木叉，切開表面撒了粉的核桃柚餅子，拗了一小塊放進嘴裡。這種麻糬和菓子帶著一抹紫色，黏性很強，在感受淡淡的鹹味和深沉的甜味同時咀嚼核桃很有趣味，鼻子可以同時嗅聞到淡淡的醬油風味，很適合作為綠茶的茶點。

「以前你們都是三個人一起來。」

春江有點寂寞地說。

「現在大家都很忙。」

音山笑著回答。有一半是說謊。他現在也會邀另外兩個人，說今天我們三個人一起去，但福原說，不願和桐子一起去，桐子說：「我會自己去，所以不必在意我」，所以就變成各走各的。

「話說回來，不管是你還是他們兩個，你們都越來越有架勢了。」

「是嗎？」

「我老公第一次帶你們來家裡時，我覺得你們簡直就像野狗。」

「野狗嗎？」

春江調皮地笑了起來。

「對啊，渾身都是汗臭味，頭髮總是亂蓬蓬的，而且眼睛都很亮。」

「嗯，那時候也許真的是這樣……」

學生時代沒有錢，也沒時間，經常住在學校，考試前更無暇注意自己的外表。桐子和福原也差不多。

「但是，正因為這樣，我老公才特別喜歡你們幾個。」

「是這樣嗎？」

「對。」

春江點了點頭。

「他喜歡眼中充滿熱情的學生，喜歡學生充滿治病救人的熱情。」

靜謐的室內響起熱水倒進茶壺的聲音，似乎可以感覺到茶葉泡開的動靜。

自己眼中還有熱情嗎？音山突然感到不安，垂下了雙眼。福原的眼中至今仍然燃燒著火焰，用燃燒的鬥志持續拯救病人。桐子呢？雖然他在醫院被視為問題人物，但他也用自己的方式認真投入。無論冷淡的語氣，還是冷靜的思考，都和學生時代沒什麼兩樣。他持續用奇妙的低溫火苗面對病人。

只有音山有點半吊子。

整天忙於日常工作，淡淡地處理該做的事。感情既沒有燃燒，也沒有變冷。

自己不如福原和桐子嗎？他們兩個人從學生時代就很優秀，自己曾經崇拜他們，有時候甚至嫉妒他們，但仍然曾經夢想有朝一日可以趕上他們，超越他們，成為優秀的醫生……

音山慢慢喝著冷掉的茶。

只有苦味在舌尖上擴散。

「音山，謝謝你，多保重。」

「師母，我才該謝謝您，您也多保重。」

音山在玄關再度鞠了一躬，走到街上。這時，兩個身穿套裝的女人走了過去。

「今天是東醫的入學典禮。」

春江告訴他。

「原來是這樣，難怪。」

他想起今天路上遇到的年輕人眼中都閃著希望的光芒。他們經過努力，終於進入醫學院，正如春江所說，他們帶著熱情向未來踏出了一步。

我這樣下去沒問題嗎？

音山注視著那些充滿活力的母校學妹背影，感覺有點不自在。

四月十日

「麻理惠，妳會去參加新生合宿吧？」

東教醫大的中庭只有巴掌大，啟子在中庭的正中央問麻理惠，麻理惠偏著頭問：

「新生合宿？」

「聽說是東醫舉辦多年的活動，以一年級的新生為主，要去筑波山，藉由健行促進彼此瞭解。」

「健行……」

該怎麼辦？麻理惠看著半空思考時，腳下突然絆了一下。

「哇！」

「怎麼了？妳沒事吧？」

啟子在一旁扶著被石板絆到，身體搖晃的麻理惠。

「麻理惠，妳最近好像經常跌倒，是不是太累了？」

「嗯，並沒有累啊，是不是老了？」

麻理惠苦笑著說。

「妳在說什麼啊！」

啟子很受不了地嘆著氣。

「嘿嘿嘿。」麻理惠露齒笑了起來。

但是，不安在她內心翻騰。我最近的確常常跌倒。

只要走路時不小心，經常重心不穩或是跌倒。

麻理惠目不轉睛地看著自己的腳。

腳並不會痛，也不覺得特別沉重，只是有時候會不聽使喚……從什麼時候開始？好像從半年前開始就一直這樣。

是因為年紀的關係嗎？雖然重考了三年，但才二十出頭啊。

「麻理惠，妳會去新生合宿嗎？」

「嗯……我很想去。」

她覺得自己又白又細的腿看起來很靠不住。

她向前走了兩三步，用力踩在地上，感受腳底的感覺。並沒有特別的感覺。應該沒問題吧。

嗯，八成沒問題……只是太累了而已，一定只是這樣。

啟子問：

「妳在猶豫嗎？還是妳有其他事？」

「不，沒有，我沒事，妳會參加嗎？」

「我想去參加，聽起來很好玩。」

「那我也去。」

麻理惠笑著點頭。飛機飛過頭頂，遮住了太陽，在中庭投下短暫的陰影。

四月二十一日

真壯觀啊。

麻理惠把教科書排放在書架上，稍微退後打量著，忍不住點了幾次頭。之前放參考書和題庫集的書架，如今只放了十幾本基礎醫學的教科書，就已經放滿了。組織學、病理學、解剖學、藥理學、免疫學……一整排教科書就像是堅不可摧的城牆般看著麻理惠。

她隨手拿起一本微生物學的教科書翻了起來，這本一千頁的磚頭教科書要將近一萬圓。她看到了在電子顯微鏡下的流行感冒病毒，像圓刷般的病毒從細胞中探出頭，旁邊還有無數菌類的名稱，並用詳細的文字說明了會引發的症狀和處置方法。

這些全都要背下來嗎？

光是基礎醫學，就已經這麼多了。

她在重考期間，每天都坐在書桌前用功，沒想到考上醫學院之後也差不多，搞不好會比重考期間更辛苦。

麻理惠把教科書放回了書架，然後握緊拳頭，吐了一口氣。

嗯，反正之前就已經知道了，更何況這正是自己追求的目標。

爸爸和媽媽都在醫學院讀了六年，在通過國家考試後，目前開了一家醫院。

「虎父無犬女，妳不可能考不上。如果沒考上，一定是妳不夠努力。」

這是爸爸的口頭禪。每次她考試分數不好，爸爸就用冷漠的聲音對她這麼說，然後打她的頭。雖然不會痛，卻有一種椎心的沉重。

在考了三次醫學院都名落孫山時，麻理惠也有點灰心。

自己是個廢物。

她曾經這麼覺得，然後躲在被子裡哭。

當和她關係很好的學妹先考上醫學院時，她也曾經懊惱地咬著下唇。

但是，但是……麻理惠也終於考上了。

如今，麻理惠是東教醫大醫學院的學生。麻理惠也做到了，她證明自己不是廢物。

所以，接下來也一定沒問題。

麻理惠再度注視著排放在書架上的教科書。

小時候，她嚮往父母穿著白袍的樣子。當病人表達感謝時，爸爸總是靦腆地笑著，媽媽總是俐落地向護理師發出各種指示。她在作文中很得意地寫下這一切，然後在素描簿上畫了父母戴著聽診器的臉龐。

夢想中的那個地方，已經不再只是夢想而已。只要繼續向前走，就可以到達。

她覺得似乎可以看到自己身穿白袍，戴著聽診器的身影。

「我去買點東西。」

麻理惠向正在廚房的媽媽打了聲招呼，就走向夜色中的街道。

皮夾在口袋裡晃動，零錢發出叮噹叮噹的聲響。雖然戶外的空氣有點冷，但反而有一種爽快的感覺。

穿越住宅區，走向閃耀著五彩燈光的鬧區。原本只是打算出門買筆記本，但臨時決定去鞋店逛逛。

新生合宿時，要去爬筑波山，所以她想買一雙好一點的運動鞋。也許是因為鞋子不合的關係，最近才會經常跌倒。希望可以找到一雙好走的鞋，即使款式不漂亮也沒關係。

啊。又來了……

走到半路時，麻理惠皺起了眉頭。

因為她覺得自己的腳不太對勁，雖然並沒有抽筋，也沒有麻木，更沒有疼痛，大腿好像有一點肌肉痠痛的感覺，但並不是大腿不對勁，而是腳底。腳底似乎沒辦法跟上腳步。不，其實腳步有跟上，只是慢了半拍……

「乖乖聽話啊。」

麻理惠小聲地嘀咕，用力邁開了大步。她用力踩著地面，把自己的身體頂向前方。走了一小段路，腳就恢復了正常。

車站前的行人專用時相路口，擠滿了等紅燈的行人。

公車和汽車在眼前來來往往。號誌燈、車頭燈、方向燈、霓虹燈，還有行人手上的手機……各種光源每隔幾秒，就把麻理惠的臉頰染成不同的色彩。

這個車站原來有這麼多不同色彩的光。

以前從補習班放學回家時從來沒有發現過的這些色彩，讓麻理惠不由得興奮起來。

行人專用號誌燈變成了綠燈，視障者專用的電子音樂響起。行人就像堤防潰堤般一起湧向路口中心。麻理惠也邁開步伐。一步、兩步、三步……她順利走了五公尺。

嗯？

麻理惠忍不住低下頭。

左腳無法跟上腳步。

腳底好像黏在地面般抬不起來。

為什麼？

她用右腳用力蹬地，但右腳也有點無力，左腳抬不起來。她用盡力氣試了幾次，結果還是一樣。為什麼？她站在原地無法動彈，簡直就像忘了怎麼走路。

經過她身邊的上班族用狐疑的眼神看了她一眼走了過去，一個大嬸不耐煩地搖晃著肩膀超越了她。麻理惠在人潮中無法動彈，好像凍結般站在原地。

她全身發抖。

行人專用的號誌燈開始閃爍，音樂停止了。

人潮就像退潮般被吸向兩岸。有學生慌忙跑過馬路，也有女人放棄過馬路，停下腳步看手機，只有麻理惠留在原地，獨自一人留在斑馬線上。等一下，我還在，我還在這裡……

左右兩側車輛的車頭燈都瞪著麻理惠。

行人專用號誌燈變成了紅燈，鮮紅色的燈光照在麻理惠的身上。

冷汗從她背後流了下來。

麻理惠留在馬路中央，無能為力……

汽車喇叭響了起來。

「妳沒事吧？」

一個男人抓住她的手，把她拉到人行道時問。麻理惠蹲在地上調整呼吸，她想要道謝，但內心的恐慌讓她無法發出聲音，只能拚命點頭。汽車在身後的車道上呼嘯而過，揚起的灰塵掠過她的鼻尖。

「妳的腳怎麼了嗎？」

身穿西裝的年輕男人擔心地低頭看著麻理惠。

「啊，那個……」

麻理惠動了動腳。腳可以活動，難以相信剛才完全動不了。

「妳有辦法站起來嗎？」

年輕男人伸出手，麻理惠拉著他的手站了起來。他的手很溫暖。

「……好像、沒事了，謝謝你。」

她戰戰兢兢地走了一下。腳可以活動，可以走路。

「請妳小心，那我先走了。」

男人微微欠身，快步離去。

麻理惠站在原地，看著他離去的背影。

然後，她摸了摸自己的腳，並沒有特別不對勁的地方。

但是，她無法相信。她無法相信自己。

她害怕不已，不敢再走行人專用時相的路口，雖然繞了一大圈，但她還是沿著人行道繞了一圈，走去鞋店。

四月二十六日

「咦？麻理惠，妳不參加新生合宿嗎？」

「嗯……身體有點不舒服，妳連同我的份玩得開心點。」

「喔，那妳多保重。」

麻理惠向啟子道謝後，掛上了電話。

收到一封電子郵件。是媽媽寄來的。

『今天要去聚餐？小心別喝太多了。』

麻理惠回覆了郵件。

『我知道，回家可能會晚一點，那就先這樣。』

她用力握住皮包的把手，推開了寫著「堀內骨科」的玻璃門走了進去。

六月十七日

「音山，你現在有空嗎？」

音山正準備去商店，神經內科部長速水豐彥叫住了他，他停下腳步。

「嗯？請問有什麼事？」

速水摸著冒著花白鬍子的下巴，一臉歉意地說：

「小田山醫院介紹了一個病人過來，我之前答應了，但現在忙不過來，以後可不可以由你負責？」

「喔，好啊，沒問題。」

「不好意思啊，但你該高興，川澄麻理惠是個年輕女生。」

速水不懷好意地露齒笑了起來，音山苦笑著說：

「速水醫生，你以為我會為這種事感到高興嗎？」

「神經內科都是老人，我以為你會覺得悶。」

「沒這回事。」

「你真是認真，但那個女生有點狀況。」

「啊？」

速水開玩笑地說：

「聽說她目前在東醫讀一年級，所以是你的學妹，你要好好為她看診。」

「好，那我就收下了。」

音山在診間接過川澄麻理惠遞給他的介紹信，打開之後看了一下。坐在對面的麻理惠靜靜地看著他。

「妳感覺左腳有異常，對嗎？」

麻理惠點了點頭。

「對，我最初去看了骨科，但查不出原因，我又去了另一家綜合內科，那裡無法做充分的檢查，而且說有可能是神經的疾病，所以叫我來這裡……」

「嗯、嗯。」音山附和著。

「可不可以給我看一下膝蓋？先看左腿。」

音山說著經常對病人說的話，請麻理惠把褲腳拉起來，拿起了叩診錘。他舉起叩診錘，讓麻理惠看清楚後說：

「這是橡膠的錘子，我會輕輕敲妳的膝蓋，不會痛，所以請妳放心。現在請妳放鬆。」

他用叩診錘輕輕敲了敲膝蓋骨和脛骨之間的肌腱，麻理惠的腿頓時抬了起來。

「嗯嗯，再來看右腿。」

音山努力面帶微笑，同時思考著。

肌腱反應很強烈，難道是上運動神經元有問題嗎？果真如此的話，骨科的確無法治療。

「接下來可以請妳脫下襪子，躺在床上嗎？」

「好。」

麻理惠順從地開始脫襪子，但動作有點生硬。她似乎有點緊張，所以音山和她閒聊起來。

「我聽速水醫生說，妳是東醫的學生？」

「喔，對啊。」

「我也是那裡畢業的。」

「啊！是嗎？」

麻理惠放鬆了臉上的表情。

「校園的中庭很小吧，妳有沒有嚇到？」

「是啊，而且光線很差。」

「沒錯沒錯，冬天很快就黑漆漆了。真懷念啊。」

音山笑著說話的同時，用熟練的動作把叩診錘反了過來。橡膠錘另一側是像湯匙握把般鐵製的尖銳部分。

「但那所學校很不錯，同學之間的關係也很好。等一下可能有點癢，請妳忍耐一下。現在請放鬆。」

音山把尖銳的部分放在麻理惠的腳底，輕輕搔了幾下。

麻理惠的大拇趾緩緩彎向腳背，其他腳趾向外側張開。

「好，我再看一下右腳。」

聽到音山的聲音，麻理惠伸出右腳。

「音山醫生，醫學院讀起來真的很辛苦嗎？」

「我覺得很辛苦，因為我功課不好。」

麻理惠露出驚訝的表情看著他。

「總之，要背很多東西。我有兩個朋友很優秀，所以我總算沒有留級。如果叫我重讀一次，老實說真的太累了。妳也要好好努力。好，現在我會搔右腳。」

音山和剛才一樣，用叩診鍾搔著麻理惠的右腳，仔細觀察反應時，麻理惠說：

「……我第一次遇到會在病人面前說這種話的醫生。」

「啊？」

麻理惠呵呵笑了起來。

「音山醫生，你太有趣了。」

「是嗎？」

音山故意慢條斯理地說，面帶笑容看著麻理惠，但腦袋裡拚命思考著。

發現了一種病態反射，巴賓斯基反射。所以是……

「是啊，醫生不是都很有威嚴，或者說很可怕嗎？但你不會可怕，我鬆了一口氣。」

「嗯，有些醫生的確很可怕，像是在開會的時候，我也常常覺得害怕。好，可以了，請妳把襪子穿起來。」

麻理惠笑了起來，似乎覺得很滑稽。音山把叩診錘放回桌子，看著電子病歷。當麻理惠穿好襪子坐回椅子時，他才開口問：

「最近學校忙嗎？」

「啊？不，不太忙……就是正常上課。」

「為了確診，要做幾項檢查，有些檢查可能會耗點體力，如果可以，希望能夠住院檢查。」

「啊？」

麻理惠困惑地皺著眉頭。

「要……住院幾天？」

「兩三天左右。」

麻理惠想了一下後，點了點頭。

「如果只是兩三天，應該……」

「謝謝，我會盡可能安排得緊湊些。」

音山操作滑鼠，熟練地把檢查內容記錄在電子病歷上。

血液檢查、髓液檢查、頭部和脊髓核磁共振、神經傳導檢查、肌電圖……

和麻理惠討論了住院日期，並向她簡單說明了各項檢查後，音山說：

「今天就先這樣，辛苦了，那就檢查的時候再見。」

「好，音山醫生，謝謝你。」

麻理惠起身拿起皮包，向他鞠了一躬。

麻理惠走出診間前，音山對她說：

「讀書好好加油。」

「好！」

麻理惠很有精神地回答後離開了，診間只剩下音山一個人。他重重吐了一口氣，護理師對他說：「我請下一位病人進來。」音山點了點頭，拿起放在桌上的介紹信，怔怔地看了起來。

上面寫著一行缺乏生命力的文字。

「疑似肌萎縮性脊髓側索硬化症。」

六月二十二日

「麻理惠，妳還好嗎？」

啟子從門口探頭進來問道，病床上的麻理惠嚇了一跳，手上的教科書掉了下來。兩個人相視而笑。

「啟子，妳又來看我。」

「當然要來啊。從補習班就並肩作戰的戰友住院了，我當然擔心得坐立難安。」

「啟子，對不起，但不用擔心，只是住院檢查而已。」

麻理惠把書籤夾在教科書，放在旁邊的床頭櫃上。那裡還放了幾本其他的教科書。

「喔，麻理惠，妳看起來精神很好啊！」

啟子身後傳來男生的聲音。

「咦？吉田，還有藤井、本庄……你們都來了。」

麻理惠驚訝地說道，幾個同學都走近了病床。

「嘿嘿，少了一個同學，大家都很寂寞啊，所以來找妳玩。這是帶給妳解悶的。」

調皮的藤井笑著把裝在袋子裡的漫畫雜誌遞給麻理惠。

「藤井，你真是搞不清楚狀況，麻理惠真正想要的是這個。」

一頭長髮綁在腦後的本庄推開藤井，從皮包裡拿出一疊紙。

「麻理惠，這是我影印的上課筆記，給妳。」

麻理惠雙眼發亮地接過筆記。

「哇，太謝謝了！」

「麻理惠，妳也太認真了，這些筆記比我的漫畫更好嗎？」

「沒有啊，對不起，也很謝謝你，但是沒去上課，真的會很不安……」

麻理惠慌忙也接過藤井的漫畫雜誌，啟子笑著說：

「麻理惠，妳太緊張了。不用擔心，現在上的課都好像在複習高中已經教過的內容。」

「啊？是這樣嗎？」

短髮的吉田點了點頭。

「嗯，生物、物理和化學，感覺像在總複習。我聽學長說，要等到解剖實習之後，才會有在讀醫學系的感覺，所以還要很久。」

「原來是這樣，太好了……」

麻理惠鬆了一口氣。她不希望剛起步就比別人落後。

「我覺得完全不必擔心！」

啟子看著麻理惠放在床頭櫃上的教科書說。教科書上夾了很多便利貼，放在一起的筆記本因為使用過度，看起來有點髒。旁邊還放了單字簿，可能是用來背教科書上的內容。

「妳預習得這麼充分，搞不好比我們進度更快。」

「啊？」

麻理惠驚訝地發出了奇怪的叫聲，其他人聽了，都忍不住笑了起來。

「麻理惠，妳多保重，我們在學校見！」

聊了將近一個小時後，啟子和其他同學離開了。麻理惠一直對著病房的門揮手，直到同學的腳步聲離去。

她重重地吐了一口氣。

夕陽從窗戶灑進病房內，把教科書、影印的筆記，還有漫畫雜誌照得發亮。

病房內突然安靜下來。

和大家在一起時，一下子就覺得好像回到了學校。她很高興。大家都忙著讀書和參加社團活動，還特地大老遠跑來醫院看她。

我也要趕快回學校。

我沒有時間浪費在這種地方。

麻理惠把餐桌板拉了過來，攤開影印的筆記，邊看內容，邊用紅筆畫出重點。

她漸漸感到安心。本庄說得沒錯，目前還沒上到專業的部分。

沒問題，我可以跟上進度。

但是，千萬不能大意。一定要好好預習，好好複習。自己重考了三次，比別人笨，所以就必須比別人更努力。

這時，她發現手機有訊息。打開一看，是吉田傳來的。

「今天辛苦了，妳看起來精神很好，終於放心了。預習應該很辛苦，我們也會幫忙，所以加油囉！等妳出院之後，我們一起去玩。要不要去遊樂園？妳考慮看看。」

只有吉田直接傳來電子郵件。麻理惠想起他的樣子。一頭黑色短髮，鼻子很挺，眼神看起來很真誠。

一起去玩……是指兩個人單獨去玩的意思嗎？

麻理惠思考著這個問題，突然感到害羞，忍不住拍了拍羞紅的臉頰。

真希望和吉田一起去遊樂園。

隔壁病床隱約傳來棒球賽實況轉播的聲音。應該是從耳機漏出來的聲音。麻理惠拿起筆，繼續預習功課。

六月二十四日

音山用針刺向川澄麻理惠白皙的腿。

麻理惠閉著眼睛，咬緊牙關，微微顫抖著。

肌電圖檢查。

用針直接刺在肌肉上，通以電流，藉此瞭解神經的情況。

「好，請妳用力。」

音山盡可能用溫柔的語氣說話。麻理惠雖然皺起了臉，但還是遵從了他的指示。音山在操作儀器的同時，小心地調整針的位置。

「放鬆，好，OK了，請再用力一次。」

因為要把針刺進肌肉，所以病患或多或少會感到疼痛。音山當然希望盡可能減少病患的痛苦，但還是必須再三確認。

「呃。」

麻理惠發出呻吟。

「啊，對不起！很痛嗎？」

「沒關係。」

「是嗎？對不起，就快好了，再麻煩妳用力一下。」

眼前螢幕上顯示的曲線劇烈起伏後，突然變得平坦，然後又再度起伏。這種波形很典型。絕對是神經方面的原因。

音山額頭上的汗水快滴下來了，他假裝順手擦了一下。

川澄麻理惠拚命忍著痛。她是一個很會忍耐的女生，有些病人被針刺了一下就大動肝火，必須又哄又騙，才能夠完成檢查。

音山吐了一口氣，拆下了電極。

「所有檢查都完成了，是不是很累？真對不起。」

音山擠出笑容後對麻理惠說。

麻理惠鬆了一口氣，放鬆了臉上的表情，露出了微笑。

「謝謝，請問檢查結果……」

音山保持嘴角上揚。

「我會綜合判斷所有的檢查結果，再告訴妳確定的診斷內容。嗯，明天中午過後，不知道妳時間方便嗎？」

笑容不能垮掉，不能垮掉。

「沒問題，音山醫生，那就麻煩你了。」

麻理惠露出客氣的表情，微微欠身說道。音山覺得嘴角快抽筋了，但還是費力地說出了這句話。

「為了謹慎起見，最好請妳家人一起來。可以請妳通知家人嗎？」

音山從檢查室的後門離開後，衝進職員用的廁所。他打開水龍頭，用手掌接冷水，然後潑在臉上。

他用力吐出熱氣。

這是他第一次看到檢查結果，產生這樣的感覺，甚至連實習時也不曾有過，在已經逐漸習慣死亡的現在，更是難以想像。自己對那個叫川澄麻理惠的病人太投入了嗎？

也許因為她是同一所醫大的學妹的關係，所以總是忍不住回想起以前的自己。終於拿到了邁向夢想中的醫生世界的通行證，有一點無所畏懼，但又有一點不安。那是曾經年輕的自己，也是如今漸漸迷失的自己。

他覺得就像是相隔十幾年的時間，面對當年的自己。

不行，這樣會失去平靜……

他用手帕擦著臉。

頭腦稍微冷靜了。

他對著鏡子做出若無其事的表情，笑了兩三次，才推開廁所的門，來到走廊上。

「啊……」

「音山醫生……」

川澄麻理惠就坐在眼前的長椅上，沒想到竟然在這裡遇到她。

音山毫無防備，一時說不出話。麻理惠先向他打了招呼。

「醫生，你好，剛才謝謝你。」

「不客氣，妳辛苦了，好好休息一下。」

音山努力擠出笑容，用平靜的聲音說道。他知道自己臉上的表情很僵硬，此刻竟然做不到平時輕而易舉可以做到的事。

麻理惠笑了笑說：

「請你不要這麼驚訝，你對病人總是很親切。」

「啊？我很親切？」

「對，我這個人的個性很容易緊張，但你總是親切地對我露出笑容。我可以感受到你努力不讓病人感到不安。」

「……是、是嗎？」

這其實是用笑容這張四平八穩的假面具面對所有人。

「是啊，謝謝你。」

「川澄小姐，謝謝妳。」

音山道謝後，發現在用真實的自己和麻理惠說話。

「啊，不，那個。」

他拚命擠出笑容，但麻理惠並不在意，繼續說了下去。

「音山醫生，我以後希望成為像你這樣的醫生。」

麻理惠深深鞠了一躬，音山不知該如何回答，只是愣在原地，握緊的拳頭微微發抖……注視著麻理惠的身影，注視著她一瘸一拐走回病房的背影。

六月二十五日

「主治醫生怎麼樣？可以信賴嗎？」

戴著深度近視眼鏡的媽媽看著麻理惠問道。

「很親切，人很好。」

「是喔。」

聽媽媽說的這句「是喔」，就知道言下之意，是「我要親眼鑑定一下」，但麻理惠無動於衷。因為媽媽對補習班的老師和家教老師都是同樣的態度。

媽媽在生下麻理惠之後，就算是退居幕後了，但以前是能幹的外科醫生。媽媽的確很優秀，所以才會總是用高高在上的態度對待他人。

面談室內的時鐘秒針發出滴答滴答的聲音，媽媽用纖細的手指摸著白色桌上細小的灰塵，不悅地皺了皺眉頭，撢在地上。

媽媽對麻理惠擅自來醫院感到不滿，可以感受到她很想責備麻理惠，為什麼不先徵求爸爸的意見。

爸爸開了一家內科醫院，媽媽協助醫院的經營，麻理惠至今無法拿捏和父母之間的距離。現在當然不可能像小時候一樣向他們撒嬌，但父母太優秀，自己根本不可能超越他們。

父母也同樣不知道如何和麻理惠相處。

當年他們一次就考上醫學院，但女兒落榜三次。麻理惠覺得父母和自己相處時，也感到困惑。

父母當然愛她。最好的證明，就是媽媽二話不說，就來這裡陪她聽取明確的診斷結果。

因為父母太優秀，所以他們無法瞭解做不到的人的心情。

麻理惠這麼認為。

「不好意思，讓兩位久等了。」

門打開了，身穿白袍的音山晴夫臉上帶著親切的笑容，搖晃著微胖的身體走了進來。麻理惠只要看到他的表情，就感到心情放鬆。

不優秀也沒關係，不堅強也沒關係，即使感到迷惘也沒有關係。

像音山醫生那樣親切，讓病人感到安心的醫生。

那是我的目標。

和爸爸、媽媽都不一樣，只有我能夠成為那樣的醫生。

麻理惠看著音山在自己和媽媽面前坐下時，想著這些事。

「你說是肌萎縮性脊髓側索硬化症……」

坐在麻理惠身旁的媽媽用緊張的聲音問道。她的臉色漸漸發白，瞪著音山。

「對。」

音山盡可能用平靜的語氣說明。只要像平時一樣說明就好。要冷靜，要冷靜……他這麼告訴自己。

「有沒有做過肌電圖？結果怎麼樣？」

音山看到麻理惠的媽媽探出身體問這個問題，立刻察覺到，她也從事醫療相關的工作，所以要求自己進行專業的說明。音山拿出了檢查報告。

「這就是檢查結果，發現了明顯的神經原性變化。」

「……」

麻理惠的媽媽紫色嘴唇顫抖著。

音山轉頭看向一臉困惑的麻理惠，仍然維持恭敬的語氣說：

「麻理惠，關於妳的病情，檢查之後，發現果然是神經方面的疾病，是一種原因不明的疾病，但運動神經元會逐漸受到侵蝕。」

麻理惠嬌小的身體發出了微弱的聲音問：

「原因不明……？」

「對，很遺憾，目前還沒有治療方法。」

「啊？那我……」

音山把原本放在一旁的幾本小冊子遞給她。「ALS漸凍症手冊」、「和ALS共存」。只要確診病人罹患了漸凍症，會把這些小冊子交給病人。

「雖然每個人的情況不同，但罹患這種疾病之後，肌肉會逐漸萎縮，手腳都會變細、變弱，漸漸難以活動。」

麻理惠目瞪口呆地聽著音山說話。

「舌頭和喉嚨的肌肉也會衰退，所以會造成難以說話，吃東西時容易嗆到，或是難以吞嚥等症狀。」

好痛苦。

說明這一切太痛苦了。

但音山仍然努力繼續說下去，盡可能保持平常心繼續說下去。

「然後，會漸漸無法行走、活動，最後甚至無法坐起來。因為無法自行上廁所，所以需要他人的照顧。因為無法自己拿碗筷，也無法咀嚼、吞嚥，所以也就無法飲食，會視實際情況，不得不採取經管營養的方式，也就是透過餵食管進食。」

「餵食管……？」

「對，然後會無法呼吸。一旦發生這種情況，就必須使用人工呼吸器才能呼吸。」

麻理惠一臉茫然地問音山：

「這……？」

「是。」

「多久會變成這種情況？」

「每個人的情況不同……」

音山先聲明了這一句，然後對她說：

「半數病人在三到五年內，會因為呼吸器官麻痺而死亡。」

六月二十六日

麻理惠在自己的房間內。

她沒有開燈，抱著膝蓋坐在床上。

樓下傳來父母的聲音，他們似乎在討論什麼，因為擔心吵到麻理惠，所以說話很小聲。

她渾身發抖。

漸凍症。

自己的肌肉正慢慢消失。

原因不明，沒有治療方法。

她緩緩抬起手，目前還能自由活動，但有一天會無法活動。

手臂將會無法活動，手指也無法活動。腳也會無法活動，無法走路，也無法站立。只能躺在床上，哪裡都去不了。不能吃飯，也不能洗臉，就連抓癢也沒辦法。

上廁所也需要別人的協助。別人是誰？爸爸或媽媽嗎？還是看護？簡直就像嬰兒一樣露出下半身，讓別人擦屁股。

而且，還會失去語言能力。無法說話，也無法發出笑聲，當然也沒辦法哭。

但是，直到最後一刻，五感都能夠發揮正常功能。

即使看到蒼蠅飛過來，也無法把牠趕走；即使能夠聽到別人的聲音，自己也說不出話。可以清楚感受到糊糊的流動食物味道，如果大便失禁，可以聞到刺鼻的味道。別人摸自己，自己可以有感覺，但自己無法摸別人。

自己會失去干涉外界的能力，只能被動接受，只有精神關在牢獄中。

一旦無法自主呼吸，就必須靠人工呼吸器把空氣送入肺部。一旦裝上人工呼吸器，就無法再拿下來。因為拿下來就會死，如果他人隨便拿下來，就等於犯下了殺人罪。

身體會裝上越來越多的管子。

靠管子供應氧氣，靠管子補給食物，屎尿也會透過管子排出體外。到時候身上會插滿管子，繼續活著。

如果不願意，就只有死路一條。

沒有其他的路。

不是全身插滿管子，就是死。只有這兩條路。

「……難以相信。」

麻理惠小聲自言自語。

淚水乾掉的痕跡繃在臉上。

「難以相信有這種事。」

她抬起頭，看到了書桌。書桌上放了筆記本，還有單字簿。組織學、病理學、藥理學、免疫學……的教科書都放在那裡。教科書剛買不久，看起來還很新，書上貼了便利貼。

合格的准考證用圖釘貼在牆上。

看到這一切，麻理惠覺得心被揪緊。她忍不住皺起了眉頭。

「我……」

我無法當醫生了。

「我……」

她的喉嚨顫抖，眼淚再度奪眶而出。

有一半的病人會在三到五年期間死亡？我好不容易才考進醫學系，卻無法畢業嗎？

「我……」

我會死。

麻理惠忍不住嗚咽。她很想放聲大叫，但流不停的淚水和顫抖的喉嚨抗拒著。麻理惠抽抽答答地哭著，緩緩走向書桌。

這種東西。

她拿起教科書。她很想撕破這些突然失去意義的東西到處亂丟，希望踢開排放在那裡的參考書放聲大笑。

但是，她做不到。

她的手顫抖，身體漸漸無力。

她捧著教科書，癱軟在地上。

她可以清楚回想起昨天之前的自己。自己用功讀書，每天都在背功課，寫筆記、看課本，想像自己身穿白袍的樣子，想像自己拯救病人的身影，想像自己和父母一起聊醫學的事，自己還對音山醫生說，想成為像他那樣的醫生。

太滑稽了。自己在昨天之前的一切都太滑稽了。

因為很滑稽，如果能夠一笑置之，心情就輕鬆了。

但是，她做不到。她抱著可恨的教科書，咬緊牙關，閉上了眼睛，無聲地哭泣著。

不知道這樣過了多久，她的淚水乾了，呆呆地注視著地板時，發現手機在黑暗中亮了起來。只要聽音樂聲，就知道是啟子傳來的訊息。

她茫然地拿起手機，看著螢幕。

「麻理惠，妳明天會來學校吧？晚上要不要和立花學姊一起去聯誼？」

麻理惠的手指發抖。

她的思緒混亂。

她覺得好像在做夢。如果是做夢，她分不清今天的事是夢，還是和啟子他們一起共度的日常生活是夢。

麻理惠幾乎無意識地回覆：「謝謝妳邀我！我好想去。」

最後加了一個笑臉後，發出了訊息，把手機丟在地上。然後抱著頭，蜷縮在書架和書桌之間，一直縮在那裡不動。

隔天，麻理惠沒有去學校。

啟子傳了好幾次訊息給她，但她甚至沒有拿起手機。

六月二十八日

黑夜中，雨淅淅瀝瀝下個不停，宛如某種腳步聲，又好像奇妙的樂器。音山晴夫從職員出入口走進七十字醫院內，在只亮著逃生燈的燈光下，走向第二辦公室。

「桐子，你在嗎？」

他敲了敲門，沒有人回應。打開門一看，狹小的室內沒有人影，有一本醫學書攤在紙箱上，桐子的棕色皮包放在旁邊。

「他還在醫院內，所以應該在浴室。」

音山走上三樓，走進了職員休息室。值班的年輕醫生在休息室內睡覺，男浴室內傳來淋浴的聲音。音山輕輕敲了敲門，打開了門，飄出一股熱氣。

「桐子……你在幹嘛？」

音山忍不住問。

眼前的桐子正在沖澡，頭髮貼在額頭上，全身都濕透了。

「音山……」

桐子驚訝地張著嘴，關掉淋浴，抬頭看著老同學的臉。

「我只是在洗澡啊。」

「我知道，但你為什麼衣服也不脫。」

桐子身上穿著白袍、襯衫、長褲和襪子，身上的衣服吸滿了水，形成了複雜的皺褶，重重地從桐子身上垂了下來。

「你應該知道，即使沒有輪到我值班，我也整天睡在醫院。」

桐子若無其事地拿起肥皂，在手上搓出泡之後，抹在白袍上。

「嗯……這我知道，所以呢？」

音山目瞪口呆地站在那裡，桐子脫下滿是肥皂泡的白袍，丟進了浴缸，然後搓了起來。

「所以，我在洗澡的時候順便洗衣服，這樣不是很省事嗎？」

他在說什麼鬼話。音山感到無力，卻想不出該怎麼反駁。

「也許有道理……算了，隨你啦。」

「你可不可以等我一下，我馬上就洗好了。還是你也要一起洗？」

「不，我等你。」

這傢伙還是老樣子。音山走出浴室，關上了門，重重地吐了一口氣。

桐子回到第二辦公室，把抱著的紙箱放在地上，從裡面拿出濕答答的衣服，隨手一丟，掛在曬衣繩上。音山注視著他，然後無聊地低下了頭。

「音山，這麼晚來找我有什麼事嗎？」

聽到桐子這麼問，音山抬起頭。

「我有事想和你討論。」

「討論？是病人的事嗎？」

「是啊。桐子……我們從東醫畢業已經六年了。」

「對，和我們在醫學院的時間相同。」

桐子把兩個馬克杯放在紙箱上，然後把熱水壺裡的熱水倒了進去。兩個人之間冒著熱氣。

「真懷念啊，感覺就像是昨天。那時候曾經喝酒到天亮……還曾經口袋空空去旅行，還參加了K書合宿。」

「我的大部分記憶都是關於考試。音山，你的微生物學要重考，我還陪你一起讀書。因為你很不擅長背東西。」

「我覺得是你們太厲害了，不光是微生物學，病理學考試那次也一樣。」

「這是即溶咖啡。」桐子說著，遞給音山一包咖啡，但只有音山喝咖啡，他自己仍然喝白開水。

「我說……桐子。」

「嗯？」

「我們一年級的時候，如果剛考進大學的時候，你、我和福原剛認識的時候……你還記得嗎？」

「記得啊。」

「如果那個時候被診斷為漸凍症，你會怎麼辦？」

隔著熱氣看到的桐子表情有點緊張，他靜靜地喝著白開水，輕輕吐了一口氣之後回答：

「……惡化的速度呢？」

「相當快，即使年底之前出現呼吸障礙也不足為奇。」

「那真的相當快。」

「雖然是很罕見的病例，但請你在這個條件下考慮。」

桐子點了點頭，幽幽地說：

「那我會退學。」

「為什麼？」

「因為要有效使用剩下的時間。」

桐子淡淡地說完，又倒了一杯白開水。

「你決定得真乾脆。」

「是嗎？但即使想再久，狀況也不會好轉啊……漸凍症的病人不可能成為醫生。不，即使成為醫生，也無法正常工作。繼續留在醫學院，只是浪費時間和金錢。更何況應該把醫學院學生的位置讓給其他健康、有未來的人。」

看著桐子輕描淡寫地說話的側臉，音山忍不住皺起了眉頭。

「你真冷漠，不需要說到這種程度吧。」

「我只是說，如果我遇到這種事會這麼做，並沒有要求你的病人也這麼做。」

「……那倒是。對不起，我混為一談了。」

音山低下頭。不知道是不是心理作用，他覺得咖啡特別苦。

「看來沒有希望。」

音山小聲地說，咖啡的表面晃動著。

「病人的希望只有一個，那就是治好病，但是漸凍症沒有治療方法，所以根本沒有希望。」

「……你經常對病人說，乾脆接受死亡反而更輕鬆。」

「這句話並沒有說錯吧？必須捨棄可以治好的希望，乾脆放棄就好，告訴自己，本來就不可能治好。」

「放棄？怎樣才能放棄。」

「因為覺得自己得這種病很沒道理，所以才想要對抗，但不要這麼想，乾脆豁出去，認為這就是自己的個性。就好像天生的長相沒辦法改變，有人的長相天生就可以當偶像，有些人就沒辦法，這是天生註定的……所以自己只是被分到得漸凍症。這麼一想，就會開始思考自己到底能夠做什麼。即使當不成偶像，還有無數條其他的道路。在捨棄無法實現的夢想時，就做好了發現新希望的準備。」

「但這未免太殘酷了。」

音山忍不住想起川澄麻理惠充滿夢想的臉龐。

「也許是這樣，但你認為把無法實現的希望一直放在病人面前的行為不殘酷嗎？」

桐子看著音山，音山無言以對。

「……既然早晚得放棄，不如趁早放棄。如果所剩的時間不多，就更不能浪費時間，更希望能夠讓生命的最後一段路走得更充實。」

桐子喝了一口白開水，寂靜中，這個聲音聽起來格外大聲。

「話是這麼說……」

音山瞭解桐子想要表達的意思，這是他為病人著想所得出的結論，但是，音山無法就這樣點頭，總覺得有什麼卡在心裡，卻又不知道是什麼，所以忍不住思考起來。

「音山，如果你沒辦法，要不要交給我？」

「啊？」

桐子的眼神很冷漠。

「由我和病人面談，只要病人願意……我可以斷絕病人的希望。我做過很多次，之後再由你接手就好。」

「這、這……」

「你在擔心什麼嗎？不然我們可以一起出席，我代替你……」

「對不起，桐子，這就免了。」

音山用柔和的語氣，但態度堅定地拒絕了。

「這次的病人，我希望可以治療到最後。」

桐子納悶地觀察著音山的表情。這也難怪，因為就連音山也很好奇自己竟然會說這種話。

「我知道你擅長這種面談，而且我也想不到任何比你更能夠消除病人痛苦的方法……」

音山幽幽地說。

「音山，既然這樣，更應該由我……」

「但是，我想自己來，這也是為了我自己。」

「音山……」

他內心清楚瞭解這一點。

這也許是公私不分，但他強烈認為自己不能逃避川澄麻理惠這名病人，因為這名病人就像以前的自己，因為這個學妹說，希望能夠成為像音山一樣的醫生。

不是桐子，也不是福原，而是只有音山能夠做到的事……什麼才是只有自己才能做到的事？他覺得必須找到這個答案。

所以，音山必須面對川澄麻理惠的不治之症。一旦逃避……就會倒退回對病人的死亡感到麻痺的自己。

音山握緊放在腿上的拳頭說：

「桐子，謝謝你和我討論，給了我很大的參考。」

「是嗎？那就好。」桐子有點擔心地補充說：「音山……你不要太勉強自己。」

「我知道。」

音山站了起來，對桐子笑了笑，再次道謝。

「桐子，謝謝你，你也不要太賣命。」

六月三十日

這家安靜的串烤店位在池袋邊緣的一家寺院旁。

過了約定的時間，音山才慌忙走進店內，福原立刻向他舉起了手。

「喔，我已經先吃了。」

看了桌上放串燒叉的圓柱狀桶子內叉子的數量，顯示福原已經到很久了。

「不好意思，我遲到了。」

「不必在意。」

福原喝了一大口日本酒，心情舒暢地笑了起來。醫生經常臨時有事，即使聚餐時，也經常有先有後，無法一下子就到齊。

「這家店還真有意思，原來是創作串燒店。」

福原的下巴每咬一口柳葉魚卵蒟蒻串燒，就發出啪哩啪哩的聲音。

「因為我想偶爾在不是在醫院附近的地方喝酒也不錯。」

「是啊，可以轉換一下心情，很棒啊。我每次都只去固定的地方。」

其實音山只是不想在吃飯時遇到醫院的人，所以才約在這裡，但音山並沒有說。他在福原身旁坐了下來，點了啤酒，然後又點了鵝肝、海鰻和竹筴魚串燒各兩串。

「你等我的時候在看書嗎？」

「嗯？對啊。」

福原闔起拿在手上的雜誌，把封面出示在音山面前。有一排五彩繽紛，缺乏立體感的美少女，在機器人面前擺出姿勢。

「動畫雜誌……？你喜歡動畫嗎？」

「不，是我目前手上的一個癌症病人，他是動畫宅男。」

「所以你也開始學習嗎？」

「是啊，他已經沒有體力看一個小時的動畫了，所以我代替他看，然後再把故事梗概和下集預告說給他聽，這成為他的生命動力。」

福原說完，把雜誌放進了皮包。

「福原，還真像是你會做的事。」

「是嗎？這比強心劑更有效，他目前正在努力和疾病奮戰，說有朝一日，要自己看這部動畫。既然這樣，我當然要大力相助。看了之後，我發現還挺有趣的。」

福原說完，接過送上來的啤酒瓶，把黃色液體倒進音山的杯子裡。白色泡沫隨著輕微的氣泡聲四濺。

「原本還懷疑我應邀赴約來到這裡，會看到桐子也坐在這裡，所以進來之後鬆了一口氣。」

「不，我今天想和你單獨聊一聊。」

「怎麼了？這麼嚴肅。」

「嗯……」

音山喝了一口啤酒，然後又重複了一次幾天前問桐子的問題。

「剛進入醫大，就得了漸凍症嗎？」

福原咬著海鰻和茗荷問道，音山也拿起相同的串燒。每咬一口，茗荷就會發出喀滋喀滋的清脆聲音，爽口的感覺和海鰻濃郁的美味相得益彰。

「那真的很傷腦筋啊。」

「如果你遇到同樣的事呢？」

「如果是我？我什麼都不做。」

「什麼都不做……？」

「會在和疾病奮戰的同時繼續讀書，無論用任何方法，都一定要當醫生。如果說有什麼改變的話，可能會換不同的科，也許不再以外科為目標，而是改成神經內科。正因為自己得了漸凍症，所以應該比任何人更瞭解漸凍症病人的心情，可以從病人的角度進行治療。」

音山聽到福原乾脆的回答，忍不住感到驚訝。

「你打算在漸凍症的狀態下當臨床醫生？」

「當然啊，如果實在有困難，也可以當專門研究漸凍症的醫生。因為可以用自己的身體做實驗，可以在比任何人更有利的條件下進行研究，但如果條件允許，最好還是當臨床醫生。」

「你知道這有多困難嗎？更何況有辦法從醫學院畢業嗎？如果得了漸凍症，沒辦法解剖實習，更何況身體有辦法到醫院實習嗎？」

「困難無法成為不前進的理由，一定有辦法解決，可以和大學的校方交涉，和醫院交涉，甚至和政府交涉，如果目前的制度和法律成為障礙，只要改變制度和法律就可以解決。」

「但是，漸凍人的醫生根本沒有前例……」

「前例？你在說什麼啊，即使沒有路，只要撥開草木往前走，那裡就是路。音山……你會不會太軟弱了？」

音山目不轉睛地注視著福原的臉，忘了吃手上的卡門貝爾乳酪和麵筋的串燒。

「更何況為什麼只因為目前沒有治療法就放棄？也許明天就會發現治療藥物，不要放棄希望，要和疾病殊死奮戰。」

「具體要怎麼做？當身體開始痲痺，要怎麼……？」

「當然要用盡各種方法，裝上人工呼吸器，靠胃造廔管攝取營養，排尿用導管，排便用尿布。不管是照護還是醫療儀器，總之要用盡所有的方法，努力多活一秒鐘。」

「這也太……你知道這會造成多大的精神負擔嗎？……而且還有金錢問題。」

福原張開大口笑了起來。

「精神負擔？這關係到自己的生命和夢想，怎麼可以害怕這種事？不是有高額醫療費制度嗎？如果還是不夠，就變賣所有家財，反正去陰間時什麼都帶不走。總之，要做所有目前力所能及的事。和疾病奮戰，不，不光是和疾病奮戰，活著不就是這麼一回事嗎？」

「也許吧……」

音山語尾有點模糊，他覺得福原整個人好像在發光。潔白的牙齒、清澈的眼睛，還有無盡的希望和鬥志。

他是太陽。草木在陽光下生長，動物活潑地奔跑。不，也許該說即使不想跑，也不得不跑。

這和桐子像靜止的黑暗般徹底冷靜的思考完全相反。

福原放在旁邊的皮包鼓了起來，也許除了動畫雜誌以外，還有為了配合許多病人各種興趣愛好的雜誌，搞不好還有折千紙鶴的色紙，或是為了激勵病童的小玩具。

福原是偉大的醫生，他絕對是七十字醫院不可或缺的醫生。他和學生時代一樣，堅強而充滿活力，持續奮戰不懈。這樣的醫生至今仍然令音山嚮往。

雖然如此，但是……

音山的手突然顫抖不已。

他不小心被含在嘴裡的啤酒嗆到，低頭用力咳嗽。

「喂，你沒事吧？」

「我沒事，對不起。」

「我說音山啊，你好像為這名病人很煩惱。」

福原吃完了手上的串燒，把串燒叉丟進桶子。

「怎麼樣？要不要由我來負責那個病人？她也是我的學妹啊，我會好好激勵她。」

「不……那不需要。」

音山不加思索地拒絕道，福原露出失望的表情。

「是、是嗎……？」

「嗯。」

「好吧，反正我無所謂。」

和拒絕桐子的建議時一樣。他清楚地知道，自己必須拒絕。

「嗯……不好意思，對不起。」

但是，他覺得比拒絕桐子時，自己內心更明確地瞭解拒絕的理由。

那不光是自己的任性，更覺得不能讓福原靠近麻理惠。音山身為醫生的本能這麼告訴他。

福原和桐子的意見聽起來都很正確，音山想不到任何反駁的話。他們都比音山優秀，音山至今仍然覺得他們是值得尊敬的朋友。

但是，即使這樣……他們兩個人太強悍了。

他們身為一個人所具備的某些東西太強悍，和那些痛苦、脆弱的心靈沒有交集。不，或許能夠和有些人產生交集，但至少無法和麻理惠產生交集，就好像身強力壯的巨人即使疼愛小狗，也會不慎把小狗弄死一樣，兩者之間有很深的鴻溝。

「福原，我想拜託身為副院長的你一件事。」

「什麼事？」

「可不可以允許我在川澄麻理惠出院之後上門出診？」

福原驚訝地確認：

「……你打算特地直接去出診嗎？」

音山點了點頭。

「當然，我不會影響醫院的工作，我可以用年假當作是休假去出診。我無論如何都希望好好治療她……」

福原默默注視著音山的臉。

「直到她迎接最後的日子。」

七月二十二日

「這不是吉田嗎？你怎麼會在這裡？」

啟子在寧靜的住宅區巧遇同學，忍不住驚叫起來。吉田害羞地低頭，小聲地問：

「啟子，妳怎麼會在這裡？」

「我打算去麻理惠家……吉田，你呢？」

「我也是啊。」

啟子看到吉田紅著臉，忍不住恍然大悟地點頭。入學後不久，一群女生在聚餐時曾經討論哪個男生是自己喜歡的類型，麻理惠曾經提到吉田的名字，這一對也許八字有一撇了。

啟子氣定神閒地打量著吉田的臉，吉田一臉嚴肅地問：

「麻理惠……有沒有回覆？」

「回覆什麼？」

「訊息啊，她有沒有回覆妳的訊息？」

「就是啊，她也都不回我，即使打電話也不接，以前從來不會這樣，她向來不會已讀不回。」

「她也一直沒來學校上課……我、覺得很不安……」

「咦……」

原來吉田的目的和自己相同。啟子點了點頭。

「吉田，你知道麻理惠住哪裡嗎？」

「不，我不知道。」

「不知道？那你怎麼會來這裡？」

「之前聽她提過住在這一站……所以我想先來這裡找找看，也許可以找到。」

「吉田，你好青春啊。」

「什、什麼？」

「不，沒事，她家在這裡，我以前去過。」

啟子向一臉悵然的吉田招了招手，率先走在兩側種了波斯菊的路上。

精心修剪的每一棵盆栽樹木都綠油油。來到那棟漂亮的洋房前，發現門口停了一輛小貨車。

「那一棟嗎？」

「嗯。」

身穿工作服的男人從小貨車上拿出像是細管子的東西搬進屋內。

「他們在幹嘛？搬家嗎？」

啟子問茫然地看著那些工人搬東西的吉田。

「我以前看過那個。」

「啊？」

「那是扶手，就是裝在樓梯或是廁所的扶手。我記得我爺爺只能靠輪椅生活時，家裡裝了這個。」

「扶手……為什麼？」

「我也不知道啊，是不是她爸媽出了什麼事？」

吉田和啟子互看了一眼之後，戰戰兢兢地按了門鈴。

忙著搬扶手的工人瞥了他們一眼。

「麻理惠。」

麻理惠看到媽媽走進房間，不耐煩地抬起頭。拉著窗簾的房間內很暗，床上丟了三十幾本少女漫畫。之前預習時使用的教科書和筆記攤在書桌上，已經積起了灰塵。

「……怎麼了，媽媽？」

麻理惠把漫畫翻過來，放在枕頭上。如夢似幻的異世界戀愛故事結束，她的意識回到了現實世界，身心都沉重起來。

「有朋友來找妳。」

「朋友……」

麻理惠的眉毛皺成了八字形，看了一眼設定成靜音後，就一直在充電的手機。不時閃爍的燈光顯示有未讀的訊息和未接來電，她知道該看一下，但她甚至懶得去看。

拿起手機看訊息，然後回訊息。

她知道這並不是太困難的事，但仍然意興闌珊。下次再說。她一拖再拖，逃進了幻想的世界。

現在沒辦法見人啊。

麻理惠快哭出來了。

自己一再逃避現實，沒想到現實主動上門了。

「還是請他們回去？」

媽媽擔心地問，麻理惠想了一下，搖了搖頭。

「……是嗎？我請他們在客廳等，那我叫他們來這裡。」

「不，我去客廳。」

「但是……」

「我去那裡，我要去那裡。」

麻理惠斬釘截鐵地說。媽媽沒有再說什麼，垂下肩膀，站在她旁邊準備扶她。麻理惠推開了媽媽的手。

「我可以自己走。」

她踏出右腳踩在地上，確認了好幾次地板的硬度後，再伸出左腳。她抓著旁邊的桌子站了起來。她的眼中帶著血絲，冷汗流了下來。除了肌肉衰退，膝蓋也因為害怕顫抖不已。她咬緊牙關，用力……站了起來。

「麻理惠……」

「沒事，媽媽，我沒事……」

牙齒打著顫，她咬緊牙關克制住。兩隻腳就像長時間跪坐後站起來時那樣，感覺時有時無，而且不是漸漸麻木的感覺，而是突然失去所有的感覺，兩條腿簡直就像突然消失了。

那不是腿。那已經不是腿了，而是棍子，腰部以下長了兩根棍子。

右側那根棍子的感覺還沒有完全消失，麻理惠身體向右傾倒，抓著走廊上的扶手，拖著兩腳慢慢前進。

媽媽看不下去。

「麻理惠，有輪椅，也有拐杖……」

「我不想用。」

我還可以走路。一旦坐上輪椅，我的腳……

雖然不知道原因，但她覺得一旦坐上輪椅，兩條腿就真的會變成棍子。

「你們特地來看她，真的不好意思。」

吉田和啟子離開前，麻理惠的媽媽一次又一次鞠躬道歉。

火紅的太陽斜斜地灑在住宅區內，兩個人默然不語，慢慢走向車站。幾個看起來家世很好的高中女生閒聊著走了過去。

「麻理惠叫我們別再去看她。」

啟子喃喃地說。

「是啊，她這麼說……」

「還叫我們別傳訊息，也別打電話給她，叫我們忘了她。」

「嗯。」

吉田垂頭喪氣，啟子拿出手機操作起來。螢幕的藍光照在啟子的臉上，讓她的臉看起來有點可怕。

「喂，啟子，妳在幹什麼？」

「把麻理惠的電話刪掉。」

「為什麼！何必刪掉呢？」

「因為她叫我們刪掉她啊。」

「妳也太無情了……妳們不是朋友嗎？」

吉田用好像在看什麼難以置信的事物般的眼神觀察啟子，啟子不以為然地說：

「否則該怎麼做？」

「這……」

「根本沒有治療的方法，她不可能好起來。麻理惠不可能再恢復原狀了，我們甚至無法對她說，希望妳趕快好起來這種話。」

「這我知道，但還是希望能夠幫助她，妳不也一樣嗎？否則妳不可能讀醫學院。」

「吉田，你有沒有聽到麻理惠說的話？她說至今仍然感到很不甘心，無法放棄當醫生的夢。看到我們雖然很高興，但也同時很痛苦。你要知道，我們已經成為麻理惠羨慕和嫉妒的對象。」

「但是……」

太陽漸漸下山，電線桿拉出長長的影子。他們爭執不休，烏鴉在他們的頭頂上呱呱叫。

「無論對她說任何安慰的話，現在都會顯得高高在上。你想一想，在生了病的麻理惠眼中，光是健康這件事，就讓我們『高高在上』了，只是走路，只是說話，只是活著，只是這樣，就是『高高在上』了。」

吉田咬緊牙關，皺著眉頭，瞪著柏油路面上的凹凸不平。

「不要……有沒有什麼辦法？我想幫助麻理惠……」

「沒辦法。」

「……我、喜歡麻理惠。」

吉田紅著臉，痛苦地小聲說道。啟子閉口不語，點了點頭，似乎早就猜到了，但隨即淡淡地說：

「吉田，你想一想，你認識麻理惠才短短三個月，麻理惠只剩下幾年的生命，但你和我的人生還會繼續走下去。我們會成為醫生，拯救很多人的生命，還必須活好幾十年。在未來的幾十年中，你能夠一直喜歡麻理惠嗎？」

「這不是時間的問題。」

吉田有點不悅，但啟子並沒有退縮。

「吉田，你根本搞不清楚狀況，你不知道幾十年一直惦記著死去的人是多麼困難的一件事。你記得幾個幼兒園的同學？小學同學呢？在我們以後成為醫生，結婚生子，在未來的人生中……大學一年級時生病去世的同學，對我們的人生到底有多大的意義？」

「……」

吉田用力咬著牙齒。

「麻理惠瞭解這一切，所以才叫我們忘記她。比起擔心我們不知道什麼時候會忘記她，還不如現在忘記她，就是這麼一回事……」

「但是，沒有可以幫上忙的地方嗎？對了，把這件事告訴其他人，大家討論之後，或許可以想到什麼好主意。」

吉田的聲音發抖。啟子搖了搖頭。

「別傻了，我相信麻理惠並不希望我們這麼做。」

「但是，但是！什麼都不做，就這樣放棄嗎？麻理惠不是太可憐了嗎！」

「你不要生氣……我也不想說這些話。」

啟子皺著眉頭，捂住了耳朵，也閉上眼睛，然後小聲地說：

「但就是這麼一回事，我們能夠為生病走向死亡的人所做的事，比我們平時想像的更加……」

太陽沉落，把水泥牆染成了紫色。

「我們無法為他們做任何事。」

八月十一日

「好了，結束了，妳的健康狀態很不錯。」

診察結束後，音山對躺在護理床上的麻理惠說。他把聽診器掛在脖子上後，為麻理惠拉好掀起的衣服。

「請你別說這種話，我自己可以感覺到腳越來越沒辦法動了。」

麻理惠只有眼睛看著他說話。她的頭髮凌亂，上面沾了灰塵，有一種皮脂和汗水混在一起經過一段時間後特有的味道。

「……妳要不要請人上門幫忙洗澡？如果有需要，我可以介紹我認識的人。」

「不，照顧服務員有認識的人，所以不需要，而且我還有辦法自己洗，只是有點懶而已。」

「是嗎？有需要時告訴我。」

「老實說，我覺得……麻煩別人這種事很丟臉。」

「我能夠理解妳的心情，但有時候也需要請別人協助。」

「……」

麻理惠沒有說話。音山把診察工具收進了皮包。

「就像小嬰兒一樣。」

「啊？」

「什麼都不會。死的時候和出生的時候很像。」

「……也許吧。」

蟬在叫，窗外傳來喧鬧的聲音。遮光窗簾外陽光燦爛，小孩子在陽光下奔跑。但室內光線昏暗，音山看到房間角落堆著漫畫，後方還有用繩子綁起的教科書。

「那些準備丟掉嗎？」

「是啊，已經沒用了。」

「是喔……」

「我退學了，從東醫退學了。」

麻理惠無力地笑了笑，音山停下了手。

「教務課打電話來家裡，說醫學院由國家補助，平均在每個學生身上補助五千萬圓，然後委婉地說，不能把補助金浪費在無法成為醫生的學生身上。雖然我媽很生氣，但我說既然這樣，那就退學吧。因為既然學校都這麼說了……那就沒辦法了啊。」

「……太遺憾了。」

教科書上積著灰塵，顯示用繩子綁起後已經有一段時間了。把教科書綁起來當然不是問題，但目前還無法當作垃圾丟掉。音山感到很鬱悶。

「世界是屬於活人的地方，我在生病之後，第一次瞭解到這一點。世界不得不把我當成『不久就會離開的人』。即使我這樣，還會接到推銷電話，問我要不要加入保險，說什麼趁還在讀大學時加入比較便宜。當我告訴對方，我只剩下幾年可以活，對方就說：『喔，那不用了』，然後就掛了電話。」

「……」

麻理惠一臉寂寞地看著半空，音山默然不語地看著她乾瘦的身體。

「音山醫生，請你以後不要再來了。」

「啊？」

音山看著麻理惠的臉。麻理惠淡淡地動著嘴唇說：

「更何況你為什麼來我家？我聽我媽說了，你是那家醫院僱用的醫生，照理說並不出診，卻特地撥時間來看我。」

音山雖然嚇了一跳，但仍然面帶笑容回答說：

「我這個人的個性就是會在意自己的病患，想瞭解他們的情況。」

「不收取診察費用嗎？」

「……診察只是順便而已，並不會花費多少時間。」

「這算什麼？是同情嗎？」

麻理惠瞪著音山。

「在做出確定診斷後，你的工作就結束了，還有很多病人等著你，為什麼我會有特別待遇。因為我是你的學妹嗎？我才不需要這種半吊子的同情，只會讓我覺得自己更可悲。」

「……」

音山沒有說話。他不知道該說什麼，想了一下，覺得只能實話實說，所以開了口。

「其實我也不知道為什麼。」

「……啊？」

「妳說得對，我對病人有特殊待遇，但以前從來沒有發生過這種事。」

「身為職業醫生，這不是失職嗎？」

麻理惠說話的語氣冷漠，可以感受到她強烈的不悅。音山鞠了一躬說：

「我會避免對醫院的工作造成影響，只減少我的自由時間，但如果妳說我公私不分……我真的無話可說。」

「……」

麻理惠看到音山坦率承認，似乎有點不知所措。音山繼續說了下去。

「總之，我想來這裡，我希望身為醫生，能夠為妳看診到最後。」

「如果你是想要幫我，或是有類似的想法，那就不必了。我不喜歡，我希望大家都忘記我。」

麻理惠斬釘截鐵地說，明確表達了拒絕的意思，但是，音山並沒有接受。

「我想應該不是。」

「不是什麼？」

「我並不是想幫妳，不，當然也有一部分是這個原因，但並不只是這樣而已。」

不知道為什麼，他可以清楚聽到外面的聲音。小貨車在倒車，不知哪裡的自動販賣機吐出了果汁。他們在這種日常中對話。

「我說不清楚，我身為醫生……在和妳相處的過程中，從妳身上學到了某些東西，那是我在不知不覺中已經失去的東西……而且我想要找回來……」

麻理惠用冷漠的眼神看著音山。

「而且這是身為醫生必要的東西，我有這種感覺，所以我會來這裡。為妳看診……只是我聊表心意。」

「你還真一廂情願。」

「是啊……」

麻理惠嘆了一口氣，沒有再說話。音山戰戰兢兢地問：

「我下星期可以再來嗎？」

「讓我考慮一下。」麻理惠小聲地說。

九月十日

麻理惠不記得第一次學會走路的日子。

當時一定很高興，一定很激動。

同樣的，第一天無法走路的日子也會到來。

出生之後，得到了許多東西。

如今將逐一失去，倒退回人生的各個階段。

……但是，仔細想一想，其實每個人都一樣。

麻理惠這麼告訴自己。

人終將死去，死亡率是百分之百。既然活著有可能得到一切，死亡就必然會失去一切。

只要有相遇，就會有分離；一旦進入醫學院，就會有一天離開那裡；學到的知識遲早會忘記；得到的東西，無論金錢、名譽和地位，所有的一切都會離開自己……最後會失去肉體。

只是我比別人提早而已，只是時間的流動和大家不一樣而已，所以這沒什麼好難過，也不值得驚訝，這是大自然的規律。

麻理惠深呼吸，在心裡一次又一次告訴自己。

沒錯……這是無可奈何的事，所以……

媽媽的聲音從飯廳傳來。

「麻理惠，吃午飯了，妳可以過來嗎？」

麻理惠搖了搖頭，看著護理床上無力的雙腿。

已經沒辦法走路了，雙腿無論如何都無法再撐起身體……

媽媽走進房間。

「麻理惠，妳沒事吧？」

麻理惠擦了擦眼睛，用力動著嘴巴。

「我為呃（我沒事）。」

「是嗎？沒事就好，妳走不動嗎？」

「偶嗚熬（走不了）。」

「走不了嗎？」

麻理惠點點頭，雖然內心很不甘心，但媽媽可能早就料到了，所以並沒有太大的反應。「沒關係，我們一起去飯廳。」媽媽在說話時，俐落地準備了輪椅。

「昂昂（媽媽）。」

「什麼事？」

「昂昂、以鵝翁臥（媽媽，妳的工作）？」

「我現在的工作就是陪妳，妳不必擔心。」

麻理惠的眼眶含淚。延髓性麻痺越來越嚴重，她說話已經口齒不清，媽媽能夠正確聽懂她說的話。媽媽就像麻理惠小時候那樣，溫柔地抬起她的腿，然後放下床，撐著她的肩膀，讓她坐在輪椅上。媽媽的手上有了皺紋。

麻理惠的身高已經超過媽媽，在生病之前，經常由麻理惠下廚、做家事。只要能夠賺錢，她就可以獨立生活。那時候她覺得自己已經不再是小孩子。

「昂昂……」

「什麼事？」

「欸欸以（謝謝妳）。」

「不客氣。」

媽媽對麻理惠說話的聲音很溫柔。

真懷念。

沒錯，媽媽以前就是這麼溫柔。即使麻理惠在幼兒園遇到不開心的事，媽媽總是緊緊抱著她，為她準備點心，也帶她一起出門買東西。

麻理惠漸漸長大，也經常反抗父母。每次思考自己的未來時，媽媽就成為無法超越的巨大障礙擋在眼前，所以漸漸忘記了媽媽的溫柔。

她忘記了當時那個媽媽，至今為止，一直都是媽媽。

媽媽推著輪椅，麻理惠和輪椅沿著為了消除高低落差而設置了坡道的走廊前進。經過了籐製的電話桌，又經過浴室前。

「爸爸今天出門了，所以我們兩個人吃。聽說有一個針灸的醫生專門治療疑難病症，所以爸爸要去瞭解一下詳細的情況。如果那個醫生不錯，我們就去看看。」

「嗯。」

「希望可以治好。」

「昂昂，喂勿以，因為我額彎意（媽媽，對不起，因為我的關係）……」

「啊喲，妳不需要道歉，只要負責多吃點，打起精神就好。」

媽媽搖了搖已經冒出白髮的腦袋笑了起來。

父母在麻理惠的病情急速惡化後，縮小了目前經營的那家醫院的規模。媽媽原本協助醫院經營，負責管理員工，現在幾乎一整天都在家，爸爸也每天下午很早就回家了。

他們的人生步調完全被麻理惠打亂了。

麻理惠感到很內疚。

我都二十一歲了，真是太不孝順了……

「今天有妳喜歡的芝麻豆腐，還有把玉米粒打碎的玉米濃湯……蘋果果凍，應該很好吞嚥。」

前方就是餐桌，花卉圖案的桌布上放了餐墊，上面放了筷子和湯匙。

麻理惠的座位放了茄子圖案的筷架。她從小就很喜歡這個筷架，還和媽媽約定，以後出嫁時要把這個筷架當陪嫁。這一陣子，媽媽每天都會用這個筷架。

麻理惠看到這個筷架，淚水再度奪眶而出，順著臉頰滑了下來。

九月十五日

正午過後，麻理惠躺在護理床上看著天花板。
她覺得白色的天花板牆壁和燈感覺格外遙遠。周圍的書架、書桌、椅子也好像漸漸遠離。
世界變大了……
同樣是十公分，對健康的人和對手腳越來越麻痺的人來說，並不是相同的距離。些微的高低落差變成了懸崖，無法繼續向前；放在稍遠處的東西就等於不存在。
並不是世界變大了，而是自己縮小了，自己縮向內側。
麻理惠看著自己的手，動了動手指。手比之前更無法用力，聽到骨骼和骨骼摩擦的聲音。
到頭來，一切都沒有意義……
無論預習還是為考醫學院用功，還有高中和義務教育，從頭到尾就沒有任何意義。
既然無法當醫生，早知道就應該用那些時間盡情玩樂。應該和同學一起去唱KTV，交男朋友，看漫畫。不是有很多開心的事嗎？早知道就整天渾渾噩噩，不必在意身材，開懷大吃零食，吃速食吃到膩。
自己一直都在白費力氣，而且給爸爸、媽媽增加了許多負擔。浪費了好幾年補習班的學費，參考書費，還有醫學院的入學金、買教科書的錢都像丟進了水裡。早知道可以用這些錢做很多其他的事。

負債。我的人生只創造了負債。

早知道就不要立志當醫生。對啊，其實原本以醫學院為目標就不是有什麼了不起的原因。只是有點嚮往而已。

每當爸媽問我，麻理惠，妳以後想當什麼？我就會回答想當醫生。因為這麼回答，爸媽就會很高興。

只要說自己以後想當醫生，爸媽就絕對不會反對，而且會為女兒感到驕傲……他們會為有人繼承醫院感到高興，我以後也可以因為繼承父母的醫院，少奮鬥幾十年。在很多方面都很符合經濟效益。

當醫生的社會地位也很高，而且醫生的職業會得到很多感謝。雖然工作很忙，但收入很不錯。沒錯，這個工作很不錯，就是這麼一回事。

……雖然我一直說自己的夢想是當醫生，但其實也只是這種程度而已。

結果因此浪費了人生。

「敖樣阿瓜（就像傻瓜）。」

即使想要罵自己，舌頭和下巴也不聽使喚。

「嗯呃敖樣阿瓜（真的好像傻瓜）。」

我真是一個傻瓜。

雖然立志當醫生，卻從來沒有想過自己可能生病。罹患漸凍症的機率是十萬分之一，任何人都可能明天開始手腳麻痺。即使今天之前都很健康，也無法保證明天之後仍然健康。

她忍不住嘆氣。

太晚發現了。真希望可以早一點發現。

如果更早發現，就可以更有意義地運用人生，更加靈活運用有限的時間。

如果早知道，我會怎麼使用那些時間？

麻理惠閉上眼睛。變瘦之後，屁股上沒什麼肉，腰骨頂得很痛。

……

淚水情不自禁流了下來。

眼淚像洪水般從閉上的眼角流下來，淚水的壓力撐開了眼瞼，她睜開了眼睛。淚水很洶湧，而且很滾燙。麻理惠內心好像有一把火在燃燒，淚水就像是沸騰的蒸氣。

不是……

不是這樣。

不是KTV，不是男朋友也不是漫畫。不是，不是這樣。

也不是為了讓媽媽安心，不是為了讓爸爸覺得後繼有人感到安心。全都錯了，這些都是事後牽強附會的理由。

最初是因為……沒錯，是小時候在醫院看到的景象。

白袍飄動，爸媽穿著白袍在醫院奔跑。

鮮明的白色。

在自己年幼的心中，那個鮮明的白色崇高而神聖。即使現在閉上眼睛，也可以清楚看到打動她內心的白色。

自己想要成為白袍的主人。想要以此為目標。

麻理惠舉起右手。僅存的肌肉顫抖，努力抬起只剩下皮包骨的手臂。慢慢地、慢慢地。

就像植物對著陽光，向天空伸展樹枝。

我想當醫生。

麻理惠的熱淚順著臉頰流了下來。白色天花板，變得遙遠的天花板在模糊的視野中，在顫抖的手的後方起伏。

麻理惠終於發現，即使知道自己以後會得漸凍症，自己還是會以醫生為目標。即使無法成為醫生，還是會以醫生為目標。也許當上醫生之後，還會繼續以醫生為目標。

因為努力朝向那個白色邁進，才是麻理惠的人生。

所有的一切並沒有白費。

曾經那麼努力，曾經那麼用功，曾經的悔恨，曾經的快樂，還有嫉妒、滿足，曾經犧牲的東西，曾經得到的東西，所有、所有的一切都沒有白費。

如果有人問，人生以這種方式結束是不是也沒問題，當然不可能點頭。

但是，一切都沒有白費。

即使別人覺得是白費，至少我絕對……

我絕對不承認是白費。

牙齒和喉嚨顫抖，淚水流進了喉嚨。她感受著像滾燙的鮮血般的味道，注視著天花板的白色，一直伸著手。

九月二十一日

麻理惠看著媽媽的眼睛，右手指著門，左手搖了搖。

我想和醫生單獨談話。

媽媽察覺了麻理惠的意思後，點了點頭，走出了房間。自從無法順利用語言表達之後，經常必須比手畫腳溝通，所以在失去聲音的狀態下，仍然能夠繼續和父母溝通。

但是，坐在椅子上的音山看了看離開的麻理惠母親，又看了看麻理惠，才終於瞭解狀況。

「引給我以（請給我筆）。」

麻理惠指了指床頭櫃上的筆，音山點了點頭，拿起原子筆和便條紙遞給她。

「謝謝妳同意繼續接受我出診。」

麻理惠目不轉睛地看著音山的眼睛後，握住遞給她的筆想要寫字，卻無法順利寫字。紙跟著筆一起移動，手無法用力按住，最後，原子筆從她顫抖的指間滑落下來。

麻理惠很不甘心地咬緊牙關，然後咳嗽起來。音山慌忙撫摸她的後背。

「要不要用這個？」

音山遞上放在旁邊的鍵盤。麻理惠無可奈何地皺起眉頭，但還是默默把手指放在鍵盤上，螢幕上出現了文字。

「檢查結果怎麼樣？」

音山看了螢幕上的字，看著麻理惠開始說明。

「在漸凍症病人中，妳的病情發展速度相當快，應該很快就會無法吞嚥，而且呼吸會有困難……我相信妳自己應該也已經感受到了。」

「是啊，睡覺前，還有睡覺醒來，都有點喘不過氣。」

「嗯，這代表呼吸功能逐漸衰退。」

「還剩下多久時間？」

麻理惠的手指緩緩按著鍵盤，發現好像敲打琴鍵般微弱的聲音。雖然只是簡短打幾個字，就要花費三分鐘的時間，但他們用這種方式交談。

「所以，我認為差不多一個月左右……當然，這是指不採取任何措施的情況。」

音山觀察到麻理惠已經瘦得不成人形，氣色也很差後回答。

「關於採取措施的情況，之前已經向妳說明了，對不對？」

「對。」

「就是胃造廔管，還有人工呼吸器。」

對漸凍症病人來說，胃造廔管和人工呼吸器是一個轉捩點，也就是為了延長生命所採取的措施。即使無法吞嚥，也可以藉由手術的方式在胃打一個洞，從那裡補充營養；即使無法呼吸，也可以切開喉嚨，插入管子，用儀器讓病人被動呼吸。

但是，病人可以選擇要不要這麼做。

是否在失去飲食、談話這些重要功能的情況下，仍然想要繼續活著？

對生命到底有多大的執著？能夠承受多少醫療費用？家人能夠承受多少負擔……

「為了以防萬一，妳差不多該做決定了。在這個問題上，有各種不同的看法。有人認為必須不擇手段活下來，活著等待有人找到治療方法；但也有人認為可以自主決定自己活到何種程度，拒絕之後的治療。如果妳不嫌棄，可以和我討論。」

麻理惠敲打著鍵盤。

「我爸媽希望我裝人工呼吸器。」

麻理惠的父母也對音山說，希望能夠多和女兒相處，即使會因此多花醫療費用也沒關係。

「妳自己的想法呢？」

麻理惠想了一下，手指動了起來。

「音山醫生，如果是你，你會怎麼做？」

「如果是我……」

音山摸著下巴沉思起來。如果自己像麻理惠一樣，如果自己有同樣的處境，到底會怎麼做？桐子的建議和福原的建議在腦海中交錯，和眼前的麻理惠重疊在一起之後又消失了。

過了很久，音山坦誠地說出了內心的想法。

「……我還沒辦法回答。」

「沒有意見嗎？」

「也不是這樣，而是無法做出決定。無法下定決心，既千方百計都要活下去……但又覺得死亡很可怕，在這兩者之間搖擺、猶豫……無法做出決定。」

音山覺得麻理惠似乎露出了淡淡的笑容。

「真像你的作風。」

音山低下了頭，用幾乎快聽不到的聲音說：

「對不起，我是一個不可靠的醫生……雖然我很努力思考……」

他覺得自己很沒出息，無法為病人指出一條明確的道路。

麻理惠的雙手在鍵盤上顫抖，她慢慢地敲出每一個字。

「醫生，我想死。」

「……妳是認真的嗎？」

音山倒吸了一口氣，向她確認。

「怎麼可能在這個問題上開玩笑？」

「妳拒絕採取相關措施延長生命嗎？」

麻理惠微微點了點頭。

冷汗順著背脊流了下來。

這樣好嗎？真的好嗎？

不好。他聽到內心有一個聲音這麼說。

不能眼睜睜地看著病人死去，卻毫無作為。他的手微微顫抖。

然而，他無法判斷這是自己的任性，還是為麻理惠著想。

不，這一定是自己的任性。

在這個緊要關頭，自己想要延遲面對死亡這個現實的時間。麻理惠早就面對了死亡，然後不借助他人的力量，而是自己選擇了死亡。

誰能夠否定她的決定？

麻理惠不滿地看著他，他知道自己的嘴唇在抽搐。這是他第一次這麼不希望病人死去，也是第一次這麼想要尊重病人的心意。

「麻理惠……我……」

他想要說什麼，卻無法順利表達。

自己明明發誓，要送她最後一程，但真正面對時，卻痛苦得心如刀割。沒想到越是想要拯救病人，越是將感情投入，就越難以做決定。這個職業太諷刺了。

也許我是因為討厭這一點……所以不想面對病人。我只是不希望自己受到傷害，說白了，就是一個懦夫，和當年母親死後，整天以淚洗面的時候沒什麼兩樣。

視野漸漸模糊，他感到鼻尖顫抖，越來越熱。音山拚命忍著即將奪眶而出的淚水。

「音山醫生，這都是拜你所賜。」

「……啊？」

敲打鍵盤的聲音持續響起。

「因為你為我舉棋不定。」

音山瞪大眼睛看著出現在螢幕上的文字。

「我也猶豫了很久，思考了很久，你和我一起猶豫，和我一起難受，一起猶豫，也一起痛苦。」

麻理惠注視著音山，她清楚的雙眼似乎洞悉了一切。

「說起來很不可思議，當我看到你這樣，我就慢慢地，但真的就這樣平靜下來了。」

「麻理惠……」

「所以，我才能做出決定，我不再猶豫了。」

她在說謊。

只要看她的表情就知道，她仍然舉棋不定。她和音山一樣，覺得無論活著或死去都很可怕，在生死之間痛苦不已。這很理所當然，這種事當然不可能輕易做出決定。

即使如此，麻理惠還是做出了決定。她因為恐懼而咬緊牙關，為自己的生命做出了判決。在痛苦、煩惱和猶豫之後，終於做出了決定。

我不能只想著自己輕鬆。

音山用力擠出聲音說：

「……我知道了，我不會採取任何治療延長妳的生命。」

要做好心理準備。

在不久的未來，在她無法順利呼吸，徘徊在死亡邊緣時……我要為她送行。檢查她的瞳孔對光的反應，觸摸頸動脈，確認心臟不再跳動……然後宣布「她離開了」。

向她的家人，也是向自己宣布。

麻理惠輕輕吐了一口氣。

太好了，說出口了，終於向前邁進一步……

坐在眼前的音山抓著白袍的衣襟，痛苦地克制著。她目不轉睛地看著他。

音山醫生接受了我，決定和我一起向前走。

如果他對我說：「不要放棄」，我的決心或許會動搖；如果他說「妳的判斷很聰明」，我或許會生氣地收回原來的決定，但是，音山醫生接受了包括我的煩惱和猶豫在內的決定。

麻理惠在心裡嘀咕。

我會比任何人先離開這個世界。

晚死的人必須為先死的人送終，先死的人必須為其他人示範該怎麼死。沒錯，我最近開始有這種想法。

希望大家看到直到生命的最後，都希望成為醫生，卻無法如願，只能選擇死亡的我，看到我心有不甘，可悲的我最後的身影。

讓音山醫生，讓身為醫生的爸爸媽媽，還有即將成為醫生的啟子、吉田，還有其他同學看到。

我希望……這麼說也許有點讓人討厭……我希望大家看到之後感到難過，瞭解到這個世界上有讓人難以承受的事，這個世界上有無法逃避的痛苦。

當有更多醫生瞭解漸凍症的痛苦，一定可以有漸凍症的病人可以過得稍微輕鬆些。吉田很踏實認真，立志在大學或研究機構研究醫學，也許他以後會發現漸凍症的特效藥。有朝一日，我的死也許可以拯救他人，我的死就不再枉然。

雖然這很間接，很仰賴他人……但這就是我的希望。

這是無法成為醫生的我，想要努力成為醫生的最後心願。

這些話，我不打算告訴任何人。反正即使想說，也已經沒辦法說了。而且這些想法太自私任性，太丟臉，所以無法說出口，但是不管在心裡怎麼想，都是我的自由。

更何況，說到任性，音山醫生也很任性，所以，我們扯平了。

麻理惠用顫抖的手指敲打著鍵盤。她已經很難用表情表達內心的感情，所以，指尖帶著內心翻騰的思緒，按下了enter鍵。

音山抬起頭，看到螢幕上的文字，皺起了眉頭。

「音山醫生，謝謝你。」

十月二日

「啊……老公。」

川澄真紀走進神社時，看到丈夫坐在長椅上的身影，忍不住叫了一聲。

「妳也來了……」

川澄陽一轉頭看妻子時並沒有驚訝，冷風吹過他的皮夾克。

烏雲密佈的天空下，這個並不大的神社內並沒有其他人。真紀走到陽一身旁問：「你今天不是要去大阪的藤堂醫院瞭解情況嗎？」

「……原本打算去，但對方聽我在電話中說明情況後，就說沒辦法。」

「這樣啊。」

「漸凍症沒有治療方法，對方說話的語氣似乎在說，你也是醫師，難道不知道這件事嗎？我知道，我比誰更知道。我知道……」

「是啊。」

真紀去自動販賣機買了兩罐咖啡，在丈夫身旁坐下來問：

「所以你來求神拜佛嗎？」

「不……雖然來拜拜，但老實說，是因為沒有其他地方可去。」

「我也差不多。」

「……妳呢？」

「今天照顧服務員來家裡，叫我出門散散心。」

「是啊，的確需要散散心。」

陽一點著頭，接過一罐咖啡。一隻黑貓緩緩走過神社前的一對狛犬之間。貓伸著懶腰，鑽進了專門供參拜者洗手、漱口的亭子「手水舍」下。

「我們以前常來這裡。」

連續響起兩聲打開拉環的聲音。

「是啊，除了來參拜以外，七五三節也來這裡。」

「每年町內會舉辦廟會時，我們也都會來。」

「對啊對啊，麻理惠這孩子，每次都非要等到盆舞結束後才回家。」

「對啊，但每次都無法決定到底要買什麼。」

陽一露齒笑了起來。

「是啊，我們每次都會給她五百圓，但她決定不了到底要買章魚燒還是炒麵，結果她還沒決定，人家就賣完了，然後她就哭了。」

「對，她每次都哭，所以我們每次只好帶她去便利商店買熱狗。」

「是啊……」

喝咖啡的聲音。帶著香氣的空氣。淡淡的苦味。

「只要活著，」

「啊？」

真紀看著身旁的陽一，陽一低著頭，眼睛和鼻子都滴著水，一臉痛苦的表情。

「只要活著……就夠了。」

他帶著鼻音的聲音斷斷續續地說。真紀沉默不語。這是她第二次看到丈夫流淚。

「對父母來說，只要她活著，只要她在那裡就好了，父母怎麼可能覺得困擾？天下哪有父母不疼愛自己的女兒？即使插管子也沒關係，不管怎麼樣都沒關係……」

陽一咳嗽著，看著腳下的沙子低吟著。

真紀撫摸著他的背。

「既然她已經決定了，我們就要尊重她。」

「我知道。」

陽一用袖子粗暴地擦拭著眼瞼。

「不是有醫生討厭打針嗎？」

「有很多，甚至有醫生在健檢抽血時也一直逃，都已經四十多歲了。」

「必須等到自己承受時，才能夠瞭解病人的痛苦……」

「……是啊。」

「說起來，我們的女兒……很了不起。」

陽一小聲地說。

「她很努力，太厲害了……」

真紀沒有回答，只是點著頭。風在打轉，形成了一個小漩渦，把落葉吹了起來。陽一抓著鐵罐的手上血管浮了起來，低下的腦袋頭髮已經稀疏，而且明顯有了白髮。

「……老公，你老了。」

陽一寂寞地笑了笑，然後看著真紀說：

「妳也是啊。」

兩個人內心都想起二十年前的景象，回想起帶著剛出生的麻理惠，第一次來神社的那一天。那是一個天空一片蔚藍的春天，陽一滿頭濃密的黑髮，臉上帶著笑容，真紀手上抱著嬰兒，臉上露出溫和的微笑。

桃色的花瓣隨風飄舞，鋪滿了通往神社的參道。草木的香氣濃烈，大地、天空和整個世界都一片美麗。

眼前只有灰色的天空和灰色的地面，一切都好像是夢。

只有他們兩個人坐在長椅上喝咖啡。

十月十一日

「……桐子，可以打擾一下嗎？」

有人敲響了第二辦公室的門。

「可以啊，怎麼了？」

走進辦公室的音山沒有穿白袍，他穿著簡單的襯衫和長褲，但一臉凝重地走了進來。

「我覺得應該差不多了。」

音山說完，在辦公室的角落坐了下來。桐子把熱水壺裡的熱水倒進杯子時問：

「上次那個漸凍症的病人嗎？你硬逼著醫院同意你去出診的那個病人？」

「你說話太大聲了……嗯，是啊，她從兩天前開始，呼吸變得很弱，血液中的含氧濃度也很低，昏睡的時間越來越長……」

「看來差不多了。」

「是啊，差不多了。」

「確診至今四個月嗎？發展得真快……所以，她最後有沒有接受延長生命的治療？」

「不，根據當事人的意願，沒有做任何這方面的治療。」

「是嗎？病人能夠自己決定，真是太好了。」

桐子心滿意足地低著頭，長長的睫毛動了幾下。

「……所以呢？音山，你的工作不是已經完成了嗎？為什麼還特地來找我？」

「想和你聊一聊。」

桐子挑起單側眉毛，音山接過他遞過來的杯子放到嘴邊，稍微咳嗽了幾下繼續說道：

「桐子，你是個問題醫生。」

「為什麼突然說這些？」

「不瞞你說，我一直在想，你應該要識時務。」

「你說想和我聊，就是要說教嗎？那就多說無益。」

音山搖了搖頭。

「但是，有病人需要你。雖然福原不願意承認，但的確有病人需要你。」

「好像是這樣。」

「不知道有沒有病人需要像我這樣的醫生……」

音山看著黑色的咖啡表面，陷入了短暫的沉默。

「當然有啊，音山，你到底想說什麼？」

音山抓了抓頭。

「不好意思，並不是什麼有結論的內容，只是深深覺得……身為一個醫生，面對病人是一件很困難的事。」

桐子偏著頭，幽幽地說：

「我們只是做自己力所能及的事。」

「嗯，是啊……」

音山看著桐子，陷入了短暫的沉默。

時鐘發出滴答、滴答的聲音。音山看了一眼手錶，猛然抬起了頭。

「對不起，我等一下還有事……所以要走了，這個問題我們改天再聊。」

桐子還來不及點頭，音山已經穿好大衣。桐子看著他隨著輕咳聲晃動的背影說：

「天氣越來越冷了。」

「嗯。」

「你等一下要辦的事是工作嗎？」

「不，約了和福原一起喝酒。」

「原來是這樣，玩得開心點。」

音山嘆著氣說：

「並不是快樂的聚餐，我告訴他，川澄小姐不打算做任何延長生命的治療，他很生氣，今天恐怕一整晚都會說服我，說無論如何都必須進行治療，延長生命，在最後一刻之前，都不能放棄。」

「那還……真辛苦啊。」

「這是根據病人的意志做出的結論，所以即使是福原的意見，我也不會理會，但他搞不好會提出要衝去病人家裡，一想到這件事，心情就很沉重。」

「我會為你有辦法阻止他祈禱。」

「……嗯，謝謝你。」

音山一臉疲憊，但帶著一絲神清氣爽的表情。桐子拿起老同學的皮包，遞給他時說：

「音山，」

「嗯？」

「……加油。」

音山笑了笑，輕輕揮了揮手走了出去。

十一月二日

那一天終於來了。

深夜。很多人都聚集在麻理惠的房間內。

父親和母親，還有音山。

麻理惠躺在護理床上，從昨天白天就一直昏睡。

她的手腳都瘦得像細棒，皮膚乾燥，即使隔著睡衣，也可以看到她的身體已經骨瘦如柴。她最近根本無法正常飲食，只能不時喝點粥和果汁。

她的皮膚發黃，頭髮都鬈曲起來。應該是她母親為她整齊地綁了起來，還夾了蝴蝶的髮夾。

音山確認麻理惠的呼吸。雖然已經微弱得需要確認，但呼吸仍然持續。麻理惠還活著。

麻理惠對父母說，最後希望由音山確認她的死亡。

雖然她的父母也是醫生，但她可能不希望由父母確認她的死亡。她把這個使命交給了音山。她的父母也尊重她的意願，在判斷她快不行時，通知了音山。

麻理惠的父母既是醫生，也同時是病人家屬，音山在他們面前有點緊張，但還是觀察著麻理惠的狀況。麻理惠的肩膀隨著呼吸微微起伏，不時停頓下來。

他憑經驗和知識知道，麻理惠應該不會再恢復意識，接下來只是時間的問題。

不知道是幾個小時後，還是幾分鐘後。

「醫生，要不要去那裡喝杯茶？如果麻理惠有什麼狀況，我會去叫你。」

麻理惠的母親說，但音山搖了搖頭。

「謝謝，但是不用了。」

「是喔……」

麻理惠的父親站在稍遠處屏息斂氣地看著女兒昏睡的臉龐。她的母親緩緩走去角落的椅子上坐了下來。

時鐘的秒針緩緩移動，夜晚寧靜的時間慢慢流動。

音山不經意地巡視室內。

房間內到處都是他們一家和疾病奮鬥的痕跡。

用於溝通的五十音圖、附有自動翻頁裝置的書架，托盤上放著繞了橡皮圈，讓握把部分變得比較粗，拿起來比較方便的湯匙。還有附有輔助彈簧的筷子，衣架上掛著不是用鈕釦，而是用魔術氈固定的衣服。

拐杖。輪椅。

相簿。

那是希望像以前一樣，不，是比以前更充實地度過最後時光的一家人的空間。

音山在房間最深處看到了那疊綁起的醫學院教科書，忍不住垂下雙眼。

時鐘的聲音，和不知道哪裡的蟲鳴聲。

音山把聽診器放在麻理惠的胸前。她的心跳聲很弱，很不規則。

「……麻理惠。」

她的父親輕輕叫了一聲，瞪大了眼睛。她的母親也站了起來。

音山轉頭一看，發現麻理惠睜開了眼睛。意想不到的狀況讓音山倒吸了一口氣。

不要慌。必須冷靜。

他告訴自己。

麻理惠好像從漫長的夢中醒來般微微張著嘴，怔怔地看著天花板。然後看著一臉不安地看著她的父母，又看了看一旁的音山。

她的身體一動也不動，臉和脖子也都沒有動，用眼睛完成一切。

她目不轉睛地盯著音山的白袍，然後眨了一次眼睛。

她的眼神中充滿了強烈的意志，音山覺得她的眼神很溫柔。

下一剎那，麻理惠笑了笑。

她明確地露出了笑容。

音山忍不住顫抖，他的心被打動了。他不知道原因。鎮定。他用力抓住手上的聽診器，以免掉落在地上。

麻理惠純潔的笑容變成了光，照在他身上，神奇地消除了侵蝕音山內心的挫敗感。

一陣電流貫穿腦海，幾個片斷結合在一起又散開，他突然看到了隱藏在那些片斷後方的一切。

喔，原來是這麼一回事。

音山不由自主地開了口。

「麻理惠……」

音山用顫抖的聲音喃喃說道：

「妳是……醫生。」

……我在說什麼啊。

但是，他想告訴麻理惠。

他終於瞭解到。

我一直在尋找的，我當醫生後想做的事就在眼前。那就是舉棋不定。和病人一起猶豫、煩惱。即使無法做出決定，也可以和病人一起共享、分擔這份痛苦。這樣完全沒問題。

麻理惠的笑容，她燦爛的笑容就是最好的證明。

如果麻理惠能夠成為醫生，一定也會成為像音山一樣的醫生。雖然對自己缺乏自信，難以做出決定，但可以成為一位親切溫柔的醫生，可以因此拯救某些病人，那是福原和桐子無法拯救的病人。

麻理惠讓音山瞭解到這一點。

音山覺得身為學妹的麻理惠，以一個醫生的身分，為他指引了前進的方向。

「謝謝妳……」

音山費力地擠出這句話。

我身為醫生，將連同妳的份一起加油。音山閉上眼睛默唸著，向壯志未酬的學妹表達感謝，同時向她發誓，將繼承她的遺志。

麻理惠沒有回答。

只是緩緩將視線從音山身上移開，看著父母。

「麻理惠。」

她的父親叫著她的名字，母親跑了過來。

她在父母面前緩緩閉上眼睛。

她就像是害怕睡著的孩子，又像是在母親身旁終於安心閉上眼睛的孩子。她注視父母到最後一刻，然後閉上了眼睛。她臉上的表情很安詳。

從聽診器中聽到的聲音消失了。

音山的手顫抖著，但仍然激勵自己，從胸前口袋裡拿出筆燈，觀察了麻理惠對光的反射後，觸摸她的脖子。

他擔心聲音會沙啞，所以先吞了一口口水。

然後看著手錶說。

「她在凌晨三點十二分離開了。」

麻理惠的母親不發一語，溫柔地撫摸著麻理惠的頭。她的父親咬著牙齒嗚咽起來。

「麻理惠……妳奮戰了這麼長時間，辛苦了。」

這完全不是演技，他在說話時紅了眼眶。

「……喂，我是音山。」

音山在川澄家外抽菸。

「死了嗎？」

電話中傳來福原不悅的聲音。音山輕輕咳了一下說：

「對，剛才離開了……你竟然猜到了。」

「聽你的聲音就知道了，而且你在抽菸吧？你明明不愛抽菸，但病人死的時候都會抽菸，這是你的習慣。」

「原來是這樣……我之前都沒發現。等一下就是守靈夜，明天舉行告別式。我打算來參加，你呢？」

「去了也沒有意義。」

「……怎麼會沒意義？你來吧，她可是我們的學妹。」

刺眼的燈光照亮了黑暗。是車頭燈。音山在說話的同時走到路旁。計程車駛過他的面前，在川澄家門口停了下來。

可能是接到通知的親戚和朋友，從剛才就一直有人走進川澄家。幾個年輕人走下計程車，有一個男生眼睛又紅又腫，用已經濕透的手帕擦著臉，走進川澄家。可能是麻理惠的同學或是朋友。

「我至今仍然不認同。」福原說，「應該採取治療，延長她的生命。音山，這樣的結果是失敗主義。」

「你真的這麼認為嗎？既然這樣，為什麼同意我最後的出診？你是副院長，只要下令如果不進行延長生命的治療，就不准我出診……我這個在醫院上班的小醫生根本無能為力。」

福原沉默片刻。

「你也舉棋不定吧？你是不是也覺得有時候，光靠持續奮戰也無法解決問題？」

「……不要擅自揣摩我的想法。如果是我，絕對不會放棄治好她。」福原咬牙切齒地說，「只是我應付不過來的時候，就盡可能交給值得信賴的人去處理。這次剛好是你，就只是這樣而已，雖然結果很令人遺憾。」

「值得信賴的人喔。」

「……怎麼樣？」

「福原，我問你，桐子不是值得信賴的人嗎？」

「他不行，因為他一開始就放棄和疾病奮戰。老實說，我根本不想承認他是醫生。」

「是這樣嗎？我覺得好像不是這麼一回事。」

「那是怎麼一回事？」

「桐子也在奮戰……用他自己的方式。」

音山仰望天空吐了一口氣。

「福原，你不覺得嗎？奮戰的方式並不是只有唯一的一種。」

天空一片漆黑。金星孤伶伶地懸在天上。

第三章 一個醫生之死

十二月七日

晚上八點。武藏野七十字醫院的門診已經結束，掛號櫃檯也拉下了鐵捲門。

晚班的護理師推著推車，走在已經熄燈後的走廊上。

「桐子醫生，你還不回家嗎？」

第二辦公室的門打開，神宮寺千香問。

桐子修司的視線暫時離開電腦，看向門口。

「神宮寺，原來是妳，我還以為是誰呢。」

「你不喜歡便服穿得很時尚的女生嗎？」

「不，那倒不會，只是我認不出是誰，有點傷腦筋而已。」

神宮寺搽著鮮紅色口紅的嘴唇露出了笑容，桐子沒有多看她一眼。

「桐子醫生，你在看什麼？」

「病歷啊。」

桐子的雙眼以驚人的速度左右移動，他的雙眼反射了電腦螢幕，藍色的長方形在他眼中顫動。

「瀕臨死亡的病人，我不是都已經整理給你了嗎？你還在看其他病人嗎？」

「嗯，我在看以前在這家醫院死亡的病人相關的病歷。」

「特地看過去的病歷？雖然診療紀錄必須保存五年，但應該只有你用於這種用途。」

「也許吧。」

桐子操作著滑鼠，不斷打開新的檔案。每年有九百名左右的病患死在武藏野七十字醫院，也就是每天都有兩三個人在這裡辭世。

「但是，人數還不夠，我想要更多病例。」

「不要說這種聽起來很冷血的話。」

「我想瞭解更多病人是怎麼死的，這樣才能在緊要關頭不為所動。」

桐子露出可怕的眼神持續操作滑鼠。

「你要不要自己死看看？」

「如果有方法可以從那個世界為病人看病，這樣也無妨。」

「桐子醫生，我在開玩笑，那我就先走了，你也不要太累了。」

桐子再度看著神宮寺。

「真難得啊，妳今天要回家了嗎？」

「我偶爾也要約會一下啊，我先走了。」

門關上了，桐子聞到飄過來的香水味，打了一個噴嚏。

熱水壺冒出來的蒸氣在空氣中搖晃。

桐子在杯子裡倒了半杯沸騰的水。

……好像有點感冒了。

喉嚨深處隱隱作痛，他在杯子中加了比平時少一些的冷水。這樣剛剛好。很容易入口，卻又不失溫度。桐子喝著自己調製的獨特「熱水兌冷水」，繼續埋頭作業。

與其喝這種溫開水，要不要我幫你泡杯咖啡？

神宮寺不知道對他說了幾次這種話，但他每次都拒絕了，所以神宮寺現在也不再問了。咖啡。那只是含有咖啡因等有效成分的水而已，咖啡因甚至不是人體必需的營養，只是會遭到肝臟分解，經過腎臟過濾，成為尿液排出體外的物質，特地攝取，只為了在體內分解，不是一種浪費嗎？既然這樣，還不如一開始就喝水。喝和體溫相同的溫開水，效率最理想。

桐子經常在想，這個世界上有太多把事情複雜化的裝飾。

凡事本質很重要，只要把握本質，所有問題都可以像已經掌握變數的方程式一樣得到答案。世界其實很單純。

生命也一樣。追尋生命的廣闊，就會在複雜奇怪的森林中迷路，但無限的可能性最終都將歸於一點。沒錯，最後都走向死亡。想要瞭解生命，首先必須瞭解死亡。

應該更早之前，用自己的雙眼看清楚死亡，看清楚那個深不可測的黑暗輪廓。無所畏懼。即使被人在背後指責也在所不惜。

衝向最前線。

箭標。箭標。箭標。

電子病歷上，會在死亡的病人姓名前加上箭標。桐子持續看著一份又一份標上箭標的電子病歷。

「……咳咳。」

安靜的房間內，響起桐子輕輕咳嗽的聲音。

這家酒吧使用了大量間接照明，打造出沉穩的氣氛。

「福原醫生，這裡是你泡女生時的戰鬥酒吧嗎？」

神宮寺看著剛放在她面前的馬丁尼微微晃動的表面問。

「別說這種奇怪的話。」

福原一口氣喝完了威士忌純酒，馬上又點了一杯。

「太不過癮了，再來一杯雙份。」

「你喝酒還是這麼不懂得節制。」

「我喝這點酒醉不了，千香，妳應該知道吧？」

「我已經忘了。」

有點年紀的酒保總是低著頭，並沒有看並排坐在吧檯前的他們，但他俐落地倒了威士忌，還附上了福原喜歡的馬肉乾。

「我聽說了不少傳聞，說福原醫生總是帶護理師或是酒店的女生來這裡，然後打包回家，或是去飯店。」

「嗯，也有這種時候。」

福原潔白整齊的牙齒咬住肉乾用力扯斷，漂亮的下巴有力地咀嚼起來。

「聽說還曾經脫光對方的衣服，卻因為接到緊急手術的通知，就把女生留在那裡，自己回醫院了。」

「妳到底從哪裡聽說了這些？我在外面怎麼玩這種事根本不重要吧，應該已經和妳沒關係了，更何況……」

福原露出有點尷尬的表情說：

「回來之後也有繼續啊。」

「愛吃肉勝於核果，嗜血更勝於嗜女人，真是傳統而美好的外科醫生。」

福原皺著兩道很有男人味的眉毛，瞪著神宮寺。

「所以，請問找我有什麼事？」

酒吧把一盤水果乾放在兩人之間保持微妙距離的中間。

「……妳明知故問，當然是桐子的事。」

「桐子醫生怎麼了嗎？」

「喂！」

福原用拳頭在吧檯上輕輕捶了一拳逼迫道：

「妳不要裝糊塗，我派妳去他那裡，並非只是要妳幫他的忙而已。」

「我知道，是為了把桐子醫生趕出醫院，蒐集他在醫院內搗亂的證據，以便在部長會議上順利把他攆出去。讓我在暗中做這些事，榮譽全都歸你。這是你的慣用手法。」

「才不是這樣，我只是叫妳監視他。」

「是啊，但其實你希望我能夠體會你的言外之意，採取某些行動。」

福原輕輕按著額頭，並沒有否認，繼續說了下去。

「妳應該知道，明年就要進行醫療監察。」

「有這回事喔。」

「妳應該從護理部長口中聽說了，院長……就是我爸說，這次交給我處理。如果成果理想，他會更加信任我。我不能失敗，才能把權力從那個老狐狸手上搶過來。」

「你這麼精明能幹，應該早就想好對策了。」

「我是完美主義，凡事都必須小心謹慎。問題在於桐子。在這家醫院裡，只有他不服從我。如果桐子搗亂，很可能會毀了一切……所以必須在他脖子上繫上鈴鐺。」

「你打算在緊要關頭，連同鈴鐺一起切除吧。」

福原緩緩搖著頭。

「千香，我會保護妳的安全。更何況我們的目的相同，妳應該也不喜歡院長。」

「是沒錯啦……」

神宮寺輕輕搖晃杯子，讓圓滾滾的橄欖在琴酒內晃動。

「只是覺得桐子醫生很可憐。」

「哪裡可憐？」

神宮寺好像親吻酒杯般輕輕碰了一下說：

「雖然他有不少問題……但做事很認真，只不過完全沒有人贊同他，就連和他同期進醫院的你也疏遠他，在他身邊的我也和你勾結。他在醫院內很孤獨。」

「但是，有不少病人和他產生了共鳴，所以才麻煩啊。」

「和桐子醫生產生共鳴的病人都死了，也可以說是桐子醫生讓他們走上了死路，所以死神在活人的世界最孤獨。」

「……妳在同情他嗎？」

「沒有啊，我只是表達自己的感想。」

「沒什麼好可憐的，那是他自己選擇的路，而且，除了病人以外，還有其他人認同他。」

「誰？」

「神經內科的音山，他不是一直都在偏袒桐子嗎？」

「喔……你是說那個搖擺不定的醫生，我記得他和你也是同期？」

「是啊，他總是愛多管閒事，但其實我們根本已經沒辦法再像以前那樣了。」

神宮寺想了一下後問：

「你們三個人以前關係很好嗎？」

福原沉默不語。

「雖然你現在和桐子醫生在所有問題上都會發生衝突，但這種情況是從什麼時候開始的？」

「我們以前也不是關係好，只是很聊得來。」

「怎麼聊得來？」

福原搖了搖杯子，杯子裡的冰塊發出了噹的聲音。

「在讀醫學院時，學生之間經常會聊到，如果想輕鬆賺錢，就要去皮膚科或眼科，婦產科越來越沒前途，內科和精神科經常會被製藥廠請客送禮。大家會討論去什麼科最聰明，什麼技術最賺錢。我聽到同學之間在聊這些就很受不了，當醫生並不是為了賺錢，應該是為了治病救人。」

「福原醫生，你真是天真青澀。」

「還有另外兩個天真青澀的人，久而久之，我們三個人就經常聚在一起。」

「我不太能想像你們三個人一起聊天的樣子。」

「通常都是我一個人說話，音山總是笑著附和，桐子則是不知道到底有沒有在聽我說話，但有時候問他的意見，他會說出一些有趣的回答，於是我就會和桐子展開辯論。」

「辯論嗎？男生都很容易為這種事辯得面紅耳赤。」

「有一次，我們聊到騎一整晚的車子，不知道可以騎到哪裡。」

「……啊？」

「然後我們覺得搞不好可以騎很遠，於是就決定實際挑戰。除了腳踏車外，只帶了錢包，從大學後門出發，一直向西騎，挑戰極限。」

福原開心地笑了起來。

「我們一口氣衝過夜晚的道玄坂，妳知道嗎？即使是澀谷這種地方，在凌晨時都沒有人。我們打算走捷徑，結果來到高速公路的路口，慌忙往回騎。那時候體力還不錯，但後半部分必須一直戰勝睡意。」

「最後……你們騎到哪裡？」

「快到箱根，因為我們中途曾經迷路，也繞去其他地方。如果有第二次，應該可以騎得更遠。」

神宮寺微微張著嘴愣在那裡。因為她覺得這種行為太愚蠢，簡直無言以對。

「回程才辛苦。腳踏車變得很重，而且我們三個人身上的錢加起來才兩千圓，我們睡在公車站，一碗清湯麵也要三個人分著吃……沒辦法洗澡，就在海裡或是河裡洗一下。但我們很蠢，還繞去鎌倉，去拜了鶴岡八幡宮，買了護身符。說起來，那是我人生中最糟糕的旅行。」

雖然福原嘴上這麼說，但臉上露出開心的表情。

「原來你們三個人曾經有這樣的過去……」

聽到神宮寺這麼說，福原立刻露出嚴肅的表情，搖了搖杯子說：

「都陳年往事了，那時候太年輕了。」

這時，隱約傳來震動的聲音。他立刻把手伸向胸前，拿起手機放在耳邊。

「是我，我知道了……十分鐘就回去，你們做好準備。」

福原掛上電話，瞥了一眼神宮寺。

「工作嗎？」

「對，千香，不好意思。我臨走時告訴他們，有狀況隨時可以找我。」

但是，他的臉上完全沒有歉意。福原請老闆幫他叫計程車後站了起來，沒有等神宮寺的回答，就穿起了外套。

「……你喝了酒，竟然還要回去為病人看診。」

「妳真囉嗦啊，這點酒根本不會喝醉，而且妳不知道醫師法第十九條的內容嗎？醫生有應召義務。」

「我沒聽過，也沒看過三百六十五天，二十四小時應召的副院長。」

「如果和別人一樣，就無法完成理想的醫療。千香，那我先走了，桐子的事就拜託了。」

神宮寺把杯子舉到嘴邊問：

「你是指做好把他攆走的準備嗎？」

「妳的監視也包括這個部分。」

「真的……沒問題嗎？」

神宮寺向他確認，福原緩緩轉過身，然後點了點頭。

「那我走了，改天再約。」

福原輕輕揮了揮手，大步走了出去。他的頭髮隨著滿腔鬥志搖晃起來，豎起的領子似乎也在顫抖。

獨自留在酒吧的神宮寺注視著沒有關緊的門縫說：

「真是個自私的男人，老闆，你是不是也這麼覺得？」

老闆沒有回答，默默為她調第二杯馬丁尼。

十二月八日

「喔，是喔，原來妳煮了豆子。阿嬤，妳煮的豆子真的很好吃。啊？真的啊，東京根本吃不到那麼好吃的豆子。不，也許妳以為東京什麼都有，但其實並不是這樣。嗯。」

音山用肩膀和脖子夾著聽筒，把奶油放進平底鍋，又放了兩片火腿。

「工作很順利啊，嗯，好像回到了剛當醫生那陣子，嗯，感覺充滿熱情，我又重新感受到這份工作的意義。」

他把微焦的火腿翻了過來，又打了兩個蛋，蓋上鍋蓋。

「之前有一部分麻木了，因為在醫院裡，整天都會看到有人死了……就好像漸漸看淡了死亡這件事。不看淡的話，似乎就沒辦法繼續當醫生。但其實不是這樣，這是我從病人身上學到的。」

他把糙米飯裝進碗公，把海苔撕碎後鋪在上面，然後把平底鍋裡的火腿蛋直接倒在上面。立刻冒出了蒸氣，碗公周圍沾到了水滴。

「不，阿嬤，不是什麼費解的事，不是因為我是醫生，而是因為我是一個人。正因為是人，所以也要努力對待他人。」

他用筷子戳破其中一個荷包蛋的蛋黃，然後淋上醬油，另一個荷包蛋上撒了鹽和胡椒粉。荷包蛋丼立刻完成了。

然後他又把剩下的洋蔥、胡蘿蔔和青椒放進平底鍋內稍微炒了一下，裝在盤子裡。雖然是簡單的料理，但單身男人能夠吃到這樣的早餐很不錯。音山對著電話說：

「阿嬤，我改天再打給妳。我等一下要去醫院上班了，對，不好意思，沒辦法常常打電話給妳。那我再找時間打給妳，好，妳要多保重。」

掛上電話，把聽筒放了回去。因為每次都撥打同一個號碼，所以只有寫了「快速一」的按鍵磨損特別嚴重。

音山坐在餐桌旁的椅子上，一邊注意時間，一邊吃著剛煮好的早餐。如果不趕快出門，就會趕不上會診。他幾乎沒有咀嚼，就吞了下去。可能吃得太急了，喉嚨突然卡住，食物吐了出來。

我在幹嘛？鎮定點，鎮定點。

他在流理台前咳了好幾下，音山的臉映照在銀色的水龍頭上。

「我要加油。」

他不由自主地說著，擦了擦嘴角，笑了起來。

輕輕的敲門聲。

「請進。」

很少有人一大早特地跑來第二辦公室。到底是誰？神宮寺訝異地打開門一看，一個圓臉的男人站在門口。

「原來是音山醫生，早安。」

「喔，早安。桐子在嗎？」

神宮寺指了指室內說：

「在那裡睡覺。」

音山聽到了均勻的鼻息聲。抬頭一看，桐子像胎兒一樣縮成一團躺在地上，身上圈了兩層寫了「生理食鹽水」的紙箱。

「他可以去休息室睡啊……」

「我早上來這裡時，他就睡在那裡。」

神宮寺嘆了一口氣，開始泡咖啡，音山走向桐子。桐子發出輕微的呼吸聲，他的眉毛看起來比清醒的時候溫柔多了，熟睡的臉龐像小孩子般純潔。

他把一疊印刷的病歷和舊醫學書堆在一起當作枕頭，旁邊丟著撕破的三明治包裝紙。他似乎工作到深夜，看到他嘴上的麵包屑，音山忍不住噴飯。

「他還是像以前一樣，不管在哪裡都照睡不誤。」

「以前就這樣嗎？」

「嗯，是啊，他說住在學校比回家更輕鬆，所以經常睡在教室角落。」

「和現在一樣……」

桐子突然睜開眼睛。

「咦……」

「桐子，你醒了。」

桐子坐了起來，紙箱發出嘎沙嘎沙的聲音。醫學書和那疊紙倒了，散在地上，揚起了灰塵。好髒啊。拿著托盤的神宮寺忍不住皺起了眉頭。

「音山……早安。」

桐子打著呵欠向他打招呼。

「早安。」

「怎麼了？一大早就來這裡，有什麼事嗎？」

「嗯，有點事。桐子，你又闖禍了。」

「闖什麼禍？」

「你心裡應該很清楚，今天早上，保科醫生很生氣。」

「急診的保科醫生嗎？」

「對，你應該知道三一三病房的病人吧？你是不是對她老公說了什麼？原本她老公同意治療方針，結果今天早上突然改變了主意，說拒絕接受延長生命的治療，所以保科醫生在今天早上的會診時很生氣，說一定是死神又嗅到了死亡的氣息。」

「有證據顯示和我有關嗎？」

桐子伸著懶腰站了起來。

「你裝糊塗也沒用，病人的丈夫說了，『我是和一個姓桐子的醫生討論後決定的。』」

「原來是這樣……」

桐子沉默了五秒後承認：

「嗯，沒錯，我和他面談後，讓他做出了這樣的決定。」

「我之前也警告過你，你整天做這種事，會被趕出這家醫院。」

桐子坐在椅子上，把熱開水倒進杯子，鎮定自若地說：

「……音山，你有沒有看過松田太太的病歷。」

「大致看了一下。」

「這對夫妻結婚八年，女兒三歲，丈夫是公司職員，太太是家庭主婦。某天晚上，太太突然在客廳昏倒，因為女兒一直吵鬧，無法立刻採取措施，所以也就沒有及時發現，花了四十五分鐘才送到醫院。是心肌梗塞。」

「……我知道。」

「在心臟按摩後，心臟恢復了跳動，然後注射了升壓劑，靠人工呼吸器讓肺部呼吸，所以至今仍然活著。身體還有體溫，嘴唇很紅潤，氣色也很好，把耳朵放在她胸前，也可以聽到心跳聲，有時候也會眨眼，看起來好像睡著了。」

「……」

「但是，四十五分鐘，身體缺氧四十五分鐘……導致了缺氧性腦病變。她的大腦已經死了。」

「她的家屬是什麼意見？」

桐子看著遠方，長長的睫毛抖動了幾下。

「原本說，希望讓她盡可能活久一點。」

「就是啊，所以我們的工作，就是回應家屬的希望。」

「……真的是這樣嗎？」

桐子喝了一口熱開水，繼續說道：

「家屬當然希望病人盡可能活久一點，我們回應家屬這種理所當然的要求，就算是盡了醫生的職責嗎？」

「桐子……」

「她先生說，他們交往十二年，結婚八年，從高中時就在一起，在那天晚上之前，她一直都很健康。和先生一起吃早餐……中午曾經互傳訊息討論要買什麼菜，她請她先生順便買牛奶和火腿回家。他們的女兒也才和媽媽一起生活了三年，那個女兒看到媽媽躺在病房時，含淚握著媽媽的手說：『媽媽，我會乖乖的，我不再吃零食了，希望妳快快好起來。』」

桐子淡淡地說著這些令人心酸的話。

「松田太太不會再醒過來，這種可能性相當高。即使運用最先進的科技，投入七十字醫院內的所有醫療器具，能夠讓她活多久？三年？還是五年？還是十年？」

杯子冒出的熱氣好像在調侃音山似地在他面前搖晃。

「使用人工呼吸器必須住單人病房，所以每個月的自費金額超過五十萬。她先生是普通的公司職員，還有一個三歲的孩子，每個月要支付五十萬，一年就是六百萬。我搞不懂對不惜借錢，也要讓沒有可能恢復，沒有任何生產性的植物人繼續活著有什麼意義。」

「喂，桐子！你說植物人也太……太過分了。你要考慮到病人的尊嚴，趕快糾正自己說的話！」

音山不悅地說，桐子偏著頭反問：

「要怎麼糾正？我說的是事實啊。」

「不行，對家屬來說，病人是重要的人，無論如何都不可以這麼說。」

「措詞並不重要，讓重要的人以這種方式繼續活著，才是一種錯誤。」

「……但是……」

「你們總是這樣，總是在意說話的方式，或是表達方式這些表面的東西，問題明明在更深入的地方。即使家屬生氣了，那又怎麼樣呢？必須告訴他們事實真相，因為病人和家屬往往不瞭解現實，這種時候，把他們不願面對的東西明確呈現在他們面前，不也是醫生的職責嗎？」

「不願面對的東西……？」

「對啊，要告訴家屬：『你太太看起來好像還活著，但大腦內部已經壞死了，她的心也已經不在這裡了。』如果家屬在瞭解這些事實的基礎上，仍然希望病人繼續活下去，那不管做延長生命或是其他治療都沒問題。」

「……難道沒有比較委婉的說法嗎？這樣會影響醫院的風評。」

桐子緩緩搖頭。

「醫院不應該是追求生意興隆的地方。」

桐子閉上了嘴，然後嘆了一口氣，拿起杯子，看著杯中。

「神宮寺，可以再給我一杯開水嗎？」

「請等一下，我馬上來燒。」

「拜託了。」桐子說完，輕咳了幾下，按著喉嚨說：「總覺得喉嚨有點沙啞。」

熱水壺發出了咻咻的蒸氣聲。

「我說桐子，」

音山沉思之後開了口。

「嗯？」

「你的意見也有道理。」

正在喝白開水的桐子瞪大了眼睛。

「真難得啊，你竟然表示理解。」

「喂，我原本就努力試圖理解你，之所以會警告你，是因為你太不把醫院的規定放在眼裡。」

「咦？結果還是要說教啊。」

「……今天有點不一樣。最近，我的想法有點改變。」

「啊？」

「我開始認為，比起成為一個醫院需要的醫生，成為病人需要的醫生更重要。」

「但福原並不這麼認為。」

「那是因為你做事的方法太粗糙了。你聽好了，保科醫生之所以生氣，不光是因為病人突然改變治療方針，而是你沒有打一聲招呼就干涉，才會覺得很不爽。」

音山挪了挪大屁股，重新在椅子上坐好。

「你和病人面談都是非正式面談，跳過診療科和主治醫生做這些事，所以才會引起反感。」

「這是病人的要求，他們問我可不可以面談，我只是回應他們的需求。」

「這就是重點。既然這樣，乾脆正式成立這樣的機制，不是很好嗎？」

「……什麼意思？」

音山雙手放在桌子上，比手畫腳地說了起來。神宮寺在整理資料的同時，豎起耳朵聽他們的談話內容。

「也就是說，新成立一個像是『診療諮商科』之類的……叫什麼名字不重要，總之，就是成立一個可以針對延長生命治療和不治之症，提供病人諮商的部門。你可以在那裡工作，不需要用現在這樣，在皮膚科工作的同時，暗中提供諮商這種偷偷摸摸的方式，可以成為專門負責諮商的醫生。各科的主治醫生可以把一些頭痛的諮商問題轉到診療諮商科，這樣也比較省事，你可以專心和病人討論治療方針的問題，你覺得怎麼樣？」

「……如果這樣，的確輕鬆多了。」

「一開始就應該這麼做，對病患來說，比起聽了傳聞去找你面談，還不如由醫院方面提供正式的服務更令人安心，醫院方面也可以藉此提升服務品質。」

「但是，音山，要完成這件事很不容易。更何況這家醫院的所有醫生都討厭我。」

「嗯，恐怕沒有醫生是基於信賴委託你，因為你實在太不懂得察言觀色。」

「我就說嘛，所以這根本是紙上談兵。」

桐子垂頭喪氣，音山點了點頭。

「所以，我也要加入。」音山溫柔地笑了笑，「我原本就不打算讓你一個人去做。我從川澄麻理惠身上學到一件事，醫生奮戰的方式並非只有一種。你的想法可以拯救某些病人，但也無法拯救另外一些病人。同樣的，福原的想法也可以拯救一些病人，也有無法拯救的病人，這樣可不行。」

「你說的不行是指？」

「你們都太偏頗了，最重要的是太果斷堅決了。如果和病人的想法一致，當然就沒問題，否則就會變成強迫病人接受這些謬論，所以才會造成問題。病人需要的是更富有協調性的諮商員。」

音山說到這裡，指著自己說：

「那個人就是我，你不覺得嗎？」

「啊……？」

「我的想法是，診療諮商科可以有幾名醫生，可以兼任其他科的醫生，盡可能邀請各種想法的醫生。有的病人可能想找你諮商，也有的病人可能想找其他醫生，比方說是福原諮商。我擔任窗口，先由我接待病人，然後再分配給包括我在內的其他諮商員。我沒有像你或是福原那種明確的信念……總是搖擺不定，猶豫不決，但是，不，正因為這樣，我覺得自己很適合這個工作。我相信這是你和福原都無法做到……必須由我去做的工作，我們可以藉由這種方式齊心協力，面對病人。」

桐子忍不住倒吸了一口氣。音山的雙眼炯炯有神，充滿自信。

「診療諮商科藉由這種方式發揮作用。這件事將由我來企劃，由你來推動。」

「你的意思是……要改變七十字醫院的架構嗎？」

「因為我以前從來沒有做過這種事，所以會感到不安，但我想要挑戰。」

音山說完之後，有點害羞地抓了抓頭，然後把咖啡端到嘴邊。

桐子皺起眉頭。

「我覺得你的點子很有趣，但別人可能覺得你為了袒護我，所以打算設置這個奇怪的部門，搞不好會認為你想在醫院內造反。」

「……我會努力說服，我相信一定能夠獲得理解。」

「音山，這樣好嗎？你之前不是都混得很不錯嗎？根本不需要冒這種險……」

音山吐了一口氣，放下杯子說：

「我是醫生，你不也是嗎？」然後又小聲地補充說：「在放棄之前，必須全力以赴。」

十二月十日

福原雅和粗暴地推開門，走進了酒吧。

「威士忌，不需要水。」

他小聲點完酒後坐了下來，問旁邊的女人：

「千香，妳難得主動約我，是想找我約會嗎？」

「別說傻話了，」

一身黑色洋裝的神宮寺千香用琴費士雞尾酒的杯子遮住嘴巴說：

「是間諜來向僱主報告。」

「什麼間諜，太難聽了。」

「但事實就是這樣啊。」

福原嘆了一口氣。

「妳說話可不可以不要用敬語？」

「對上司說話，當然要用敬語。」

神宮寺躲在杯子後笑了起來。自從分手之後，她就一直用敬語和神原說話，最喜歡看到他心浮氣躁的樣子。

福原喝了一小口送上來的威士忌後說：

「那就說來聽聽。」

「診療諮商科？現在不是已經有諮商中心了嗎？」

「他們似乎將業務範圍鎖定在醫療福祉士無法提供諮商的部分，由醫師提供包括決定治療方針在內的諮商……差不多就是這樣的部門。」

「這種事，由主治醫師直接進行就好了，搞不懂為什麼還要再由這個部門來插一手。」

「……你跟我說也沒用，去跟他們兩個人說啊。」

福原抬起下巴沉思片刻。

「你身為副院長，有什麼想法？」

「我不同意，既沒有好處，也不覺得有任何必要，最重要的是，收益性很低。他們偏偏要在這種時候，用這種心血來潮的想法來搗亂嗎？很像是基層的小醫生想出來的主意。」

「基層……從副院長的角度來看，他們的確是基層。」

咚的一聲。酒杯重重地放在吧檯上。福原顯然很不高興。

「不管是音山還是桐子，為什麼不聽我的話……？」

「我也沒想到音山醫生會想得這麼深入。」

「音山原本是穩健派，一定是桐子慫恿他，音山這個人太善良了。」

「我看起來不像是這樣。」

「……如果不是這樣，那就是陶醉在缺乏現實性的理想中。」

福原把酒喝完後，又點了一杯。

「我原本打算等我從我老爸手上完全掌握經營權之後再處分桐子，搞不好必須調換一下順序。總之，謝謝妳通知我。」

「……呵呵。」

神宮寺忍不住笑了起來。

「笑什麼？」

「不，只是覺得在昏暗的酒吧談這種事，簡直就像是在策劃什麼陰謀詭計，所以覺得很好笑。」

福原不滿地說：

「我很認真。」

「……我知道，有間諜，又有計謀，真是太好笑了。」

「我有我的立場，和他們不一樣，他們只要考慮病人的事就夠了。」

「醫生的職責，不就是為病人著想嗎？」

「要從事優質的醫療需要錢，醫院經營必須健全，所以就必須是一家能夠治病救人的醫院，要有能夠創造奇蹟的醫生，在醫院撿回一命的病人也必須發揮宣傳作用。當治病救人的醫院能夠賺到錢，就可以成為一家拯救更多人的醫院，醫療才能逐漸邁向理想。以長遠的眼光來看，最終還是為病人著想。」

「錢、錢、錢……福原醫生，你長大之後變髒了。」

「並不是變髒了，只是變聰明了，也瞭解到這是捷徑。我有言在先，我並不打算把靈魂賣給醫院，只是在邁向理想的路上逐漸累積成績。」

「桐子醫生和音山醫生的心情，應該仍然和當年挑戰不知道腳踏車可以騎到哪裡時一樣。」

福原握著酒杯的手上的血管浮了起來。

「那兩個人很可憐，不知道終點，只顧著一直跑，根本到不了任何地方。」

「福原醫生，那你到得了嗎？」

福原點了點頭。

「當然，我就是為此不斷努力。」

「為了拯救所有病人嗎？」

「對。」

「如果那時候，身旁沒有志同道合的同學……也許你更可憐。」

神宮寺聽到身旁傳來咬牙切齒的聲音。

福原微微嘆了一口氣，站了起來。

「去廁所嗎？」

「我要走了。」

「啊喲，這麼早啊。」

「因為事情已經辦完了。」

神宮寺伸出手，剛搽了指甲油的紅色指甲特別亮。

「幹嘛？」

「酒錢啊，你忘了嗎？上次也是我付的。」

「……這點錢，賒帳就好了啊……」

福原從皮夾裡拿出幾張一萬圓，放在神宮寺的手上。

神宮寺看著福原的眼睛。兩個人的視線交錯，福原燃燒的雙眼絲毫沒有失去以前的熱情。

這把火會把所有敵人都燒成灰燼，還是會失控燒死自己？

袖手旁觀或許也很開心。神宮寺這麼想著，輕輕笑了笑。

十二月十五日

桐子在第二辦公室內拚命咳嗽，神宮寺皺起眉頭說：

「桐子醫生，請你戴口罩。」

「喔，對不起。」

他從其中一個紙箱內拿出口罩，撕開塑膠袋戴了起來，呼出來的熱氣噴在臉上。

「桐子醫生，你最近一直乾咳，是不是生病了？要不要幫你量體溫？」
「不，我沒事。」
桐子坐在電腦前，拉下口罩喝開水，但他的臉有點紅，眼皮也有點腫。神宮寺說：
「你該不會得了流行感冒吧？如果造成院內感染就慘了，請你趕快回家睡覺。」
「我沒事，只是空氣乾燥而已，我去漱漱口。」
桐子站了起來，打開門，喉嚨有點癢癢的，他忍不住咳了兩三次，神宮寺瞪著他。
「我真的沒事。」
桐子慌忙走出門外，反手關了門，走去茶水室。
最近的確經常乾咳。
是因為這一陣子睡眠不足的關係嗎？醫生自己累壞身體就說不過去了。
桐子在杯子裡滴了幾滴漱口藥，深棕色的漱口藥在水面形成了大理石花紋。他搖了搖杯子，讓漱口藥散開後，漱了幾次喉嚨，然後又漱了口，吐了出來。
他覺得舒服多了。
桐子蓋起漱口藥的蓋子，關掉了茶水室的燈。
這時，他聽到有人說話的聲音。豎起耳朵，發現有人在逃生梯講電話。
「妳寄來的煮豆子很好吃，謝謝。嗯，是啊，我會。那我改天再打電話給妳。我等一下就要把手機鎖進置物櫃了，嗯，醫院裡不能用手機。」

是音山的聲音。

桐子打開通往逃生梯的門，走了出去。

「音山，打電話給你阿嬤嗎？」

音山剛好掛上了電話，轉頭看到桐子，靦腆地抓了抓頭。

「被你聽到了嗎？」

「你以前讀書的時候就常打電話給她。」

桐子靠在欄杆上。

這裡是逃生梯的二樓樓梯口，即使白天光線也很差，冷風吹了過來。下方的中庭內，樹葉落盡的樹木冷得發抖。

「我阿嬤很喜歡聽到孫子的聲音。」

「……你一直在這裡當醫生沒關係嗎？你老家在宮城吧？你回去陪她不是比較安心嗎？」

「沒關係，我阿嬤叫我在東京好好工作，而且桐子，你別說這種話，我們不是要一起改變這家醫院嗎？」

「……如果順利的話。」

桐子輕聲笑了笑。

「喂喂，你可別退縮，我已經動起來了。」

「是嗎？」

「是啊，目前正在和各方疏通。我和神經內科的速水部長聊了診療諮商科的構想，他的回饋很正面。」

「神經內科的部長也參與這件事嗎？」

「雖然目前還沒有確定，但就是這麼一回事。他很喜歡新鮮的事物，另外，我也向急診的保科醫生說明了上次的事，總算平息了他的怒氣。不僅如此，保科醫生認為如果今後可以避免類似的狀況發生，他也很贊成成立這樣的部門。」

桐子佩服地嘆了一口氣，輕輕咳了一下。

「對醫院來說，如果沒有醫生，就無法營運。只要每個醫生都贊成，高層也不可能反對，所以診療諮商科完全有可能實現。」

「……音山，你真有兩下子。」

桐子瞪大了眼睛看著音山。

「你目前這樣很傷腦筋。我們一起推動這件事，你要洗刷死神的污名，你之後的頭銜會是診療諮商科的部長。」

「……」

桐子沉默片刻，然後張了張嘴，又閉了起來。他好幾次都欲言又止，最後才終於說：

「……音山，那個……」

「嗯？」

「我一直給你添麻煩。我也知道，其實……我是個怪胎，有點我行我素。」

桐子不知道該怎麼說，但仍然努力尋找表達的詞彙。

「但是，你一直很幫我，我很高興。」

桐子鞠了一躬。他表達感謝的方式很笨拙，音山笑了起來。

「幹嘛說這些，我們不是朋友嗎？」

「……」

桐子微笑著想說什麼，但忍不住用手捂著嘴咳嗽起來。音山擔心地看著他。

「喂，桐子，你之前就一直在咳嗽，感冒了嗎？」

「我沒事，只是房間裡的空氣太乾燥了，因為我最近一直睡在這裡。」

「要不要我幫你看一下？」

音山探出身體，桐子搖著頭退後逃開了。

「不用了，我可以為自己看病，我沒事。」

「楠瀨教授不是再三叮嚀，自我診斷不可靠嗎？因為無法避免主觀意識，所以會偏頗。聽我的話，我幫你看診，來，現在就去診間。」

「不，真的不用了，你不是還有自己的工作嗎？」

「你別管這麼多，而且這不會花費多少時間。」

音山抓住桐子的手臂，桐子咬緊牙齒，整個人僵在那裡。

「……我……我討厭看醫生……」

「別說這種像小孩子一樣的話。來，跟我來。」

音山硬是把桐子拉進了診間。

護理師都不時瞄著他們。

他們的眼神令人難以承受。這件事之後一定會傳開。

桐子縮著身體，感到無地自容，一走進診間，立刻坐在病人用的椅子上。身穿白袍的音山坐在他面前，用熟練的動作把聽診器掛在耳朵上。雖然和剛才一樣面對面，但覺得此刻的音山很有威嚴。

「你在緊張什麼？來，讓我聽一下。」

桐子緊張地敞開胸前，音山把聽頭放在桐子胸前，不時點著頭。

「張開嘴巴。」

音山又拿出銀色的細板條說道。是壓舌板。

桐子張開嘴，音山把壓舌板放進他嘴裡，壓住他的舌頭。桐子從小就不喜歡壓舌板的金屬味道，所以忍不住皺起了眉頭。

「頭稍微抬起來。」

桐子閉著眼睛，微微抬起下巴。口水流了出來。

音山看著桐子的嘴巴內部，用筆燈照亮後，觀察他的喉嚨。然後收起壓舌板說：「好，結束了。」

「……」

音山看到桐子一臉憔悴的樣子，忍不住苦笑起來。

「桐子，不用這樣吧。你真的很不喜歡看病。」

「你很煩欸，我就是會害怕啊。」

「你自己也在幫病人看病。」

音山把用過的壓舌板放進銀色容器中，發出噹啷的聲音。

「這是兩回事。怎麼樣？是不是沒有大礙？」

「嗯，只是有點……」

音山偏著頭，露出沉思的表情。

「怎、怎麼了？該不會是什麼不好的病？」

音山沒有回答。桐子眼神飄忽不定，頓時口乾舌燥。

等了很久，音山呵呵笑著說：

「嗯，是普通的感冒……只是感冒而已，應該是你長期生活不規律造成的。」

桐子鬆了一口氣。

然後忍不住對音山說：

「你別故意嚇我好嗎？對心臟不好。」

「對不起，對不起，因為你一副怕得要死的樣子，我覺得太好玩了。不好意思啊。要怎麼辦？要不要配一點抗生素給你？」

「不用了，應該是病毒性感冒吧？我不想白白吃藥。」

「我想也是。你應該也知道，原則上，感冒沒有藥，但你暫時不要再住在醫院，多補充點營養，多注意休息。話說回來……你剛才的表情！」

不知道是否戳中了笑點，音山按著肚子，拍著大腿笑了起來。

桐子嘆著氣，扣著衣服的釦子。

音山笑得喘不過氣。

「喂，你也笑得太過分了。」

「呵呵呵……嗚呵呵呵，嗚呵。」

「真是的……」

桐子很受不了地看著損友的臉。

「嗚呵、嗚呵、嗚呵、嗚呵，咳咳。」

「……音山？」

「嗚呃！」

音山的喉嚨發出很大的聲音，他張開嘴，笑聲停止了。

他看著自己的胸前，然後看著桐子。桐子瞪大了眼睛，似乎不知所措。

「音山！」

桐子慌忙跑到音山身旁。

鮮豔的紅色。

音山嘴裡滴下的血染紅了他的白袍。

福原走在二樓的走廊上，發出很大的腳步聲。

當不時遇到病人向他打招呼時，他都會笑著回應，但又很快皺起眉頭。他看向窗戶，看到一張男人緊張的臉。

這真不像我的作風。

連他自己也這麼覺得。走在熟門熟路的七十字醫院內時，他很少露出這樣的表情。

我是這家醫院的副院長，而且是無論自己和他人都承認的外科神手，臉上應該隨時保持從容和自信的表情。

他媽的。內心深處湧起的感情極度不快。這是怎麼回事？是害怕嗎？我在以毫米為單位的心臟手術中，手也不曾抖過一次，現在竟然害怕嗎？

福原咬緊牙關，大步走在走廊上，試圖消除內心的煩躁，然後推開神經內科門診最角落房間的門走了進去。

「目前情況怎麼樣？」

「福原副院長……」

診間內所有穿白袍的人都轉頭看著他。

「這麼多人啊。」

音山晴夫躺在診間的床上，神經內科部長速水豐彥，和幾名神經內科的醫生，還有經驗豐富的內科醫生藤川喜一郎，以及皮膚科的桐子修司都圍在他身邊。

速水部長摸著鬍碴說：

「不好意思，麻煩你特地來這裡。」

「不，是我說要親自診察，目前的診斷是？」

「剛才請藤川檢查了一下，為了安全起見，打算做咽喉內視鏡。」

「好，這裡不需要這麼多人，大家都有門診吧？你們各自去忙，我來做內視鏡。」

福原揮了揮手，趕走其他醫生，然後重重地坐在音山面前的椅子上。福原的腿很長，這張臨時張羅的椅子看起來格外小。

「福原，連你也來了，這也太大驚小怪了。」

音山躺在那裡，露出發自內心的為難表情說。福原露出嚴肅的眼神問他：

「你剛才吐血了？」

「嗯，是啊……但沒什麼大問題，最近感冒流行……我一直覺得喉嚨卡卡的，所以用力咳嗽了一下。現在沒事了，也沒有任何不舒服，而且還要看門診。真的沒事啦。」

「我摸一下。」

福原伸手為音山的脖子觸診，在頸部的淋巴結摸到了不明顯的硬塊。

「喉部的硬塊和會咳得喘不過氣讓人不太放心，所以我認為要做內視鏡確認一下。」

內科醫生藤川在一旁說，福原冷冷地回答：

「我知道了，藤川醫生，還有你們其他人都去忙吧，我再重複一次，接下來由我負責。」

「好。」

「我想這件事不需要我提醒，請不要讓病人察覺到這件事。如果病人知道門診的醫生突然生病，會產生負面印象，搞不好會引發公關危機。」

福原叮嚀道，其他醫生點著頭，走了出去。

「桐子，你也回去工作。」

福原沒有看站在床邊的桐子一眼說道，但桐子搖了搖頭。

「我今天沒有門診。」

「什麼？那就去巡房。」

「目前沒有負責的病人住院。正確地說，今天不是我值班。」

福原皺著眉頭，第一次看著桐子。

「那你為什麼特地來醫院？」

「因為沒有特別需要回去的地方。」

桐子的臉色蒼白。雖然和平時差不多，但福原有一種不吉利的感覺，所以移開了視線。

「福原，先別說這些，趕快檢查吧。」

一名護理師把內視鏡儀器和藥品放在銀色推車上推了進來，繼續和桐子說話也是浪費時間。福原很不甘願地點了點頭說：「你別妨礙我。」然後走向推車，戴上了手套和口罩。

「音山，我要開始囉。」

「沒問題……但我說了好幾次，只是感冒而已，根本不需要做內視鏡。」

「我知道，就是為了確認只是感冒而已，檢查費用會從你的薪水裡扣。你的咽喉反射很敏感嗎？」

「正常而已。」

「你以前聚餐時，經常把手伸進喉嚨催吐，要不要多加點麻醉劑？」

福原開玩笑說完，讓音山坐起來咬住咬嘴，然後，用棉花棒沾取果凍狀的局部麻醉藥塗在他的鼻孔。接著，他拿起電子內視鏡，檢查前端後拉了出來。直徑三毫米。細長的內視鏡像蛇一樣彎曲。

桐子不經意地把螢幕轉向，不讓音山看到畫面。

「因為是自己人，所以我就不會手下特別留情。」

福原說完，把電子內視鏡插進音山的鼻孔。燈亮了起來，音山喉嚨內部顯示在螢幕上。福原的手不停移動，攝影機不停地往深處前進。桐子問：

「福原，你有診斷耳鼻咽喉的經驗嗎？」

「別小看我，不會有問題。」

「我想也是，但我比你更熟練，要不要由我來？」

「你少管閒事。」

電子內視鏡在紅色和粉紅色的隧道內前進。隧道整體隨著脈搏跳動，微微顫抖著。

「福原，那裡是懸雍垂，好，通過了。」

「你要說那是喉嚨屌。」

福原看著螢幕，然後倒吸了一口氣。

「這……」

桐子也同樣說不出話，瞪大了眼睛。

音山的喉嚨深處，像貝類內部般的肉褶中，在隨脈搏跳動的粉紅色世界中心偏右側，是一片可以稱為美麗的純白世界，像打翻了鮮奶油般不均勻，像雪一樣純粹，表面微微發光。

福原的手微微顫抖，雖然只是自己知道的程度而已，但確實在顫抖。

各種想法在腦海中交錯。

怎麼會有這種事？

他這麼年輕，為什麼？

不可能。

來得及嗎……？

「……福原，活體組織切片。」

「我知道！」

桐子冷靜的聲音讓他感到很不舒服。

福原仔細鎖定目標後操作開關。看起來像小夾子形狀的組織切片鑷子張開，露出鋸齒部分，咬住了音山的喉嚨，正確地咬下了白色部分。福原把採集的細胞片放在培養皿中，對身旁的護理師說：

「送去做病理檢查，可以報我的名字，叫他們以最速件處理。」

「好。」

「等一下還要做CT，趕快去安排，要插隊，把非緊急病人的預約全都挪開。」

護理師點了點頭，快步走了出去。

音山聽了福原的指示，不安地看著他。因為他咬著咬嘴，無法說話，但用眼神發問。

「你想知道病名嗎？」

音山輕輕點頭。

「你也是醫生，看到剛才的處理方式應該已經猜到，對你隱瞞也沒有意義……」

福原自言自語說完，又看了音山一眼，似乎無聲地問他：「沒問題吧？」音山再度點了點頭。

桐子緊閉雙唇，看著福原。室內陷入一陣沉默。

福原告訴音山：

「是癌症，而且範圍很大。」

門診掛號處的掛鐘發出老舊的鐘聲。

過了半夜十二點，候診室內空空蕩蕩，關上的電視映照著黑暗。星期六的中午，常常坐滿數百人的沙發上，如今只有桐子一個人。

他聽到隱約的腳步聲，不由自主地抬起了頭。

看那個身影的輪廓就知道，那個人是福原。福原的手上拿著資料夾。他從一大早就開始看病人，所以臉上露出了疲態。

「福原。」

桐子起身叫住了他。

「……桐子。」

福原有點意外地停下腳步。

「你在等我嗎？」

兩個並排的人影之間有些微的距離。
「福原，音山的CT報告已經出來了吧？」
「是啊。」
「讓我看一下。」
較矮的人影伸出手，高大的人影拿著資料夾，一動也不動。
「福原，讓我看。」
「不行。」
福原表示拒絕。
「為什麼？」
「不能給你看，在部長會議上，已經決定由我擔任音山的主治醫師，診斷和治療方針都由我決定。音山的病已經和你無關了，你只需要關心自己的病人。」
短暫的沉默後，桐子說：
「這未免太過分了，我也是醫生。」
「嗯，是啊，醫生只是醫院的工作人員。」
「……不管我說什麼，你都打算不讓我參與音山的治療嗎？」
「當然啊，看你平時的表現，誰都會這麼做。」
「福原，你是基於私人因素使用了副院長的權限。」

福原冷笑一聲說：

「我這麼說有點難聽，但你只是皮膚科醫生，我是外科醫生，不管怎麼想，都輪不到你參與。其他部長都同意了，所以你別再說這種任性的話，那就先這樣了。」

福原結束了談話。

然後，他邁開了步伐。

桐子說：

「……身為醫生，或許是這樣。」

福原沒有回答，他無視桐子說的話，快步往前走。

「但是，身為朋友，我……」

兩個人的身影交錯。

「我……」

福原大步離去，留下桐子一個人。

只有桐子獨自站在走廊上。

十二月十六日

酒吧的門打開。已經坐在吧檯前的福原看到走進酒吧的神宮寺，忍不住皺起眉頭。

「啊喲，福原醫生也在啊。」

「……我今天想一個人靜一靜。」

福原雙手握著加了冰塊的杯子。

「在這裡遇到你，真是太巧了。啊喲，你的下酒菜很奇特啊。」

福原面前的小碟子裡放著數十粒熟芝麻。

神宮寺不等福原回答，就在他身旁的椅子上坐了下來。

「怎麼回事？妳不會一個人來這家店，是特地來找我嗎？」

「嗯，是啊。我聽說了，音山醫生住院了？是不是？音山醫生的病情很不樂觀嗎？」

神宮寺難掩喜色地抬眼看著福原，福原不悅地皺著鼻子，但還是小聲回答說：

「喉嚨深處有很大的惡性腫瘤，下咽癌，有一個淋巴結轉移，快擴散到食道了，是第三期。」

「第三期……所以是進行癌。他還這麼年輕。」

「下咽癌在出現症狀時，通常已經相當嚴重了，而且年紀越輕，惡化的速度就越快。」

「是啊，如果更早發現就好了。」

神宮寺點的馬丁尼送到她面前，就聽到福原用拳頭敲著吧檯。

「音山咳嗽已經有一段時間了，他說抽菸就會咳嗽，但其實不僅是這樣，吃飯時也經常嗆到，這全都是咽喉的症狀，有好幾個症狀都可以發現，但我竟然都沒想到。」

神宮寺的手指放在臉頰上，點了點頭。

「他的確經常嗆到，但這也是無可奈何的事，沒發現的時候就真的沒發現。」

「音山以前就這樣，整天為別人擔心，卻完全不關心自己。他媽的……我竟然沒發現。」

「現在已經發現了，那就好了啊。接下來有什麼打算？」

「當然要切除。」

「啊？」

「把癌細胞連根切除乾淨，由我執刀。」

「要切除多少？連胃也要切除嗎？」

「從癌細胞浸潤的程度來看，整個咽喉都必須拿掉，大部分食道也保不住了，切除的食道部分可以用手臂的皮膚捲起後代替。之後還要做廓清術，切除頸部的淋巴系統，這將會是一個大手術。」

「……整個咽喉都切除？所以音山醫生以後不能說話了嗎？」

「是啊，因為聲帶也會切除，所以他無法再像現在這樣說話了。同時，會在他脖子上開一個大洞，稱為氣管孔，之後一輩子都要從那裡呼吸。」

「原來是這樣，太可惜了，我很喜歡音山醫生溫暖的聲音……」

福原嘆了一口氣。

「妳是怎麼回事？妳是帶著看好戲的心情問我這些嗎？」

「才沒有呢！我覺得他很可憐，只是很意外。」

「意外什麼？」

神宮寺露出促狹的眼神仰望著福原。

「我還以為你會更高興。」

「……什麼意思？」

「難道不是嗎？音山醫生和桐子醫生正在積極推動診療諮商科。在即將接受醫療監察的這段期間，他們繼續做這種事，一定會影響到你。你正打算無論如何都要讓他們打消這個念頭時，音山醫生得了這種病。看來你真的得天獨厚，運勢很強，會自動排除所有的障礙。」

福原的臉頓時漲得通紅，同時舉起了右手。

隨著一聲清脆的聲音，神宮寺仰起了頭。她的下顎骨微微顫抖，仍然殘留著被打了一巴掌的餘韻。

「收回妳剛才說的話！」

「……你太野蠻了，竟然對女人動粗。」

神宮寺摸著臉頰，瞪著福原。血腥味在嘴裡擴散，嘴巴內應該破了。

「至今為止，我從來沒有因為任何人生病感到高興，以後也一樣。無論誰得了癌症，我都會盡全力治療。」

神宮寺的臉頰很痛，也覺得很不高興。

但是，神宮寺更感到納悶。到底哪裡不對勁？

「我絕對會治好音山，這就是這雙手存在的目的。」

「手……？」

福原的手。他細長的手指和他的體格、性格不太相符。

神宮寺終於發現了哪裡不對勁。剛才甩自己耳光的手。那隻手很冰冷。

「福原醫生，你的杯子……」

福原剛才一直握著的威士忌酒杯上結了露，杯子裡也不是像平時一樣的球形冰塊，而是鑿碎的冰塊。杯子裡的液體沒有顏色。那是不是水？使用表面積更大的冰塊冷卻的水……

「執刀的醫生在手術室內很孤獨。」

福原嘀咕道。

「必須連續五個小時、十個小時孤軍奮戰。即使肚子餓了，即使想上廁所，手也絕對不能停下來，因為眼前的病人無法等。在打開腹腔期間，血就會一直流，只要多耗費一秒鐘，就會讓病人向死亡靠近一步。我是把手伸進活生生的人體內，所以能夠感受到病人的身體慢慢地，但確實……越來越脆弱。」

福原緩緩伸出手，前方放了一雙很細的筷子。

「這雙手要觸摸生命的內側，脆弱柔軟，帶著溫度慢慢搏動……我每天都在接觸只要稍有閃失，就會結束的生命。妳能瞭解那種感受嗎？普通人不會去想這些。為了讓病人活下去，必須切開。旁邊就是大動脈，生死只有毫釐之隔。必須用手術刀不斷切開生命的內側，然後不斷深入……」

他眼中的鬥志一如往常，像烈火般熊熊燃燒，但是他的手，持續握著裝了冰水杯子的那雙手變成了白色，用力緊繃著。

「指尖會變得冰冷，好像感染到死亡般，感覺逐漸消失。這是在病人的肉體中，照理說應該感到溫暖，所以我猜想應該是精神造成的。手指會顫抖，會不聽使喚，連冷汗都不會流，搞不清楚自己到底有沒有在呼吸。沒錯，我很害怕……」

「原來連被稱為天才的副院長也會害怕。」

「是啊，我會害怕，而且害怕得要死。」

福原用顫抖的手拿起筷子，緩緩張開，然後夾起碟子裡的一粒芝麻。他的動作流暢而精密。

「所以，我用這種方式……練習。」

福原輕輕移動筷子，把芝麻疊在芝麻上方。神宮寺倒吸了一口氣。

一粒、兩粒、三粒……

福原堆著只要吹一口氣，就會倒塌的芝麻塔，不時閉上眼睛，好像在祈禱。福原也許在想像用手術刀割音山晴夫脖子的狀況，避開縱橫密佈的神經，避開血管，正確地切除被癌細胞侵蝕的淋巴系統和脂肪組織。

「即使雙手冰冷，也絕對不會失敗。」

福原的雙眼充滿力量。

神宮寺說不出話，只是靜靜地注視著福原那雙充滿寧靜力量的雙眼。

十二月十七日

輕輕的敲門聲。

雖然覺得還沒到抽血時間，但躺在病床上的音山還是回答說：「請進。」

桐子推門走了進來，胸前掛著識別證套，裡面有一張寫了名字的紙。

「原來是你啊。」音山笑著說，「還特地寫了面會證嗎？」

桐子坦誠地點了點頭。

「因為福原很囉嗦，所以我不是以醫生的身分，而是以朋友的身分來看你。」

「嗯，他畢竟是副院長，所以也很辛苦。」

音山知道，聲音漸漸變得沙啞。這意味著病情逐漸惡化。音山無奈地笑了笑。桐子舉起塑膠袋說：

「這是帶給你的，要記得吃。」

「那是什麼？」

「冰淇淋。我想應該比較方便吞嚥。」

「咦？你竟然知道我喜歡吃香草口味，謝謝你。」

「以前實習的時候，你不是經常吃兩三個當午餐嗎？」

「原來還曾經有過這種事……你幫我放去那裡的冷凍庫。」

桐子把冰淇淋放進冷凍庫後，在病床旁的椅子上坐了下來。

「情況怎麼樣？」

「幹嘛這麼假惺惺，你不是都已經知道了嗎？」

音山抓了抓臉頰。

「我只是看了電子病歷而已。」

「就是病歷上寫的狀況。」

桐子點了點頭，探出身體問：

「所以你真的拒絕手術嗎？」

「嗯，是啊……」

「你想只用放射線和抗癌劑治療嗎？」

「不是不是，我當然知道放射線不可能治好這麼嚴重的下咽癌，只是希望可以暫緩手術，至少再等一個星期……如果可以，最好等一個月……」

「為什麼？你對手術日期有什麼堅持嗎？」

「不是，但原因說起來有點難為情。」

音山看著掛在病房內的月曆。

「因為我想讓我阿嬤聽到我的聲音。」

「就是你常打電話給她的那個阿嬤嗎？」

「對啊，你應該知道，阿嬤是我唯一的家人。」

「你延後手術時間，只是為了讓她聽到你的聲音嗎？」

「這件事對我很重要。」

位在病房區角落的個人病房很安靜，冬天清澈的空氣吹過，柔和的陽光從窗戶照了進來。

「我媽在我讀小學的時候就死了，我爸也在我讀大學前死了，阿嬤就像是我的父母。一直都是她照顧我長大，不管是叛逆期，還是考大學的時候。我至今仍然記得，在我參加大學聯考的前一天晚上睡不著……結果阿嬤就走進我房間，唱催眠曲給我聽。雖然我已經是大人了，但她還是唱給我聽。」

「結果你就睡著了嗎？」

「嗯，是啊，雖然一開始覺得很丟臉，但最後睡得很熟。」

「這個故事聽起來很有你的特色。」

「是嗎？總之，阿嬤對我恩重如山。照理說，我應該回宮城和她一起生活……但她叫我絕對不能回去，她說：『不要在意阿嬤，男人就要在東京全力以赴地工作。』」

「你阿嬤太帥了。」

「是不是？我很尊敬她。」

音山垂下了眼睛。

「……阿嬤已經上了年紀，身體也變差了，目前住在養老院，接到我的電話，是她唯一的樂趣，所以我每個星期至少打一次電話給她。聽到我的聲音，聽到我健健康康的聲音，是阿嬤活著的意義。」

音山輕輕摸了摸自己的喉嚨，已經被癌細胞侵蝕成一片白色的喉嚨。

「我不知道該怎麼對她說，不知道怎麼告訴她，以後不能聽到我的聲音了……」

「……我說音山——」

桐子想要說什麼，音山打斷了他。

「桐子，如果是你，一定會說，只要老實向阿嬤說明就好，告訴她，我得了癌症，要切除喉嚨，這是我最後一次打電話給她，然後告訴她，在復健之後，可以在某種程度上恢復聲音，而且癌症也可以治好，請她不必擔心。」

桐子點了點頭。

「是啊，術後五年平均存活率是百分之五十，以你的體力，機率應該更高。這場賭博有勝算，我相信你阿嬤也能夠瞭解。」

「事情沒這麼簡單。阿嬤來日不多了……這裡也已經不清楚了。」

音山指著腦袋繼續說著。

「和她通電話時，她也總是重複同樣的話。聽養老院的人說，她幾乎都不和工作人員說話，好像整天都在做夢，說一些夢囈般的話，但是，只有我的聲音……只有聽到我聲音時，才會猛然回到這個世界。她和我打電話時雙眼發亮，說話的聲音也很清楚。而且還會喜孜孜地告訴別人，她的孫子在東京當很厲害的醫生。」

音山的眼眶濕潤。

「她到處告訴別人說，我是她引以為傲的孫子，在東京也是很了不起的醫生，可以治好所有的病。如果有人生病，隨時可以去找她幫忙介紹……」

音山的語尾有點沙啞，他皺著臉，擦了一次眼睛，然後用開朗的語氣說：

「……哈哈，結果她的孫子得了癌症，有辦法對她說這種話嗎？有辦法對阿嬤說，我得了癌症，所以要把喉嚨切除嗎？即使告訴她這件事，有辦法用不會造成她不安的方式說清楚嗎？……你能夠瞭解我的意思嗎？」

「音山……」

「我說不出口……我不希望阿嬤最後還為我擔心。我希望她幸福地離開，直到最後都相信她孫子是全世界最厲害的醫生。」

「但是，這樣一來，你到底什麼時候才要做手術？」

「我並沒有說不動手術，我也不想死，只是希望再等一下，我還……想不到要怎麼說。」

音山低著頭，注視著自己的睡衣。

「桐子，你能瞭解嗎？這件事沒這麼容易，阿嬤的女兒……也就是我媽當年也是因為癌症死的。胰臟癌……短短兩個星期就死了。你能想像阿嬤對癌症的感覺嗎？對她來說，癌症這兩個字，比我們醫生所認為的更加嚴重。」

桐子探出身體，淡淡地說：

「我瞭解你阿嬤的狀況，但如果因此導致你病情惡化，不是本末倒置嗎？你目前的狀況不允許你猶豫，必須趕快決定動手術。至於要怎麼跟你阿嬤說，怎麼說都可以吧？總之……」

「桐子，這些話不像是你說的。」

「什麼？」

「不是相反嗎？你平時都會對病人說，不能因為生了病，就忽略了人生中重要的事。」

「不，那是……」

桐子不滿地開了口，卻說不出話。他微張著嘴巴沉默片刻，驚訝地看著音山。

「……你說得對。」

音山眨了眨眼睛。

他感受到總是面無表情、冷靜沉著的桐子，任何時候都堅持合理思考的桐子內心的慌亂。

「不，但還是不一樣，因為你並不是無可救藥的病人，卻要冒著生命危險，以和阿嬤打電話為優先，這種情況稱不上合理。」

桐子加快了說話的速度，音山反駁說：

「桐子，兩者一樣。你向來認為生命的價值不在於『長度』，而是『使用方法』，我原本還以為你會以我所決定的生命使用方法為最優先。」

「……是嗎？的確可以這麼認為……太奇怪了，我怎麼會犯這種錯誤。」

桐子陷入了沉思，他的眼瞼顫抖著。

之前曾經不止一次和桐子討論病人的事，桐子的意見向來都很明確，音山第一次看到他像現在這樣猶豫。桐子也對這樣的自己感到不知所措。

「不管病人本身怎麼想，周圍的人……還是會把生命的價值放在『長度』這件事上。不，照理說，我早就知道這種事，為什麼現在……」

桐子自言自語著，音山對漸漸走向自己世界的桐子說：

「桐子，對不起，我挑你的語病，讓你傷腦筋了。」

「喔，不……」

「我知道你在為我擔心，我想，再好好想一想，應該就可以做出結論，所以給我一點時間。」

「好，我知道了……」

桐子站了起來，然後一臉擔心地低頭看著音山說：「多保重。」

十二月二十一日

會議室內正在討論音山的治療方針。

「聽說病人希望暫緩動手術。」

內科醫生藤川聲音沙啞地問，福原點了點頭。

「對，沒錯。」

「他打算只接受放射線療法嗎？」

「不，會動手術，放射線是手術前的措施。藉由放射線讓癌症縮小，再把剩下的癌症切除。還要進行一個星期的放射線治療，結束之後就會動手術。」

「但病人目前還沒有下定決心要動手術，如果接下來的一週之內沒有做出決定，你有什麼打算？」

「即使這樣，也要動手術。即使用繩子套住他的脖子，也會把他丟進手術室。」

福原斷言道，會議室內議論紛紛。有人問道：

「所以要無視音山的意見嗎？」

「喔，對不起，我不是這個意思。」

福原慌忙解釋。

「我剛才沒有說清楚，我的意思是，無論如何都會說服他。我和音山醫生是大學同學，我們的交情很好，我有絕對的自信會讓他在同意書上蓋章，所以完全沒有考慮到不動手術的可能性。」

「……福原，我相信不需要我提醒你也知道，音山在住院之後，就是本院的病人。必須拋開私情，把他當作病人。」

「對，我知道。」

福原面對醫院的資深醫生，而且很有威嚴的藤川，畢恭畢敬地回答。

我才不管這種事。他在心裡嘀咕道。

音山那傢伙，現在哪是說什麼不想讓阿嬤擔心的時候。到了緊要關頭，要不惜一切代價讓他簽同意書。沒錯，絕對要動手術。

「接下來是下一名病人……」

會診繼續進行。福原坐下後，揉了揉眉間。他雙眼通紅，最近每天晚上都利用睡眠時間研究手術和進行想像訓練。只要一閉上眼睛，眼前就會浮現手術方式。不知道音山的咽喉長什麼樣子，用哪一種方式動手術，才能最節省時間。

他一想再想，徹底思考如何讓出血量減少一滴，如何讓手術時間縮短一秒的方法。

音山，我不會讓你死。

十二月二十六日

「對啊，今年快結束了。嗯……嗯。」

音山在單人病房內打電話。

「是啊，嗯，我這裡沒問題。這個季節最常見的疾病就是腦中風。只要天氣一冷，這種病人就會增加。我嗎？我很好啊，阿嬤，妳也要多保重。嗯。」

他每說幾句話，就拿起寶特瓶，用礦泉水滋潤口腔。

「是嗎？聲音有點不一樣嗎？嗯，可能有點感冒了。我會小心，嗯，那我改天再打電話給妳。」

音山放下手機，衝進了單人病房內的廁所。嘔吐了幾次後，用衛生紙擦拭了嘴唇。嘴巴內極度乾燥，好像快黏住了。

他打開水龍頭，用手掌汲了水漱口，讓水分濕潤黏膜。

即使像這樣隨時補充，只要過一陣子，又會馬上變乾。

目前無法分泌唾液，完全無法分泌。

應該是連日接受放射線療法的副作用。

他看著鏡子，有點憔悴的臉看起來很悲慘。

他忍不住笑了起來。

沒想到自己會得癌症。這簡直就像在開玩笑，但這是現實。以前不知道竟然這麼痛苦，這麼不舒服，這麼不安。簡直太不真實了，不久之前，自己還穿著白袍，在這家醫院內跑來跑去。

一切都超乎了想像。

原本還以為自己能夠瞭解病人的心情，但現在才發現，根本連一成都無法瞭解。健康的狀態和生病的狀態有著天壤之別。

也許是因為這個原因，熟識的朋友表現的態度也和以前不一樣。

之前一直覺得福原充滿活力，是很可靠的醫生，但最近似乎有點焦慮。他積極推動治療計畫，照理說應該感謝他……但音山總覺得整天被他催促，所以感到很不安。

桐子也一樣。他向來巧舌如簧，直言不諱，如今卻在音山面前失去了冷靜，說話吞吞吐吐，遭到反駁後甚至陷入了混亂。

在自己成為病人後，第一次看到這兩位朋友的這一面，讓音山有一種奇妙的感慨。這到底代表了什麼意義？他在思考這個問題時，時間慢慢流逝。

他回到病床上，桌上放著午餐，但他一點都不想吃。他沒有食慾，而且無論吃什麼，都會很快吐出來。

他看向月曆。今天已經二十六日了。真的是年底了。

福原要求音山在二十八日之前簽好手術同意書。他說已經安排好手術室，無論如何都要動手術。他還撂下狠話，如果音山不簽，他會不擇手段逼迫音山簽。

沒有時間了。必須趕快告訴阿嬤自己得了癌症。

……但是，今天也沒辦法說出口。

他曾經有好幾次想要開口。

但是，當打了電話，聽到阿嬤在電話中興奮地問：「喔！是晴夫嗎？」他就什麼都說不出口，然後騙阿嬤說，自己沒有生病，一切都很好。

他很清楚，自己只是在拖延不願面對的事。

他並沒有做好不動手術，讓癌細胞侵蝕全身，在劇痛中死去的心理準備。

但也沒有做好讓阿嬤瞭解現實的準備……

音山看著桌上的餐具，打開陶鍋的蓋子，裡面是牛肉燉蔬菜。馬鈴薯、高麗菜、胡蘿蔔、洋蔥、綠花椰菜、香腸……五彩繽紛的食材發出光澤，燉得很入味，但音山聞到這股味道只想吐。

不想吃。他又把蓋子蓋了回去。

但是，不能什麼都不吃，否則會有生命危險。音山巡視四周，從冷凍庫裡拿出冰淇淋。那是桐子之前來探視他時帶來的冰淇淋。自己應該有胃口吃冰淇淋。

拿著冰淇淋的手感覺到冰冷。打開蓋子，聞到了甜甜的香氣。雪白的冰淇淋表面有幾個地方結了霜，他用湯匙一插，立刻插進了柔軟的冰淇淋。

他舀了一口送進嘴裡。

是油。簡直就像在吃冰過的油……

他忍不住確認包裝。沒錯，那是他最愛品牌中最愛的口味，以前不知道吃過多少。我的舌頭出了問題。

無論吃什麼都這樣，都覺得味道很奇怪，而且只要一吞，喉嚨就一陣疼痛。沒想到當吃飯變成一種痛苦，人生就會變得這麼無趣。

桐子自從上次來過之後，就沒有再現身。

「桐子醫生，我把最近想要找你面談的病人名單列出來了。」

神宮寺在第二辦公室內對桐子說。

「沒想到很多人都聽說了你的傳聞，所以很多人都想和死神討論一下。要我安排面談室嗎？」

室內響起把一疊紙敲整齊的聲音。

「嗯，好啊。」

桐子背對著神宮寺，看著筆電。神宮寺突然想到一件事。

「對了，桐子醫生，聽說音山醫生得了進行癌。」

「嗯。」

「你不去探視他嗎？」

「我去看過他的情況，這樣就足夠了。如果去探視他，就可以阻止癌症惡化，大家就不必這麼累了。聽說他目前在接受放射線治療，所以最好別去打擾他。」

神宮寺吐了一口氣。

「桐子醫生，如果音山醫生得了不治之症，以病人的身分要求面談，你會像平時一樣接受面談嗎？」

「當然會啊，他就只是一個病人。」

桐子說話的語氣和平時沒什麼兩樣，所以神宮寺決定繼續追問。

「我只是假設，假設音山醫生並不想做不必要的治療，繼續和疾病奮鬥，你會建議他中止治療嗎？死神有辦法殺死自己的朋友嗎？」

「沒問題啊。」

桐子的回答很乾脆。

但是，神宮寺並不感到驚訝，因為她早就預感到，桐子應該可以。所以她調侃說：

「桐子醫生，你真冷血。」

「有嗎？但這很理所當然啊，至今為止，我身為一個醫生，一直在做自己認為正確的事，如果遇到音山就轉彎，不是很不專業嗎？」

「當然，也許是這樣。」

「就是這樣啊，否則就太對不起之前那些病人，對不起之前那些找我面談的病人。神宮寺，給我白開水。」
「我馬上來煮。」
神宮寺用水壺裝了水，打開了燒水的開關。
「桐子醫生，你之前面談了很多病人。」
「是啊。」
「其中有幾個人中斷治療，然後就死了。」
「是啊。」
「你會不會感到後悔？會不會感到悲傷？或是其實並不希望他們死去。」
水壺嘴開始吐出蒸氣。水產生了對流，發出了沸騰的聲音。
「不會。」
桐子的回答還是很乾脆，但神宮寺發現他在回答之前停頓了一下。
「真的嗎？」
「當然是真的啊。」
桐子吐了一口氣，拿起杯子。這是他使用多年的杯子。
「病人自己做出了決定，要離開這個世界，如果我感到悲傷或後悔……不是很對不起病人嗎？我沒有權利這麼想。沒錯，我不能有這種想法。請妳幫我倒水。」
桐子遞上杯子，神宮寺拿起水已經煮沸的水壺，然後忍不住瞪大了眼睛。

桐子仍然很鎮定。他面無表情，從容不迫，從他的雙眼中無法解讀到任何感情……

但是，杯子在顫抖。桐子握著杯子的手指無力地搖晃著。

「桐子醫生……」

聽到神宮寺的叫聲，桐子才終於發現。他慌忙把杯子放在桌上。

「……倒在這裡。」

即使他放下了杯子，即使他按住了手腕，手仍然無法停止顫抖。不知道是否因為光線的關係，他的臉看起來有點蒼白。

「桐子醫生，你有沒有太勉強自己？」

神宮寺問。

「……我沒有。」

桐子搖頭否認。

「死神怎麼可能看到死亡發抖……不是嗎？」

神宮寺發現桐子看起來格外脆弱，所以沒有再說什麼。

十二月二十七日

「嗨，主治醫生親自來看你了。」

「喔……福原。」

音山抬頭看著走進病房的福原，因為喉嚨會痛，所以養成了慢慢抬頭的習慣。

「你看起來比之前憔悴，目前在照放射線，這也沒辦法。止吐藥的劑量夠嗎？」

「最好可以再加一些。」

「好。」

「福原，你的黑眼圈也很嚴重，沒問題吧？」

「嗯，老實說，我超想睡。」

福原張著嘴，打了一個呵欠。

「喂喂，你在病人面前是什麼態度？」

音山苦笑著說。

「你在說什麼啊，我是為了你的手術，每天都研究到深夜。」

音山聽了，立刻垂下眼睛。

「是嗎？對不起。」

「並不是你的錯，而是癌症的錯。你下定決心要接受手術了嗎？」

福原從資料夾裡拿出手術同意書，在音山面前甩了甩。

「……我還沒有告訴阿嬤。」

「我說你啊，到底有完沒完！」

福原毫不掩飾內心的怒氣。

「你說給你一點時間，所以我就等你。現在已經等不及了，時限已經過了。」

「但是……」

音山仍然拿不定主意，福原追問道：

「你打算拖拖拉拉到什麼時候？要等到癌細胞增生，穿破喉嚨，長到外面來嗎？還是要等到癌性疼痛那種地獄般的疼痛讓你滿地打滾？你現在已經很不舒服了吧？吃東西好像在嚼蠟，整天想要嘔吐，聲音沙啞，沒辦法吞嚥。你聽好了，不光是這樣而已，癌症會侵蝕、穿破你的喉嚨，你吃下去的東西會在身體內溢出來。你可以想像體內嘔吐有多痛苦嗎？」

音山摸著自己的喉嚨，忍不住發抖。

「……癌症真的是很可怕的疾病。」

「是啊，你又不是今天才知道。你聽好了，絕對要做手術。你別想逃避，即使沒辦法說話，只要寫信給你阿嬤就好，也可以在康復之後去見她。我完全搞不懂你為什麼要對打電話這件事這麼執著。」

福原氣急敗壞地說。

雖然音山知道福原認為自己是朋友，所以才會說得這麼直截了當，但仍然覺得他很傲慢。然而，他用堅定的語氣說的這番話，也消除了自己內心的不安。只要聽他的話，就可以治好自己的病。福原的聲音能夠為病人帶來信心。

「……看來這才是正確的想法。」

「當然啊，活下來是一切的根源。」

「福原，你每次都這麼肯定。」

「什麼？」

「你向來都覺得自己很正確……你知道嗎？其實我原本並不想和楠瀨教授親近。」

「喂，音山，你在說什麼？」

「我是說大學時的事。因為和特定的教授走得太近，不是很容易發展成師徒關係或是衍生派系之類的問題嗎？考慮到自己的將來，我不希望別人這麼看我。而且如果要加入派系，我希望可以加入像二階堂教授那樣更有實力的教授的派系。」

福原露出訝異的表情，但還是聽音山繼續說下去。

「但是，你說……有一個很有趣的老頭，說一定要去見他……即使我拒絕，你也充耳不聞，說什麼不必在意派系的問題這種事，所以我就很不甘願地跟你一起去了。」

「……但他真的是很有趣的老頭，對不對？」

音山點了點頭。

「對……比我想像中更有趣，也從他那裡學到了很多事。」

「所以我當初並沒有說錯吧？」

「是啊，事實證明你很正確。」

福原心滿意足地笑了笑，用不容音山辯駁的語氣說：

「所以你會簽同意書。」

音山仍然在猶豫，他腦海中閃過阿嬤的臉。

但是，當他閉上眼睛，點了點頭。

「……嗯，麻煩你為我動手術。」

「好！交給我吧。」

福原露出潔白的牙齒笑了起來，拿起音山的手，然後用力握緊。他的手很熱。

音山再度打量著福原。

福原的自信和勇氣，普通人無法做到，他在背後不知道付出了多少努力。正因為自己目前同時站在醫生和病人的立場，所以才會這麼想。福原是很強悍的醫生。

「你不要露出這種沮喪的表情，你要趕快好起來，凱旋回去找你阿嬤。」

福原露出燦爛的笑容，音山也對他露出無力的微笑。

福原把手術同意書放進資料夾，得意洋洋地回到辦公室，放射師對他說：

「福原醫生，報告出來了。」

「什麼報告？」

「音山醫生在上午做的核磁共振報告。」

「喔，今天做了核磁共振嗎？早知道我應該先看報告再去找他。」

「因為想要確認放射線治療的結果，所以做了檢查……我發現好像有點問題。」

「問題？讓我看一下。」

放射師在螢幕上顯示了核磁共振攝影的影像，福原看了，立刻說不出話。

「……怎麼會？」

右側肺部中央偏上側的位置出現了白色影子。放射師點了點頭。

「這個影子應該……」

「應該是遠隔轉移。但是怎麼可能呢？不會吧？上次的情況呢？」

「就是這張。」

放射師把兩張影像放在一起後向福原說明：

「就是這個部位，上次沒有發現，但仔細觀察，可以說有隱約的影子……所以為了安全起見，這次做了詳細調查，發現了這樣的結果。上次可能已經發生了轉移。」

福原的手頓時變得無力，資料夾掉在地上，發出很大的聲音。

「福原醫生，在目前的情況下，手術……」

放射師的聲音越來越遙遠。福原閉上了眼睛。

一旦發生了遠隔轉移，就無法再動手術。既然已經轉移到肺部，代表同時轉移到其他部分的可能性相當高。無法切除轉移的所有癌細胞，即使有辦法做到，音山也沒有足夠的體力。手術是在身上動刀，會對身體造成很大的傷害。如果勉強動手術，音山還沒因為癌症送命，就會被手術害死。

不行。無論再怎麼研究手術方法，這種情況下……

他睜開眼睛。

「已經為時太晚了……只能考慮安寧療護……」

福原聽了放射師的話，怒目圓睜，可以聽到他咬牙切齒的聲音。

的確無法再動手術。

接下來只能使用抗癌劑和放射線治療，這些治療方法無法消滅癌細胞，而且副作用會摧毀、折磨音山的身體……也只能稍微縮小癌症。除非發生奇蹟。

要相信微乎其微的可能性，然後把毒素打進音山的身體嗎？

「我不會放棄。」

自己能夠承受那種可怕的結果嗎？

「……我不會放棄！不會放棄！」

一定要承受。一定可以承受。

福原大聲說道，似乎要擺脫內心的不安。他瞥了一眼核磁共振的影像，要重新建立治療方針。我不會放棄。怎麼可能放棄？

如果我屈服了，誰來救音山？

十二月二十八日

「桐子醫生，你有沒有太勉強自己？」

桐子想起神宮寺之前說的話，忍不住停下了手。

他用手遮住了臉，閉上眼睛深呼吸。

手很冰冷，而且微微顫抖。以前從來不曾發生過這種事。

他將視線移回病歷。那是申請面談的病人的病歷。病情是……末期癌症。桐子的眼瞼痙攣，連續抽搐了好幾次。

音山的身影和病歷重疊，桐子仰望著第二辦公室的天花板。

太奇怪了。我最近太奇怪了……

起初只是有點不對勁。那是去探視音山時產生的微小齟齬，沒想到越來越大，如今幾乎要撕裂自己的思考，所以病歷的內容完全無法進入腦袋。

即使面對音山也無所謂。

病人就是病人，和之前所做的沒什麼不同。

桐子的理智這麼告訴他。他也對自己所做的事充滿自信，但盤踞在桐子的內心深處的某些情感，讓他的確毫無理由地想要拒絕。這些情感原本就在內心深處，被沉澱的東西遮住了，所以無法看見，如今卻突然浮出表面，表達出自己的主張。

就像吵鬧的孩子般嚷嚷著不希望音山死去。

桐子無所適從，看著自己的手。

然後嘆了一口氣。

事情很簡單……那就是自己還不夠成熟。

一直以來，都以為自己把死亡攤在病人面前，持續奮戰。也對自己充滿自信，認為無論面對怎樣的不治之症，無論目睹多麼悲慘的狀況，自己都能夠不為所動。他希望自己能夠成為這樣的醫生，也以為自己已經成為這樣的醫生。

即使遭到他人的批評，甚至有時候激怒病人家屬，他都不以為意。因為他相信自己所做的事完全正確。

然而，實際又是如何呢？只是因為朋友罹患了癌症，就失去了平常心。原來自己是既軟弱，又脆弱的人。

如今，自己的心裂成了兩半，無法收拾。

而且，自己並不夠靈巧，無法區分使用兩個相反的自己。除非兩者整合，否則無法繼續前進，站在原地無法做任何事。

他突然想到福原。

即使病人是音山，福原看起來完全沒有任何改變，仍然活力充沛，仍然充滿了想要拯救病人的強烈意志。

桐子自虐地笑了笑。

事到如今，自己甚至沒有權利批評福原。缺乏一貫性的醫生到底有什麼價值可言？

桐子低吟著抱住了頭，指甲掐進了頭皮。

「桐子醫生，你在為什麼事沮喪？」

背後傳來神宮寺的聲音。

「神宮寺，原來妳在這裡。」

「我一直都在啊，你怎麼了？好像心不在焉。」

「……有一點。因為有點煩惱，無法專心工作。」

神宮寺挑起單側眉毛，一副輕蔑的態度低頭看著桐子。

「怎麼可以這麼怯弱？醫院是戰場，不需要無法上戰場的人。」

神宮寺拿起一張紙，和筆一起遞到桐子面前。

「病人在等你，如果你不想上前線，要不要寫辭呈？」

音山茫然地注視著福原走出病房的背影。

他覺得時間的流動很緩慢。

福原走出病房，門關了起來，室內完全安靜下來後，他仍然無法移動視線。

原來已經轉移，無法動手術……

福原告訴音山病情時，臉上充滿了懊惱的表情，但是，他內心的火並沒有熄滅，一次又一次堅定地對音山說，一定會用其他方法解決，一定會救你一命，請你相信我。

雖然福原滿腔熱忱，但音山的心有一種懸在半空的感覺。

他並沒有受到太大的打擊，甚至因為一直為該不該動手術這件事煩惱的關係，反而覺得問題解決了。

但是，當病房內只剩下他一個人，從窗戶照進來的陽光漸漸變成紅色，黑暗從四周慢慢爬過來時，他發自內心深深嘆了一口氣。

結束了。

我的人生要結束了。

他看著天花板，毫無意義地看著天花板上一個個隱約的污漬和圖案。

結束的時候真乾脆，簡直太不真實了。

未完成的工作，以及不久之前治療的病人都不再重要。

當我的人生在這個世界結束，我會去哪裡？最後的瞬間會痛苦嗎？腦海中不斷浮現各種胡思亂想。早知道應該早點結婚。不，既然這麼年輕就死了，也許該慶幸還沒有結婚，但至少希望等阿嬤死後再離開。雖然要看阿嬤的身體狀況，但這件事應該不是太大的問題。只要使用抗癌劑，應該可以撐一年。

奇怪的是，他並沒有感到後悔，難道是因為沒有家人的關係？

他也沒有感到太害怕，連他自己都對這份鎮定感到意外。

他沒有開燈，在昏暗的病房內想了很久，突然恍然大悟。

啊，我知道了。

那是因為之前看過麻理惠的死。因為曾經見識過她瀟灑地走向死亡，所以我才沒有慌亂緊張。我在那時候，已經為自己的死做好了心理準備。

他的眼前浮現麻理惠的身影。她因為漸凍症陷入麻痺，在痛苦中死去，但她在臨終對我露出了笑容，然後……

音山咬緊牙關，臉部肌肉抽搐。他睜開眼睛，目不轉睛地注視黑暗。

他覺得體內的血液突然開始流動，身體再次有了感覺。骨瘦如柴的身體躺在病床上，口腔炎陣陣發痛，胸口深處很沉重，喉嚨疼痛。

麻理惠用她的生命讓我瞭解到，該如何當一個醫生。沒錯，所以我才打算和桐子一起成立診療諮商科。那裡應該有我想要尋找的答案。我還沒有完成任務！還沒有成為真正的醫生！

音山想起了福原和桐子。

開什麼玩笑。好不容易終於可以和他們並肩作戰，好不容易找到了屬於自己的奮戰方法，卻在這種時候，只有自己陣亡……

音山想到他們滿腔的才華，以及他們的不足之處，呼吸急促起來。

必須三個人一起合作才行。

我一個人無法完成，福原和桐子也都無法單獨完成。我們相遇相識，不時發生衝突，但至今仍然在一起，絕對不是因為孽緣。我可以看到我們三個人齊心協力，相互彌補彼此不足的部分，成為醫生這個遙遠無盡、潔白神聖的角色的景象……

我們就是為此相遇。

音山用力咬緊牙關。

他感到恐懼。死亡的恐懼從黑暗中湧現，湧進音山的內心。

如今，三個人的關係出現了裂痕，在不久的將來，應該會破裂。在我死後，福原會把桐子趕出醫院，兩個人無法再重拾友情。

剩下的時間不多了。

音山抱著自己骨瘦如柴的身體，流著冷汗，用力喘息著，但仍然睜大眼睛……靜靜地思考。

走向病房的雙腿沉重。

老實說，桐子很不想去，他不時鼓勵想要走回第二辦公室的自己，才能繼續在走廊上前進。因為他還沒有整理好自己的思緒，也不想和病人面談，所以根本不想去見音山。

但是，臥病在床的音山說要見他。

自己不能不見。

走到病房前，覺得病房的門就像是巨大牢獄的入口。

盡可能趕快結束，趕快離開。目前自己需要時間思考。桐子猶豫了好幾次，最後吞著口水，敲了敲門。

「請進。」一聽到病房內的聲音後，他走進病房。

「……嗨。」

「桐子，好久不見。」

音山的氣色很差，顯得極度憔悴，聲音也比以前沙啞，顯然是因為癌症惡化，不斷侵蝕他的聲帶。他可能無法正常飲食，所以正在打點滴。

「你今天又寫了面會證嗎？」

「是啊。」

其實只是想要拖延時間，延緩來這裡的時間，但桐子並沒有說出口。

「不好意思，你在忙，還把你找來這裡。」

「不，沒關係。呃……」

桐子說不出話，看著窗外。太陽下山後開始下起的冰雨嘩嘩地打在窗戶玻璃上，順著玻璃流了下去。

「因為……很久沒來了，所以也正想來看你。」

「那真是太感謝了，我也正想見『死神』。」

音山坐了起來，他的動作看起來很無力。

「……死神喔……」

桐子小聲重複道。音山雖然是在開玩笑，但現在的自己聽到這個綽號都會內心起伏。真是個奇怪的綽號。到底是誰取的？自己這麼脆弱，離死神實在差太遠了。

「桐子，你怎麼了？」

「不，沒事。」

桐子慌忙掩飾，然後拉開病床旁的椅子，靜靜地坐了下來。

「你找我有什麼事嗎？」

桐子盡可能平靜地問，音山點了點頭後開了口。

「我有一件事想要拜託你。」

「拜託？」

「對，我要拜託你這個死神。」

「你說什麼……？」

桐子身體抖了一下，有一種不祥的預感。寒意貫穿了他的背脊。

音山不知所措地笑了笑，然後注視著桐子說：

「不瞞你說，我已經病入膏肓了。」

桐子瞪大了眼睛。

「所以想和你討論要怎麼死。」

桐子覺得腳下的地面逐漸崩潰。

「你說遠隔轉移……？」

「對，福原昨天告訴了我最新情況，說已經無法動手術，接下來要採取使用抗癌劑和放射線讓癌症變小的治療方法。」

「這、這樣啊……」

握緊的拳頭在顫抖。

「不知道還可以活多久。福原雖然沒說，但我自我診斷差不多還有一年的時間。」

音山的聲音好像從水中傳來，產生了回音。

病入膏肓？音山？既然已經遠隔轉移到其他器官，不就是末期癌了嗎？音山罹患了末期癌……？

「唉，我好不容易下定決心要動手術，竟然是這樣的結果。」

音山快死了。音山會離開人世。

「桐子，我……其實並不害怕。不對，這句話可能有語病。我當然不想死，還有很多放不下的事。」

故作平靜的桐子內心，另一個桐子倒吸了一口氣。

音山，你在說什麼鬼話！

也許你已經做好了心理準備，但我並沒有心理準備。

不，我才不想做好失去你的心理準備。你不要自己做好了心理準備，然後就拋下我一走了之。

「我放不下的其中一件事，就是我的阿嬤。不瞞你說，我還沒有告訴阿嬤，我得了癌症。她以為我還在東京健健康康地工作。現在……變成這種狀況，我絕對沒辦法告訴她。我不想告訴她，我得了癌症，也不想告訴她，我活不了多久了。桐子，你應該能夠瞭解吧？」

桐子聽到音山的問話，不置可否地點了點頭。他的思考跟不上節奏。

「我希望可以比阿嬤活得久，希望可以像之前一樣打電話給她，讓她聽到我的聲音，讓阿嬤在離開人世之前，完全沒有絲毫的懷疑。這並不是那麼不現實的事，我聽阿嬤的主治醫生說，阿嬤的身體可能只能撐一個月左右。」

音山繼續說著。

「這件事，我沒辦法拜託福原，他仍然想為我治好，所以正在調查使用抗癌劑和放射線的最新病例。我很感謝他，但是我認為希望很渺茫，我不希望多活一兩年，卻要承受副作用的痛苦。因為到頭來，這只是延長痛苦而已。」

另一個桐子害怕得拚命掙扎。

音山，別說這種話。

「桐子，希望你聽聽我任性的要求。我希望活到不會讓我阿嬤懷疑就好，等到……等到阿嬤滿足地離開人世……」

不要說。不要再繼續說下去。

「我就想死，我希望沒有痛苦地離開。」

桐子內心的掙扎變成一滴淚水，從桐子瞪大的眼中流了下來。這是另一個桐子流下的眼淚，他用袖子偷偷擦去了眼淚。

音山呼吸急促，用沙啞的聲音繼續說著。

「這就是我想要的死。死神，你願意聽我的願望嗎？」

不要。

不要不要不要。

不要……

另一個桐子情緒失控，抱著頭，坐在地上掙扎。

桐子努力平靜自己的心情。他咬緊牙關，不停告訴自己要鎮定。

原本低著頭的音山終於發現桐子有點不太對勁，倒吸了一口氣，然後皺著眉頭說：

「桐子……對不起，我拜託你這種事，一定讓你很為難。」

桐子閉著眼睛，隔了很久之後開了口。

「音山，我做不到。」

「桐子……」

「我老實告訴你，自從你得了癌症之後，我一直不太對勁，心情無法平靜下來。即使在面談時，也會忍不住產生猶豫。我自己也感到很困惑，也知道這樣有問題，但是很可惜，我找不到解決的方法。」

音山瞪大了眼睛。

「我無法擺脫不希望你死的想法。在這種狀態下，無法以死神的身分和你討論這件事，不是嗎？」

桐子淡淡地說著，然後鞠了一躬說：

「我很想幫你，但因為這種情況，我幫不了你。真的很對不起。」

音山茫然地張著嘴，說不出話。

「你這個傢伙一臉嚴肅，我還以為你要說什麼呢……」

說到這裡，似乎終於忍不住用沙啞的聲音大笑起來。

「音山？」

桐子偏著頭納悶。

「沒關係，桐子。真的沒關係，不，這很正常啊，當然不想看到別人去死。如果經常在一起的朋友得了癌症，心情不會起伏才奇怪。」

音山抱著肚子，邊咳邊笑。因為笑得太激動了，所以眼角滲著淚水。

「我知道了，知道了，我之前一直以為你是個沒血沒淚的人……一直覺得你冷酷無情，以為在你眼中，人和螻蟻沒什麼兩樣。原來剛好相反。」

「什麼意思？我完全聽不懂。」

「桐子，你比任何人更有愛，對不對？」

音山一臉困惑的表情笑著說：

「正因為這樣，所以你才會有這種想法。因為你太重視生命，所以無法草率對待。你很認真地考慮病人走向死亡這件事……甚至想出了別人無法想到的選項。沒錯，你根本不是死神。」

音山覺得很滑稽地笑了起來，桐子茫然地看著他，完全搞不懂自己只是道歉，為什麼他笑得這麼開心。

「你果然是醫生。」音山終於停止發笑，面帶微笑對桐子說：「而且是我很重要的朋友。」

「音山……」

「桐子，這樣很好，無法成為具有鋼鐵般意志的死神也沒關係，你陷入煩惱也沒關係，正因為你不希望我死，所以我才選擇了你，所以我才請你幫我診治。」

「那可不行。」

桐子伸出雙手拒絕。

「喂，你剛才不是準備點頭嗎？為什麼？」

「陷入煩惱的醫生不算是醫生，只會讓病人感到不安。這種醫生太不專業，與其在別人面前露出這種醜態，我還不如辭去醫生。」

「桐子，那是因為你試圖一個人完成。」

「什麼？」

「我知道你總是關心病人，但也因為這個原因，所以看不到周圍的情況。你知道七十字醫院有多少工作人員嗎？你應該不知道吧，因為你之前說，即使一個人在第二辦公室，也可以做相同的工作。」

「難道不是嗎？」

「當然不是。這家醫院內有比你手術更高明的老同學，也有比你更擅長交涉的醫生，並不是只有你一個人。」

「……」

桐子看著音山的眼睛。音山的每一句話都飄然落在他的內心，漸漸累積。他無法完全消化每一句話，但他知道朋友在充分肯定自己。

音山是在這個基礎上拜託他。

拜託他把自己帶上死路。

「桐子，我再拜託你一次，你願意……接受我任性的要求嗎？」

音山臉上的微笑很平靜。

桐子感到不悅，甚至有點生氣。你明明快死了，為什麼喋喋不休地肯定我？我想聽的並不是這些話，而是想聽到你的疾病可以治好。

桐子甚至很想一拳打向音山露出無憂無慮笑容的臉。

王八蛋。

桐子無法順利掩飾內心的憤怒，咬牙切齒地說：

「這是我這個朋友能夠為你做的事嗎？」

音山愣了一下，隨即緩緩點頭。

「……沒錯，桐子，就是你。因為是你，所以我才會拜託你。」

「這真的是你想要的，對不對？音山，你想這麼做，對不對？」

「……對。」

桐子聽了，忍不住低下了頭。

時間慢慢流逝，兩個人靜靜地呼吸，只聽到雨聲，似乎可以清楚聽到雨落在泥土上，雨水被泥土靜靜吸收的聲音。

「好。」

即使內心還在迷惘，即使還無法下定決心。

既然病人提出這樣的要求，就必須完成病人的心願。

因為我是醫生。

當桐子抬起頭，臉上恢復了一如往常的面無表情。

死神的臉上留下了一道淚痕。

十二月二十九日

「這是什麼！」

福原怒氣沖沖的聲音響徹病房。

「音山，你在想什麼！」

福原漲紅了臉，把音山剛才交給他的紙重重地丟在桌上。那疊紙的封面上寫著「治療計畫案」幾個字。

音山用帶著好像吹哨子般喘息聲的沙啞聲音說：

「就是上面所寫的內容，我希望今後的治療方針，可以按照這個計畫進行。」

「音山，這份治療計畫不是你寫的吧？」

「我提出基本構想，由我一位信任的朋友協助完成。」

「你別裝糊塗，是不是桐子！我再三叮嚀他，不要干涉你的治療方針，沒想到他竟然寫出這麼荒唐的方案。」

福原用力抓起計畫案的兩端，從中間撕成了兩半。

「我絕對不會同意這種東西。音山，你明天就要開始接受抗癌劑的治療，也要同時做放射線治療，再藉由靜脈注射爾必得舒，這是縮小癌症的唯一方法。」

「……福原，你打算無視病人的意志嗎？」

「什麼？」

福原看向身後，桐子站在走廊上，用冷漠的眼神看著他。

「你說得對，這是我和音山一起構思的方案。」

「……的確很像你寫的方案。」

福原說話時臉頰肌肉抽搐著，桐子淡淡地說：

「音山想要持續打電話給他阿嬤，但他的聲音因為癌症的關係越來越沙啞，而且比之前更小聲、更尖了，這樣下去，他阿嬤就會察覺有問題。」

「所以？所以才設計出這種治療計畫嗎？」

福原把撕破的治療計畫案遞到桐子面前，桐子點了點頭。

「是啊，要動手術，把喉嚨切開，切除癌症。」

「你有沒有看病歷，已經轉移到肺部和淋巴了，手術根本沒有意義，還是說，你有什麼妙案可以不消耗他的體力，徹底切除癌症？」

「肺部和淋巴維持原狀……盡可能將切除的癌症部分控制在最小範圍，只是透過手術切除壓迫聲帶和氣管的部分。」

「把切除控制在最小範圍？簡直是亂來。如果不完全切除癌症，癌細胞很快就會增生，變成原狀。『癌症一定要大範圍切除』是基本，你計畫的手術在醫學上沒有任何意義，只是消耗他的體力，沒有前進半步！這和用刀子亂砍別人沒什麼兩樣。」

「但是，他的聲音可以恢復原狀。」

「聲音的確可以恢復原狀，但只能維持短暫的時間，就只是這樣而已！癌症很快就會成長，回到手術前的狀態。不光是這樣，因為動了手術，也會影響他的體力，無法接受抗癌劑的治療，等於加速他的死期。」

「我知道。」

福原露出難以置信的眼神看著桐子。

「……難道你覺得聲音比生命更重要嗎？」

「病人的人生在目前的狀態下，無法接受自己失去聲音，甚至不惜為此付出生命的代價。」

桐子毅然地看著福原說。

福原看向音山，音山默默點頭。

福原再度轉頭看向桐子，用顫抖的聲音說：

「……桐子，你所做的事根本是殺人，你簡直就是在慫恿音山，想要殺了他。」

「總比只是無意義地拖延時間好。」

「你有資格說這種話嗎？我要做的治療，是有意義地拖延時間！是為了創造奇蹟，我並沒有放棄治好音山，但你所提議的拖延時間，是以死為前提。」

「福原，在必定到來的死亡面前，所有的醫療都是在拖延時間。既然這樣，還不如完成病人的心願。」

福原難以忍受地用拳頭打向牆壁。

整個病房都震動起來，剛好經過的護理師察覺到異樣的氣氛，忍不住掩著嘴，停下了腳步。

「……剛才的紙上寫著，手術由我執刀？」

福原怒髮衝冠，齜牙咧嘴地問。桐子點了點頭。

「這個手術難度很高，我認為只有你具備這樣的技術。你也是音山的主治醫生，所以應該沒有問題。」

「你把我當傻瓜嗎？你以為我會配合這種手術嗎？」

福原瞪著桐子，桐子陷入了沉默。音山在福原身後說：

「不是啦，福原……是我說希望你為我動手術。」

「音山，你……？」

「我請桐子幫我擬了這個計畫，我希望同時借助你的力量。桐子最擅長傾聽病人的意見研擬計畫，但你的手術能力比任何人都出色。我想要做的事，光靠桐子或是你都無法完成，所以我希望你們兩個人能夠齊心協力。我們不是朋友嗎？我知道你有很多意見，但這一次可不可以接受我任性的要求？」

音山用有點誇張的語氣說。

「……對我來說，如果音山希望這麼做，我會成全他。」

桐子在一旁插嘴，福原沒有看桐子一眼，他眨了眨眼睛，長長的睫毛動了幾下。

「音山……這樣真的好嗎？你知道我為了你，做了多少準備嗎？我原本計畫了手術，之後只能放棄，在我選擇使用爾必得舒這種抗癌劑之前……你知道我花了多少工夫嗎？我可不是為了要你感謝我，我是希望你相信我。」

福原的聲音在發抖。

「……我知道……」

「你根本不知道！你在懷疑我想救你一命的意志嗎！我絕對不會中途放棄，我做好了要為你付出一切的心理準備，沒想到你竟然自己選擇去死。」

「我並沒有懷疑……我相信你，也很感謝你，但是……」

「但是什麼？」

「但是……我的願望並非『只是活著』。」

福原閉上眼睛，一臉痛苦地低下了頭。

他緊握的拳頭上浮著血管，微微顫抖著。

不一會兒，福原對著音山立正站好，一臉嚴肅地緩緩鞠了一躬。

「……音山，拜託你，讓我用抗癌劑和放射線治療……」

雖然他的聲音很平靜，但反而讓人感到毛骨悚然。音山知道，這是福原賭上一切的最後請求。

福原高大的身體深深鞠躬，頭低到和音山視線相同的高度。

福原維持這個姿勢，咬牙切齒地懇求說：

「我想要救你……拜託了。」

「福原……」

音山用沙啞的聲音說：

「你……要我受苦嗎？」

「……」

「你應該知道，抗癌劑和放射線會帶來多大的副作用，全身都會受到傷害……即使這樣，你仍然要我相信奇蹟嗎？這真的是為我好嗎？不是……你自私的想法嗎？」

福原仍然鞠躬低著頭，所以看不到他臉上的表情。

「如果我承受了地獄般的痛苦……仍然無法等到奇蹟，你要怎麼辦？你能為我做什麼？」

音山痛苦地喘著氣說。也許是因為體力的關係，也許是因為對朋友說重話帶來的痛苦所致。

福原抬起頭，看著音山。

「我會背負。」

「背負？」

「對，我會一直背負那些相信奇蹟，最後卻沒有等到奇蹟的病人內心的遺憾，我做好了這樣的心理準備。」

福原語氣堅定地說完，音山注視著他的臉。

「你自認為背負了他們的遺憾是你的自由，但是……你仍然活著，並沒有和病人一起死。」

「……的確是……」

「對你之前負責的病人來說，你有沒有背負……這種事或許根本不重要，他們只是希望你能夠治好他們的病。如果最後無法做到，他們或許帶著對你的痛恨死去。」

音山的話似乎讓福原感到很驚訝。

「當然，如果對副院長說這種話，可能會惹你不高興……所以大家也都沒有說出口。」

福原不悅地把臉皺成一團，然後皺著眉頭，注視著音山。兩個人互看著，誰都沒有說話。

「福原……」

音山用沙啞的聲音說：

「希望你能夠諒解，光靠你的方法，會有無法跨越的障礙，希望你能夠和桐子攜手合作，哪怕只有一次就好。」

福原低著頭，緊握拳頭，似乎在克制什麼。他深呼吸幾次，然後用力吸了一口氣，抬起了頭。

「既然你這麼說，那我就不管了，隨你便。桐子，從現在開始，由你擔任音山的主治醫生。」他小聲地說，「但是，從今以後，我……不會提供任何協助。只要我還是副院長，七十字醫院內應該沒有人會支持你，我當然更不可能動手術，外科也不會派任何醫生動這種沒有意義的手術，也不會讓你使用手術室，當然也不會派助手，護理師也一樣。你必須自己張羅一切，如果你有辦法做什麼，那就憑你的本事去做。」

福原咬牙切齒地說完這番話，再次看著音山說：

「音山……只要你決定捨棄桐子的方針，隨時和我聯絡，我勸你要趁早，那我就告辭了。」

福原轉身走出病房，他的白袍下襬飄了起來。

當他走過默然不語的桐子身旁時，低頭用冰冷的眼神看著他。

「我不承認你是醫生……你這個死神。」

福原最後說了這句話。

「桐子，對不起，因為我的關係，讓你遭到池魚之殃。我晚一點去向福原道歉。」

桐子推著輪椅，音山在輪椅上喘著氣說道。

「我無所謂，音山，你為什麼要說那些話？」

「嗯？」

「你為什麼故意惹惱福原？在這家醫院，得罪他沒有任何好處，只會自己吃虧。你看，現在他把你趕出病房了。那不像是你會說的話。」

音山沉默片刻後說：

「……因為已經是最後了。」

「最後？」

音山點了點頭。

「我想趁活著的時候，把想說的話都說出來。」

桐子探頭看著音山的臉。音山雖然露出痛苦的表情，但又同時顯得心滿意足。

「……這樣啊。」

桐子只說了這句話，繼續推著輪椅往前走。

在走廊上轉彎後，沿著坡道繼續往下走。

「好了，到了。」

桐子推開第二辦公室的門，正在裡面喝咖啡的神宮寺看到他們，忍不住瞪大了眼睛。

「桐子醫生……還有音山醫生？這是怎麼回事？」

「被福原趕出病房了。」

神宮寺跳了起來。

「被副院長？等一下，你們不是要討論今後的治療方針嗎？為什麼會變成這樣？」

「因為發生了很多狀況。」

桐子拉下輪椅的煞車後，把輪椅停在走廊上，走進辦公室內整理起來。他把紙箱折起，然後搬了一張簡易病床組合起來。

「桐子醫生，這裡的空間這麼小，你要幹什麼？」

「這裡暫時是音山的病房。」

「你在開玩笑吧？」

「我當然是認真的。音山，這裡的空間很小，你受苦了。福原也說了，只要你受不了，隨時可以回心轉意。」

「喂……請問一下，音山醫生是末期癌病人吧？怎麼可以擅自讓末期癌症的病人……」

桐子設置了點滴架，又用紙箱拼湊出一張簡易的桌子。

「神宮寺，我也希望可以讓音山住在正規的病房，但福原說不行，所以也沒辦法啊。還需要什麼？對了，呼叫鈴！」

桐子拿了一根繩子，綁在點滴架上，然後在另一端綁上馬克杯和湯匙。

「你在幹什麼？」

「這是呼叫鈴。音山，如果有任何狀況，請你拉這根繩子，就會發出聲音。」

桐子實際拉了一次繩子，馬克杯和湯匙撞在一起，發出噹啷噹啷好像鐘聲般吵鬧的聲音。

「這比電子鈴聲……更有風情。」

「音山醫生，你還在笑！喂，喂，桐子醫生！」

桐子不理會大聲嚷嚷的神宮寺，把輪椅推了進來，然後扶著音山站了起來，讓他躺在簡易床上。

「桐子醫生，你真的別亂來啦。這裡原本只是倉庫，既沒有氧氣筒，而且夜間支援體制也很不健全。」

「船到橋頭自然直，等一下去搬一個氧氣瓶來這裡。白天由妳照護，晚上由我負責。」

「你要把我也捲進去嗎？」

神宮寺大驚失色。

「不行嗎？我很相信妳的能力。」

「桐子醫生……你到底知不知道？這當然是副院長的最後通牒，你擅自把病人帶回辦公室，無視醫院的規定，從事醫療行為。這是一目瞭然的既成事實，你會遭到懲戒免職。」

桐子偏著頭。

「喔，是這樣喔。」

「什麼是這樣喔，你沒有其他反應了嗎？像是對副院長的憤怒，或是緊張，或是害怕！」

「沒有啊。」

桐子一臉錯愕的表情。

「福原和我意見不同，而且福原會有這麼激烈的反應也情有可原，因為他也有他堅持的原則。雖然我原本希望可以和他合作，但既然合作破局，我就只能在力所能及的範圍盡最大的努力。」

「桐子醫生，請你再好好想一想，萬一你被開除怎麼辦？你就失業了、失業了，明天之後，你要靠什麼吃飯！」

「這種事，等治療完音山之後再來考慮。而且，神宮寺，妳太奇怪了。」

「我怎麼奇怪了？」

神宮寺尖聲問道。

「即使被這家醫院開除也沒關係啊，妳應該也知道，」桐子露出清澈的眼神淡然地說，「每個人都早晚會死，有很多人受病痛的折磨，到處都有我們可以做的工作。」

「……」

然後，她哭笑不得地呵呵笑了起來。

神宮寺感到很無言，她無力地垂著頭，嘆了一口氣。

「真的……我不知道該說什麼了。不知道你是太堅強，還是太憨直……」

「是嗎？所以妳願意幫我嗎？」

「桐子醫生，如果我也一起遭到開除，你可以保證我月薪三十萬圓嗎？」

她一對漂亮的黑色眼眸看著桐子，桐子也看著她回答：

「我會妥善處理。」

神宮寺露齒一笑。

「那我就期待囉。所以，音山醫生的治療計畫改變了哪些部分？」

「我來向妳說明。」

桐子打開筆電，神宮寺探頭看著筆電。

音山躺在床上，默默注視他們的身影。

福原在吃肉。

他點了四百公克特級上腰肉牛排。閃著紅光的肉塊滴著血和油脂，在鐵板上冒著蒸氣。他豪爽地撒上鹽和胡椒，用刀子切成大塊送進嘴裡，有力的下巴上下咀嚼，用牙齒咬碎後吞進肚子。

他沒有約女人，也沒有邀同事或後輩一起來吃牛排。

他雙眼發亮，用力喘著粗氣，隔壁桌子也可以聽到他的刀子碰到鐵板的聲音，周圍的人都可以感受到他的不悅。

他把叉子用力叉進牛排，手腕感受到三分熟牛排的肉質。

音山這傢伙。

沒想到他竟然對我說那種話。

自從在大學時候認識音山之後，音山就從來不曾向福原抱怨過。

沒錯，他向來都默默跟隨我……

福原的腦海中突然浮現一個畫面，他停下了手上的叉子。海邊的停車場、升起的太陽……那是什麼時候？

福原看著眼前的肉，開始在記憶中搜尋。

對了，是大學的時候。三個人騎著腳踏車騎了一整晚，快騎到箱根，回程時繞去鎌倉……碼頭旁有一座停車場，他們在那裡的簡易廁所睡了一晚。黎明時分，因為太冷了，福原醒了過來。

走到外面，剛好是日出的時間。海鳥在冰冷清澈的空氣中啼叫，潮水帶來了懷念的香氣。

兩個男人靠在防波堤前的欄杆上看著大海，那時候還很瘦的音山發現了他，轉頭問他：

「……福原，你也醒了嗎？」

「對啊。」

桐子被朝陽照得很刺眼，瞇起眼睛微笑著。

「海邊真好，真希望一直在這裡。」

「桐子說得對，回去之後，又要每天抱著書本了。」

福原也走到音山身旁，靠在欄杆上。

「音山，這也沒辦法啊。既然立志要當醫生，就必須學習一輩子。即使畢業之後，即使通過國家考試之後，還是無法逃避讀書的命運。」

「唉……我當初為什麼會選擇走這條路？我原本就很討厭背東西，真不知道下一次病理考試能不能及格。」

福原大笑起來。

「應該沒問題吧。」

「即使及格，下一次的藥理也很危險，不，還有免疫學和微生物也一樣。國家考試也一樣，這些都結束之後，還要找工作……」

音山扳著手指數了起來。

「你擔心過度，總會有辦法。」

雖然桐子也這麼說，但音山還是不安地嘆著氣，然後抬頭看著福原說：

「……福原，真羨慕你。你爸爸不是七十字的院長嗎？你等於已經找到工作了，我完全沒有這方面的人脈。」

「我老爸根本是個混蛋。」

「但不管怎麼說，他是鼎鼎有名的醫生，也是醫院的老闆。老實說，真是太羨慕你了。」

「……他只是做一些心狠手辣的事，背地裡官商勾結、賄賂樣樣都來，我一點都不羨慕，但我會欣然接受七十字院長的寶座，只不過不會用我老爸那種手法來經營，我要改變，要改變成能夠從事我心目中理想醫療的醫院。」

「理想的醫療……福原，你應該可以做到。」

福原看著音山的眼睛問：

「你這麼覺得？」

「是啊。」

海上吹來的海風吹動頭髮，福原微笑著說：

「那就來我們醫院啊。」

「啊？」

「你們兩個人都來我們醫院。老實說，我一個人有點辛苦，我想和你們一起努力看看。」

桐子微張著嘴巴，看著福原的臉。音山也瞪大了眼睛。

「你們不想來嗎？別忘了可是堂堂的七十字醫院，薪水很不錯喔，當然，工作也不輕鬆。這件事並不簡單，因為我要徹底改革那家醫院。」

「……聽起來很有意思。」

桐子靠在欄杆上，點了點頭。

「這個……很不錯，太棒了。」

音山雙眼發亮地說：

「太棒了。福原、桐子還有我，嗯，很棒，聽起來就充滿夢想。」

「音山，你說得真好聽，其實只是覺得找工作這件事有著落了吧？你別性急，先通過病理學的考試再說。」

音山聽到福原的挖苦，拚命搖著頭說：

「不是，我真的認為很棒。真的，真的啦。」

福原覺得音山緊張的樣子，簡直就像戀愛中的少女，很滑稽，忍不住大笑起來。桐子也跟著笑了，最後連音山也笑了起來。

他們在空無一人的碼頭，看著漸漸遠去的漁船。

三個人在黃金色的陽光包圍下，開懷地笑著。

福原回過神，發現自己坐在紅磚餐廳內，眼前放著冷掉的牛肉。

其他客人的談笑聲，和店內播放的巴洛克音樂，反而讓他感到極度孤獨。

當年，大家都很年輕。

他用銀色的叉子叉起肉，放進嘴裡，結果咬太快，不小心咬到了叉子前端。牙齒感受到堅硬的衝擊，傳到下巴，然後消失了。

手在發抖。福原發現後，一直盯著自己的手。

十二月三十日

「啊……嗯。不小心……感冒了，聲音……有點啞。不，只是喉嚨有症狀而已……嗯……雖然聲音聽起來很可怕，但其實沒有很嚴重。嗯，我沒事……我吃藥了，很快……就會好了。嗯……我會讓妳聽到、健康的聲音……妳放心吧。那就祝妳新年快樂。嗯，阿嬤，妳也……」

音山努力擠出聲音說話。

握著手機的桐子用眼神向音山確認，音山點了點頭。

「好。」

桐子掛上了電話。

「你阿嬤沒覺得不對勁吧？」

「嗯……只是她說感冒怎麼這麼久還沒好……有點擔心。」

音山說話的聲音中夾雜著好像吹哨子般的咻咻聲。他必須停頓好幾次，才能把話說完。

音山不時皺著眉頭，痛苦地咳嗽。可能每次說話，喉嚨就疼痛不已。他的皮膚微微發黑，已經瘦得只剩下皮包骨。最主要的原因是他幾乎無法進食，即使靠點滴攝取營養，還是一天比一天憔悴。

桐子確認了音山戴在手指上，像只人偶般長方形裝置上的數值。那是血氧飽和儀。血氧飽和度……百分之九十六，是正常值的邊緣。音山的心肺功能正在衰退，一旦低於九十，光靠空氣呼吸就很危險，必須用其他方式讓他吸入氧氣。

剩下的時間不多了。

「音山，三天後動手術。」

「……由你執刀嗎？」

「如果找不到其他人的話。你會不安嗎？」

「不會，交給你了……」

桐子露出微笑。

「桐子，我有點累了，可以稍微睡一下嗎？」

桐子點點頭，音山閉上了眼睛。桐子為他蓋上毛毯，關上電燈，緩緩走了出去。

「如果有什麼話，就在這裡說吧……桐子醫生，你到底想幹嘛？」

三樓深處的自動販賣機前，平時幾乎沒有人來這裡。赤園推了推眼鏡。

「赤園醫生，我有事想要拜託你。」

「請你不要再來辦公室，在血液內科，只要別人看到我和你說話，我就會挨罵。」

「……好像是這樣。」

「內科和外科也都差不多，大家都很討厭你。我有言在先，我也不例外，我可沒忘了之前你在白血病病人面前胡說八道那件事。」

赤園淡淡地說著，按了自動販賣機的按鍵，拿出罐裝咖啡後，打開了拉環。桐子低著頭說：

「可不可以請你擔任手術的助手？」

「……你說什麼？」

赤園大驚失色。

「是罹患下咽癌的音山晴夫的手術，要切除癌症部分，讓他的聲帶恢復原狀。」

「請等一下，你為什麼來找我？我是內科醫生，更何況你是皮膚科醫生，為什麼來找我談手術的事？」

「因為所有外科醫生都拒絕了。」

「福原副院長不是音山醫生的主治醫生嗎？不可能有比他更出色的執刀醫生了吧？」

「因為某種因素，福原不再擔任主治醫生，雖然曾經拜託他至少為音山醫生動手術，但他冷冷地拒絕了。」

赤園甚至忘了喝咖啡，忍不住問：

「……所以，由你動手術嗎？」

「我正在研究手術方式，也在做模擬訓練，但至少希望找一位助手。」

桐子的眼神很真摯，赤園發現他似乎很認真，於是問他：

「我聽說了音山醫生的病情，好像已經發生了遠隔轉移，要在這種狀況下進行只恢復聲音的手術嗎？」

「對。」

「……不好意思，請問你瘋了嗎？」

桐子不知該如何回答。

這次的手術的確違背了外科的理論，要適度切除癌症，讓音山的聲音恢復原狀。到底要切除多少，才能讓音山的聲音恢復原狀？這簡直就像為老貓的喉嚨動手術，讓牠發出小貓的聲音，必須在完全沒有參考病例的情況下動這種奇怪的手術。

而且由在實習之後，就沒有拿過手術刀的桐子在沒有外科醫生協助的情況下完成這個手術。

「……我希望可以增加手術的成功率。」

「我勸你還是放棄，只要用常識想一想就知道，這是最好的方法。」

「赤園，即使不是你也沒關係，你知不知道有誰可以幫忙？對了，其他醫院的人也可以，我一定會好好感謝你，拜託了。」

「你別說傻話了，福原副院長不是反對這個手術嗎？怎麼可能有醫院不惜與區域重點醫院的七十字醫院為敵，提供這種協助？我也一樣，你不管問誰都沒有用。」

「……拜託了。」

「不管你拜託多少次，這件事絕對免談。」

「……即使這樣，還是要拜託你。」

桐子在赤園面前深深鞠躬。

「……不行。」

赤園只是一再重複這句話。

赤園嘆著氣回到辦公桌前，血液內科的高砂部長對他說：

「赤園，也找上你了嗎？」

「啊？你說什麼？」

「你不必隱瞞，我是說桐子，皮膚科的桐子修司，他不是請你當手術的助手嗎？」

「……高砂醫生，他該不會也找過你？」

高砂瞇起小眼睛笑了起來。

「是啊，現在整家醫院都在傳這件事。聽說他問遍所有科的醫生，而且不光是醫生，還問了護理師和事務員。」

「桐子醫生這麼……」

「那是大手術，找不到人手。執刀的醫生、助手、麻醉醫生、護理師都沒找到……聽說連手術室都沒有，所以聽說他拜託事務員，可以讓他使用醫院的設備。」

「有誰幫他嗎？」

高砂冷笑著說：

「誰會幫他？他以前整天亂搞一通，誰會去幫忙這種完全沒有任何好處的手術。真是活該，可以讓他好好反省一下，不是嗎？」

高砂低聲笑了起來，赤園說不出話。這時，辦公室的門打開了，他看到桐子的身影。

桐子叫住了一名年輕醫生，正對著他鞠躬拜託。

赤園覺得桐子看起來很可憐。

「你好，我是福原。」

福原隨手接起副院長室的電話，停下了正在操作電腦的手。

「……老爸，不，院長，你好。」

電話彼端傳來粗獷低沉的聲音。

「雅和，一月三日的行程有空嗎？是晚上。」

父親說話總是盛氣凌人，從福原小時候開始就是如此。福原打開皮革封面的記事本，確認了月曆。雖然並沒有特別的預定事項，但福原不想回答那天沒事。

之前接到神宮寺的報告，桐子要在一月三日晚上為音山動手術。

雖然已經禁止外科醫生、護理師提供協助，也禁止桐子使用手術室，但桐子似乎仍然打算動手術。他該不會要在第二辦公室……？

福原惦記著這件事。

原本以為他們很快就會放棄，來向自己道歉，但目前似乎並沒有這個跡象。

如果桐子執意要動手術，或許自己該去阻止。

「對不起，那一天——」

「我不是這個意思。」福原正打算拒絕，院長厲聲打斷了他，「我並不是問你有沒有空，而是叫你把那天空出來。」

「請問有什麼事？」

院長對兒子反問似乎有點不高興，但還是繼續說道：

「有人指名你動手術，病人名叫勝井文治，希望在家裡動手術。」

「勝井……該不會？」

「沒錯，就是眾議院的議員，也是自由黨的副總裁，目前生了病，住在某家醫院，但聽說了你的傳聞，所以指名由你動手術。」

福原內心因為喜悅而顫抖。之前曾經有企業高層指名他動手術，沒想到終於有政治人物指名。自己的名聲終於到達了這個境界。

院長似乎察覺了福原的想法，嚴肅地說：

「你別得意忘形，之所以會找上你，是我花了不少工夫。」

「是，我知道。」

「好，雅和，這是個機會。只要手術成功，效果難以想像。勝井的長子是勝井商事的會長，第二個兒子是勝金造船的董事長，不光可以賣人情給政界大老，更可以順勢打進之前關係薄弱的舊北海銀行旗下的企業，拓展影響力。」

「……原來是這樣。是什麼手術？」

「是膽囊摘除手術，晚一點會告訴你詳細情況。」

「是腹腔鏡膽囊摘除手術嗎？」

「不，是剖腹式手術。」

福原有點洩氣，但院長立刻說：

「說實話，這並不是什麼困難的手術，即使不是你，我們醫院的任何一個外科醫生在技術上都沒有問題，但是你應該知道，受到指名的你是我的兒子，也是七十字的外科部長，由你去動這個手術才有意義。你瞭解嗎？我之前讓你在各種手術中累積經驗、一再磨練，就是為了在這種時候發揮作用。你可以吧？」

「我可以，讓我做這個手術。」

福原回答。

這是期盼已久的機會，是讓自己一舉揚名的千載難逢大好機會。父親打算利用我這個兒子賺錢，但是我將會得到實際的名聲。我將取代曾經被譽為腦外科之神的父親，坐在七十字的中心。這家醫院將屬於我。

沒有理由不接這個手術。

「好，那我就通知對方。我會再和你聯絡。」

院長冷冷地掛上電話。即使把聽筒放回去後，福原仍然難掩內心的激動。一月三日。他在記事本上用力寫下這個重要行程的同時，再度想起了音山。

必須處理好音山的事，才能心無旁騖地專心為勝井文治動手術。再一次……要再一次好好說服音山。

福原心滿意足地看著記事本，然後啪答一聲闔了起來。

桐子獨自走在醫院昏暗的走廊上。

雖然他四處拜託到半夜，但沒有人點頭答應桐子提出的要求。桐子帶著悲痛的決心走回第二辦公室。

只能硬著頭皮上了。只能自己一個人動手術了。

桐子閉上了眼睛。

連日來持續研究的手術方式浮現在眼前。

從內視鏡、CT、核磁共振、超音波……各種檢查所得知的數據中，瞭解音山喉嚨的狀況，想像實際切開後的狀況，想像喉嚨內部隨著脈搏跳動、蠕動的樣子。

……手開始發冷。

現在就開始緊張了。

考慮到音山的體力和病情的發展，以及桐子自己需要的準備期間，他安排在三天後動手術。絕對不能失敗。

只要是為了朋友……

我可以當外科醫生。

也不怕被懲戒免職。

……也可以當死神。

我願意做任何事。

十二月三十一日

「即使年底，醫院也很熱鬧。」

神宮寺推著輪椅說。他們避開了擠滿人的門診掛號處，前往南館的電梯。音山點了點頭。

「我們……要去哪裡？」

「有人想要見你。」

「不知道……桐子……會不會擔心？」

「沒問題，我留了字條給他，說我們去散步。有我陪著你，桐子醫生應該也很放心。」

「……」

音山點了點頭。

輪椅的輪子嘎啦嘎啦轉動，進入電梯時，音山嘀咕著問：

「是不是福原？」

「啊？」

「我們現在要去見……福原，對嗎？」

神宮寺點了點頭。

「原來你已經發現了。」

「我猜想……應該是這樣。」

音山喘著氣說，脖子上腫起一塊難看的硬塊。

電梯緩緩上升，神宮寺不發一語，看著坐在輪椅上的音山後腦勺想。

他到底知道多少事？他會不會知道我和福原醫生偷偷見面，知道我們經常聯絡……甚至知道我是在福原醫生的指示下，才來這裡幫桐子醫生的忙嗎？

不，不可能。

沒有人知道我曾經和福原醫生交往過。我對這件事很有自信。

音山醫生和桐子醫生站在同一陣營，所以我……

神宮寺想到這裡，忍不住噗哧笑了起來。

我不和任何人站在同一陣營。

賣一個人情給那個充滿才氣的副院長也不錯，跟著勇往直前地走在自己路上的死神也很有意思。

身為一個人，身為一個女人，對這兩個男人都很有興趣，所以才想知道未來的結局。

音山說：

「我也……正在想、再和福原、見一面……想親自拜託他。」

「是這樣啊。」

音山點了點頭，背對著她說：

「福原和桐子……都是我很重要的老同學。」

「仔細想一想，就會發現你的同學都很猛，兩個人都很有個性。」

「的確是這樣，但正因為這樣……所以才很棒啊。」

神宮寺沉默不語。

也許音山醫生也一樣。

既不支持福原醫生，也不支持桐子醫生。

「你們很合得來。」

電梯門打開了，神宮寺緩緩推著輪椅。

陽光照進副院長室，看起來很明亮。

「身體狀況還好嗎？」

福原的聲音中透露著關心，似乎並沒有生氣。話說回來，即使他現在發脾氣，音山也沒什麼好怕的。

「……不怎麼好。」

血氧飽和儀的螢幕閃著黃燈，發出尖銳的警示鈴聲。數值低於九十，已經進入危險的範圍。神宮寺臉色發白，抓起牆上的氧氣開關，準備讓音山吸入氧氣。音山吐了一口氣，緩慢地呼吸幾次後，數值終於再度恢復到九十七，警示鈴的聲音也安靜下來。神宮寺露出鬆了一口氣的表情，中斷了作業。

「音山，你不必勉強說話，我們可以筆談。」

福原蹲了下來，視線和音山保持相同的高度，把紙筆遞到他面前。

音山見狀後笑了笑，回想起之前曾經試圖和麻理惠筆談的事。當時自己做夢都沒有想到，竟然會和她有相同的境遇。

「我說音山，我會一次又一次拜託你，你不必勉強自己配合桐子那種離譜的治療計畫，回到我這裡來，我保證向你提供最優秀的醫療體制，我想要救你的命。」

「福原……我也說了好幾次。」

「喂喂，你用寫的。」

音山搖了搖頭。

「慢慢說……也沒關係，我想親口、對你說……」

福原挑起單側眉毛，音山不理會他，繼續說了下去。

「是我……拜託桐子，是他勉強……配合我。」

「不是吧？是他慫恿你。聽我說，你重新考慮一下。那傢伙可是會摧毀病人希望的醫生。」

音山看著福原，福原的雙眼露出純潔的光芒。他認為福原應該真心這麼認為。

「我說福原……」音山慢慢呼吸，然後繼續說了下去，「即使我走了之後，你也要和桐子繼續當朋友。」

「……你別說傻話了！」

福原站了起來。

「你不會死！我會救活你。」

「……福原，我真的、認為你……是一個很厲害的醫生。」

「什麼？」

「你可以改變這家醫院，不，我認為你可以改變醫療……這種想法至今仍然沒有改變。」

音山凝望著遠方。

「但是，死亡並不是能夠輕易對付的敵人……你一個人難以對抗。」

福原想要反駁，音山小聲對他說：「……你就當作是我的遺言，好好聽我說完。」

「福原，你之後就會遇到瓶頸……我很清楚這件事。但是……你不必擔心，因為你有桐子，你有一個有完全不同長處的老同學。」

「音山……」

「福原，到那個時候，你要和桐子攜手合作……我也很希望和你們並肩作戰，但不好意思……我要先退出了。以後……也無法再為你們調解了，你們要自己……搞定。」

福原有點不知所措。音山的聲音斷斷續續，而且很小聲，但語氣很認真。做好面對死亡準備的這番話的份量，讓福原的心忍不住顫抖。

「……我理解你的心情，但我仍然無法認同，絕對無法認同桐子的方針。」

音山緩緩點頭說：

「……我也能夠理解你的心情。凡事都有所謂的時機，發現的時機……在那一刻到來之前，人往往無法改變自己。所以……即使不是現在也沒關係，只要有朝一日，你改變心意就好……只要你記得我對你說過這些話。」

「有朝一日……嗎？」

福原沒有再說話。

「對，有朝一日。」

「……好吧，那就有朝一日。」

音山笑了起來。

「福原，給我……抽支菸。」

福原聽到音山突如其來的要求，忍不住苦笑起來。

「喂喂喂，下咽癌病人怎麼可以抽菸？」

「有什麼關係……事到如今，不必在意了。搞不好……陰錯陽差，可以讓癌細胞消失。」

音山露出和學生時代蹺課去玩時相同的表情。

福原的嘴角露出笑意，輕輕吐了一口氣，從辦公桌拿出菸盒，把一支菸放在音山嘴裡。

「福原醫生，你……」

神宮寺說不出話，露出輕蔑的眼神看著福原。福原瞥了她一眼，但沒有停下手，拿起了打火機。

沒關係，女人不懂男人世界的某些事。

音山噘著嘴，把香菸上下移動著，示意福原為他點火。

福原用銀色打火機俐落地為他點了火。

平靜的冬日陽光中，煙緩緩升起、飄動。神宮寺也聞到了煙的味道，忍不住皺起眉頭。

音山用力咳嗽。血氧飽和儀的數值一口氣降到八十左右，響起了刺耳的警示鈴聲。

「看吧，我就知道！」

神宮寺打開氧氣管線的開關，俐落地裝好加濕瓶，連接鼻管後，插進音山的鼻孔。音山用力咳嗽，嘴唇都變成了紫色，仍然不停地笑著。福原踩熄了掉在地毯上的香菸，也拍著手笑了起來。他放聲大笑，眼角滲著淚水。

「你們在笑什麼！兩個人都像傻瓜！真搞不懂你們！」

只有神宮寺氣得怒目圓睜。音山發自內心，卻又帶著一絲寂寞地笑著、咳著，然後……當他平靜下來時，小聲地說：

「不健康的事……等到真的不健康時，就沒辦法做了。」

福原嘴角露出笑容，低頭看著音山。

「福原，希望你能夠在為時已晚之前改變心意……我會祈禱。」

音山露齒一笑。

「很高興見到你，那我先走了。」

音山揮了揮手，福原也舉起一隻手回應。

福宮寺推著輪椅。音山留下不發一語的福原，把福原高大的身影留在副院長室，走了出去。

只有輪椅發出嘎啦嘎啦的聲音。

一月二日

「桐子醫生，新年快樂。雖然剛拜完年就問這件事有點不好意思，音山醫生的手術，準備工作都完成了嗎？明天就要動手術了。」

神宮寺在第二辦公室內問桐子，桐子點了點頭。

「嗯，應該差不多了。」

「結果沒有人願意幫忙。」

「是啊，這也是無可奈何的事。由我負責麻醉，妳擔任助手。」

「連麻醉醫生也沒有嗎？簡直就像漫畫中發生的故事。」

「還有器材和手術室……」

「福原醫生說，也不讓你用手術室。」

「照這樣下去，只能把這裡消毒後，在這裡動手術……」

桐子巡視著第二辦公室，陷入了沉思。神宮寺嘆了一口氣說：

「不可以，絕對不可以，從安全性的角度，我也堅決反對。」

「但是，如果找不到其他地方，就只能這麼處理了。」

「桐子醫生，我真的對你的交涉能力太失望了，其實我原本就沒有抱任何期待，但你自己連一間手術室都張羅不到。」

桐子默默低下了頭，神宮寺從胸前口袋裡拿出什麼東西，放在手掌上遞到桐子面前。

「請你用這個。」

「……這是什麼？」

「第二手術室的備用鑰匙，我偷偷打了一把。」

「神宮寺……」

「這是不得已的手段，因為我身為護理師，無法接受在這裡動手術，所以只能採取非常手段。請你千萬別說是我給你這把備用鑰匙，請你自己扛起責任。」

桐子把銀色的鑰匙抱在胸前，看著神宮寺說：

「神宮寺，謝謝妳……太感謝了。」

桐宮寺故意用力嘆了一口氣說：

「都怪你太沒用了，所以還要我做這種事。算了，你有時間感謝我，還不如趕快為明天的手術進行想像訓練。」

桐子不發一語地點頭。

他的眼中充滿了決心。

新年剛過的這一天，酒吧內只有一個客人。

安靜的店內，飄著香菸的煙。

福原叼著菸，吐了一口氣。他覺得今天的菸特別苦，也特別嗆。

他用筷子夾起芝麻，想要放在另一粒芝麻上，沒想到芝麻從筷子之間掉了。他又試了一次，這次終於放上去了，但很快就滑了下來。

今天似乎不太順利。

福原再度抓起杯子，閉上眼睛深呼吸。

明天要為勝井文治動手術，剖腹式膽囊切除手術。這個手術並不難，但任何人都無法預測手術時會發生什麼狀況。他像平時一樣在腦海中想像手術方式，鑽研縮短一秒時間，讓病人少流一滴血的方法。

香菸在菸灰缸上發出輕微的聲音燃燒著。

香菸。

音山已經無法再抽的香菸。

在為時太晚之前……

福原睜開眼睛，拿起冒著煙的香菸，注視著香菸的前端。雖然已經用科學的方法證明了和癌症的因果關係，但仍然在公開販售的個人愛好品。

要在還能做到時就做。已經無法做到的男人用自己的生命這麼說……

福原捺熄了菸，抓了抓頭。

我在幹什麼啊？現在沒工夫東想西想。要專注、專注……明天有一個重要的手術。

仔細想一想，明天的手術會帶來極大的效果，可以從此踏進政治和經濟的世界扎根……從此之後，金錢和地位都會手到擒來。雖然這些都是骯髒自私的錢，但數量很驚人。

我要利用這些錢，充分利用這些錢。

以前一直覺得父親做事的方式很骯髒，但我現在和以前不一樣，我變聰明了，已經具備了同時容忍清濁的肚量。

即使是賄賂，也照收不誤。沒錯，只要有人願意花錢，就可以提早動手術，也可以為他準備特別病房，我會親自執刀。有多少錢都儘管拿來。

雖然會讓有錢人插隊動手術，但我可不會因此把其他病人的手術挪後。怎樣才能做到？只要我加倍工作就好。我有辦法做到。

有病人太窮，付不起手術費？那就不用付錢，我用自己的錢支付手術費，用那些花錢讓自己優先動手術的老狐狸送的錢，所以完全不必客氣。

然後，我可以用加倍工作賺來的錢購買最先進的醫療儀器，僱用有崇高理想的優秀醫生，好好栽培他們。無論任何疾病都能夠早期發現，治好所有的病人。檢查費用？由我來出就好。即使得了癌症，只要能夠趁早切除，治療就很簡單，很快就可以出院，就可以有更多時間健健康康地在家裡和家人一起生活。不需要住在醫院好幾年，面對死亡的威脅，忍受各種副作用。要從根本斷絕病人的痛苦。

沒錯，要讓一切建立良性循環。

只是懷抱理想，空虛地吠叫，也無法改變現實。只有掌握力量和金錢，才能夠讓理想變成現實。

未來就在咫尺之距，那是我一直追求的目標。

只要一伸手，就可以摸到——

福原抓起筷子，再度想要夾芝麻。

他的手指顫抖，芝麻再度掉落。

福原咬緊牙齒。

福原，你怎麼了？你在害怕什麼？你在惦記什麼？

明天……桐子真的打算動手術嗎？他打算在沒有任何人協助的情況下動手術嗎？那個手術會減少音山的壽命。有沒有什麼方法可以阻止他？

音山……

我仍然想救你。

他無法夾起芝麻。無論試了多少次，仍然夾不起來。

一月三日

手術的日子到了。

音山從早上就心神不寧。他一早就拿下手錶，換上了手術服，按住發抖的手等待著。今天必須等其他所有的手術都完成後，在深夜才能為他動手術。

太陽下山了，電視上報導說，今天特別冷。即使在開了暖氣的醫院內，聽到外面呼嘯的風聲，就覺得身體快凍僵了。窗戶上結了露，人們吐著白氣在窗外走來走去。

音山覺得脖子下面腫得很大。雖然看鏡子時並沒有很大，但嚴重壓迫到喉嚨。每次呼吸，每次吞嚥，就有一種卡住的感覺，帶來一陣劇痛。耳朵下方陣陣刺痛，不時發生耳鳴。

是癌細胞。癌細胞正在吞噬音山的喉嚨。

第二辦公室的白色牆壁，走廊上貼的預防院內感染的海報，閃著銀光的水龍頭，聯絡工作人員的便條紙，還有放在候診室的破舊繪本，牽著孩子走路的母親，在候診室內坐立難安地東張西望的爺爺。

他看到了這一切，每次都花很長時間注意觀察。

雖然並沒有特別有趣，但日常的一切深深吸引了他，讓他不願離開。

川澄麻理惠也曾經有過同樣的心情嗎？

死亡的心理準備讓一切都變得珍貴，宛如第一次降臨這個世界的時候。

下午六點多。

一個又一個病人離開。有的回到病房，也有的回家。安靜的醫院內，只有工作人員不時走來走去。九點時，終於關了燈。

音山既覺得時間過得很慢，又覺得時間過得很快，只是面對確確實實向自己走來的未來，他緊張得心跳加速。

「音山醫生的手術將按原計畫進行。」

福原打開神宮寺送來的手寫便條，再度揉成一團。他在副院長室內一直重複這兩個動作。坐下時無法靜下心，站著又覺得不自在，毫無意義地在室內走來走去，不時拿起勝井文治的病歷看了起來，只不過心不在焉，文字完全無法進入腦海。

他越是想要專心，就越在意桐子的手術，惦記音山的病情。

他用拳頭敲桌子，泡了很濃的黑咖啡喝下去。

他們真的打算動手術嗎？真的要做那個毫無意義的高難度手術嗎？而且相信那就是醫療，不惜和一切為敵……

福原用力吸了一口氣，然後吐了出來。

然後，他突然笑了起來。

太荒唐了。簡直太好笑了。這甚至不是理想論，根本只是亂來。

我以前真是太傻太天真了，竟然想和他們一起改變這家醫院。

隨他們去。做這種離譜的手術，即使手術失敗送了命，也是自作自受。桐子也會斷送自己身為醫生的生命。不關我的事。這也是當然的結果。

這樣反而痛快。

他的心終於平靜下來，也下定了決心。就像不斷掉落的泥沙冰冷地凝固，福原內心深處終於下定了決心。

你們就在那裡葬送自己吧。

我要繼續往上走，要親手抓住夢想。

福原再度拿起勝井文治的病歷看了起來，終於能夠用比剛才更平靜的心情看病歷的內容。

晚上九點。

「音山醫生，時間差不多了。因為是手術前的規定，所以我要請教一下，請問你有沒有排便？」

「嗯。」

「好，那我們去手術室。」

戴著口罩的神宮寺把音山扶上擔架床，音山注射著點滴，躺在擔架床上。神宮寺慢慢推著他，除了輪子發出嘎啦嘎啦的聲音以外，醫院內幾乎悄然無聲。

「你很平靜。」

聽到神宮寺這麼說，音山點了點頭。

「是嗎？……但我的確覺得很爽快，也許是因為……把想說的話都對福原和桐子說了。」

「音山醫生，你希望他們兩個人和好，所以才特地安排福原醫生動手術，執行桐子醫生的計畫吧？但最後沒有成功，真是太遺憾了。」

「嗯，差不多是這樣……」

音山笑了起來。

「你不必擔心，桐子醫生的手也很靈巧，手術的練習也很充分，我相信一定可以成功。」

「嗯……謝謝妳。」

「真希望他們兩個人能夠和好。」

「他們的本質相同……我相信是這樣，我相信總有一天，他們會攜手合作……」

然後，他又小聲地說：

「……只是無法親眼看到這個瞬間……有點遺憾，我會在天堂期待這一天。」

神宮寺不置可否地笑了笑，默默推著擔架床。

「啊！」

神宮寺突然停下腳步。

門診候診室的長走廊旁是一整排窗戶。

「我才在想，怎麼會這麼安靜，沒想到下雪了。」

音山也轉頭看著旁邊。

「啊……真的下雪了。」

黑暗中，白色的雪花無聲無息，靜靜地飄落，好像要淹沒一切。

「雅和，接你的車子來了。」

「好，我馬上就去。」

福原在電話中這麼回答院長後，穿上了大衣，拎起裝滿了手術衣、器具等手術工具的皮包。

雖然聽說現場已經準備了，但為了以防萬一，他自己也會帶去。

聽說政治家勝井文治是個難以取悅的人，他會請外科醫生去家裡為他動手術，可見個性的確古怪。雖然他是因為小心謹慎，才決定這麼做，但其實在醫院動手術才最安全。

不過沒關係，正因為有這種想靠花錢滿足自我的傻瓜，才能夠拯救老實的窮人。

這個手術不允許失敗，但是，福原很有自信。只要像平時一樣動手術就好，絕對不會有任何問題。

他沿著空無一人的職員樓梯下樓，一步一步用力踏穩。沒錯，走路也要有充滿自信的樣子。我是七十字醫院的外科部長和副院長，是年輕的王牌醫生，如今的每一步都是走向光輝燦爛的未來。

從後門走出去後，看到一輛黑頭禮車停在那裡，司機站在車旁。一個戴著眼鏡，看起來像是勝井文治秘書的男人，以及身穿和服，上了年紀之後，仍然威嚴十足的父親站在司機前面。

「雅和，你準備好了嗎？」

「是。」

「好。」父親點了點頭，雪白的鬍子微微晃動。

「福原醫生，今天就麻煩你了。」

秘書說完，向福原鞠了一躬。

「不，請多關照，謝謝指名我動這個手術，我會全力以赴。」

福原也恭敬地鞠躬。他彬彬有禮，卻不卑不亢。

「下雪了，走路時請小心。」

司機說完，接過了他的手術包。福原點了點頭。的確積起了細雪，但還不需要撐傘。福原拎著自己的皮包，走出了屋簷。

他不經意地轉頭看著已經熄了燈的七十字醫院。

然後，他倒吸了一口氣。

「……雅和？」

他聽到父親的聲音。

「喂，雅和。」

福原猛然回過神，垂下了眼睛。

「怎麼了？」

「不，沒事。」

沒事。沒事。……雖然他努力這麼告訴自己，但心臟劇烈跳動。即使將視線移向父親，清晰的影像仍然烙在視網膜。在門診候診室的長走廊上，躺在擔架床上的音山身影清晰出現在他眼中。音山用炯炯有神的雙眼看著醫院外的樣子，和當年在朝陽下談論未來時完全沒有兩樣。

「雅和。」

父親的聲音變得遙遠。

「喂，雅和！你在幹什麼！」

父親的聲音漸漸帶著怒氣。

「你把頭抬起來！你想怎麼樣？」

福原的膝蓋濕了，感受到刺骨的寒意。

福原把皮包丟在一旁，跪下雙膝，對父親低下頭，用呻吟般的聲音說：

「對不起，我重要的朋友徘徊在生死關頭，我必須去他那裡，我無法動這個手術。」

「雅和！你這個王八蛋，事到如今……難道你要讓我顏面盡失嗎！」

父親大叫著，用拐杖打他的頭。雪和泥水都濺到了福原身上。

「雖然這稱不上是賠罪，但我會介紹比我這種年輕人更優秀的其他醫生，他曾經做過膽囊切除手術，應該比我更適合……」

福原頭頂上響起包括像是尖叫的各種聲音。

他的額頭碰地，好像事不關己地聽著這些聲音。

桐子在已經熄了燈的第二手術室前張望，然後從口袋裡拿出鑰匙，在黑暗中摸索後，插進了鑰匙孔。聽到喀答一聲，門鎖打開了。

正當他鬆了一口氣時，有人在他身後打開了燈。

「備用鑰匙嗎？所以有人偷偷打了這把鑰匙。」

「……福原。」

回頭一看，福原站在窗前，他身上的大衣被雪淋濕了，而且被泥水弄髒了。他不知道從哪裡跑來這裡，頭髮被汗水浸濕了，用肩膀用力喘著氣。

桐子被他的氣勢嚇到，愣在那裡。

「即使我阻止你也沒用吧？」

雪花紛紛飄落，福原露出冷漠的眼神看著他。

「……對，這是音山的要求，由我為他動手術。」

「動這個會縮短音山壽命的手術嗎？」

他語帶嘲諷地問。

「是讓音山……死得有尊嚴的手術。」

桐子也帶著堅定的決心回答。寧靜的冬日夜晚，兩個人在走廊上面對面，瞪著對方。

「桐子，你不瞭解你準備做的事有多麼可怕嗎？」

福原帶著敵意的聲音，讓桐子陷入了沉默，但他閉上了眼睛……緩緩張開嘴巴說：

「我也、很害怕。」

「……什麼？」

桐子睜開眼睛，直視著福原。

「在答應音山之前，我煩惱了很久，即使現在，仍然感到很猶豫。但是……正因為我還在猶豫，所以必須為了音山踏出這一步。」

福原注視著桐子，有一種久別重逢的感覺。

這傢伙以前就長這樣嗎？自己之所以會這麼想，是因為從來沒有好好看過他嗎？他的眼睛。

他的眼睛太清澈了。虹膜的顏色很淡，看起來好像呈現花卉的圖案。但是，這雙眼睛似乎看透了一切，那是不同於福原一直注視、追求的東西。

——光靠你的方法，會有無法跨越的障礙。

福原似乎聽到了音山的聲音。

福原收回了視線，微微低下頭。

「在為時已晚之前……」

福原用別人聽不到的聲音嘀咕，語尾消失在黑暗中。

一陣沉默，遠處傳來嘎啦嘎啦的聲音。那是擔架床靠近的聲音。

積雪發出白色的光芒。今晚沒有月亮，那片雪到底在反射什麼？微弱柔和的純白光芒照亮了兩名醫生，好像在詢問什麼，又好像在試探什麼。

福原抬起頭，默默走向桐子的方向。沾滿鮮血，在冥界入口持續奮戰的兩個人越來越近，短暫交錯，然後擦身而過。空氣微微流動，白袍飄起。

福原問身後的桐子：

「桐子，你有做下咽癌手術的經驗嗎？」

「我練習過了，不會有問題。」

「我想也是……但還是不如我。」

桐子轉過頭，瞪大了眼睛。

他看到福原脫下大衣，把上衣丟到一旁，穿起消毒過的手術衣，戴上了帽子和口罩。無影燈的燈光打在身經百戰的外科醫生身上，他站在逆光中。

「福原……你……」

「助手的工作就交給你了。」

福原走進手術室，戴上手套，祈禱般地高舉雙手。

躺在擔架床上的音山進入手術室後，無影燈打在他身上。刺眼的燈光讓他忍不住皺起眉頭，但他看到兩張低頭看他的臉，立刻瞪大了眼睛。

「請問你叫什麼名字？」

那個聲音。

「福、福原……」

身材高大的執刀醫生穿著綠色手術衣，即使戴著口罩，音山也能夠認出他。高挺的鼻子，帽子下兩道很有男人味的濃眉，和充滿鬥志的雙眼。他絕對就是福原雅和。戴著白色手套的細長手指伸得筆直，一雙大手看起來堅強又可靠。

沒錯。

「喂，振作點，你叫什麼名字？」

「音山……晴夫。」

福原點了點頭。

「確認姓名完成。」

還有另一張臉低頭看著自己。

「現在開始進行音山晴夫下咽部切除手術，麻醉。」

同樣身穿手術衣的桐子修司靜靜地宣布。他溫和的眼神在冷靜中帶著平靜和溫柔。

一旁的神宮寺確認了點滴，拿著連結氧氣的矽膠面罩走了過來。

「桐子、福原，你們兩個人……」

音山說到這裡，再也說不下去了。淚水流了出來，天花板扭曲著。神宮寺把面罩放在音山的嘴前，冰冷的氣體流了出來。

音山在兩名醫生、兩名舊友的守護下失去了意識。

一滴眼淚從他緊閉的眼中滑了下來。

一月十日

手術後，全身疼痛，完全無法動彈。

嘴巴接著氧氣管，手臂上注射著點滴，下半身插著排尿用的導管，渾身都是管子。但是，隨著時間一天一天過去，身上的管子也漸漸減少，身體也很緩慢地恢復了自由。因為並沒有切除全身的癌細胞，所以恢復情況並沒有很明顯，但不可思議的是，音山感受到自己的身體正向好的方向發展。

那一天，他躺在病床上，兩名醫生一起走進病房。是福原和桐子。他覺得這樣的組合充滿了久違的懷念，又好像從很久以前就一直很熟悉。神宮寺站在他們身後。

「要幫你拿下繃帶。」

桐子在福原和神宮寺的注視下，小心翼翼地拆下音山的繃帶。

「……福原，太出色了。」

桐子情不自禁地說。細膩的縫合痕跡雖然看起來很痛，但同時也很美麗。

「你的指示也不錯啊。」

「福原，你覺得他現在可以說話了嗎？」

「可以，但要先小聲點。」

音山目不轉睛地看著交換意見的福原和桐子，他希望把眼前這一幕烙印在眼裡。

桐子看著音山問：

「你可以發出聲音嗎？」

音山伸長脖子，轉動了一下。他有一種奇怪的感覺。也許是因為這段時間刻意不說話，所以一時之間不知道該怎麼發出聲音。脖子既像是自己的，又像是不屬於自己。

「應該沒問題，你輕輕發出聲音看看。」

在福原的催促下，音山輕輕按著喉嚨，然後慢慢吐著氣。

「……啊……啊。啊——」

他倒吸了一口氣。真的可以發出聲音。雖然聲音並不響亮，但那是他自然的聲音。

音山抬頭看著兩名醫生，福原的嘴角露出淡淡的笑容。桐子再度面無表情地看著他。

「……成功了。」

神宮寺說。

「神宮寺，現在還言之過早，最重要的是，要讓音山的阿嬤聽了，也覺得是他原本的聲音。」

「但音山醫生的聲音就是這樣啊。」

「那是因為他現在就在我們面前，但只聽到電話中聲音的人會怎麼想，又是另外一回事了。」

神宮寺聽到福原這麼說，恍然大悟地點了點頭。

「如果音山的阿嬤不認為那是音山健康的聲音……就失去了意義，一切努力都白費了。」

桐子說。他的表情因為緊張而繃緊。

「來吧。」

桐子遞上電話。

音山點了點頭，按了號碼後放在耳邊。

病房內沒有其他聲音，只聽到響起的鈴聲。鈴聲響了很久，簡直就像會持續到永遠。

這時，鈴聲突然中斷。

桐子、福原和神宮寺，就連音山也帶著祈禱的心情，思緒飛到了電話彼端遙遠的宮城。

「喂？」

然後，電話中傳來了那個聲音。

那是欣喜的聲音，真的是極其欣喜的聲音。

「喔！是晴夫嗎？」

「……我已經沒有任何遺憾了。」

音山把電話放回床頭櫃，輕輕咳嗽了幾下說道。

「你很久沒有說話，一定累了，不要硬撐了。」

桐子說。福原沉默片刻，然後開口說：

「音山，我再問你一次，你真的不打算再接受化學療法嗎？」

音山注視著福原。臉上的表情平靜而溫柔。

那是做好充分心理準備的臉。

「只要你點頭，我……」

「不，接下來只進行安寧護理就好。」

「……」

福原低下了頭。雖然他沒有像之前那樣大發雷霆，但內心充滿了遺憾，握著的拳頭微微發抖。

「……對不起，做了這麼多，卻仍然無法救你。我太無力了。」

桐子也看了音山一眼，一臉沉痛地低下了頭。音山緩緩搖頭，然後對他說：

「不，你已經救了我。」

福原抬起頭。桐子也看著音山。

福原忍不住懷疑自己的眼睛。

「我很幸福，有幸遇到這麼出色的朋友，簡直是最完美的人生。」

雖然認識音山多年，但他臉上露出了從來沒有見過的表情。那是天真無邪的笑容。

這是怎麼回事？

簡直就像嬰兒般純潔，這種天使般的笑容會讓所有看到的人都感到幸福。他的笑容似乎發出了金色的光，是因為冬天的太陽從窗戶照進來的關係嗎？

福原曾經看過很多病人的笑容。他持續追求病人的笑容，也在無數次奮戰最後，看到了那些笑容。

從死亡邊緣生還，和家人相互擁抱的老人。不輕言放棄，奮戰到最後，終於戰勝癌症的男人。還有罹患腦腫瘤後，終於能夠再度玩躲避球的孩子。福原至今為止，見識了很多奇蹟，病人的臉上都露出了耀眼的笑容……

然而，那都是人類的笑容。

一步步走向死亡的老同學臉上的表情，似乎有點不太一樣。他的笑容綻放出光芒……簡直不像是人類的笑容。福原無法理解那到底是怎麼回事。

你知不知道，你正一步一步走向死亡？

音山一定在逞強，一定是想要安慰自己這個老同學。死亡不可能不可怕，任何人都不可能不害怕死亡。然而，這些話被音山的笑容，被他壓倒性的燦爛笑容淹沒了。

不，正因為他走向死亡……才會有那樣的表情嗎？

福原愣在原地，好像看到了難以置信的事物。

「音山……」

音山緩緩眨了眨眼。

「福原、桐子，你們要多保重……」

躺在眼前病床上的音山似乎漸漸遠去，好像如果不伸手抓住，他就會消失不見。福原的身體忍不住顫抖。

沒錯，音山應該漸漸不是人類，他已經決定要回歸變成人類之前的狀態。

不要走。

福原走向前一步，想要叫住音山，但是，他做不到。音山的笑容太耀眼，讓他知道無論做什麼都是徒勞。音山的臉頰凹陷，頭髮也掉了，雙眼混濁，但是，眼前的音山很美。

「……你們一定可以做到。」

他沒有說可以做到什麼，但福原覺得這句話是失去一切的人對一切的肯定。

音山閉上了嘴，再度露出了笑容。

福原不再說什麼，他也不知道該說什麼。

老同學的話像花瓣般飄落在內心深處，他伸手接住，緊緊抓在手上。

他只能頻頻點頭。

三月二十二日

櫻花盛開。

風一吹，花瓣就翩然飛舞，打著轉，飛向身後。

也有幾片花瓣飄落正在墳墓前合掌祭拜的桐子頭髮上。

祭拜完畢後，桐子睜開眼睛，站了起來。

「嗨，桐子。」

回頭一看，福原板著臉，站在墓園入口，手上抱著花束。

「福原……」

「我正在想，你難得會請休假，原來是來這裡。」

福原大步走到桐子身旁。

「我是不是該邀你？」

「不……」

福原在墳墓前停下腳步，靜靜地把花束供在墳前。看著墓碑上刻的字，小聲地說：

「……音山這傢伙，沒必要這麼快就追隨他阿嬤的腳步離開。阿嬤和孫子兩個人都說走就走了。」

站在福原背後的桐子也點了點頭。

「可能感到安心之後，就鬆懈了吧。」

「你是說哪一個？」

「他們兩個人都是啊。聽到音山聲音很健康的阿嬤，和讓阿嬤安心離開的音山都是……」

福原背對著桐子，輕輕笑了笑。

「他最後露出了笑容。」

「是啊。」

短暫的沉默。一陣暖風吹來，帶來了花香。

「福原……謝謝你。多虧了你，手術才能夠成功。」

福原搖了搖頭。

「我要把話說清楚，當時是為了音山，我才會提供協助，並不是認同你的做法，你可別搞錯了。」

「……音山的願望實現了。」

桐子雖然遭到了福原的否定，但仍然露出微笑。福原語帶遺憾地說：

「只是恢復聲音而已……付出了那麼大的代價，只完成了這麼小的心願。」

福原重重地吐了一口氣。

「我毀了很多東西，因為短暫的猶豫，毀了自己向上爬的機會。」

「猶豫也沒關係，也不需要單打獨鬥。這是音山說的話。」

「不需要單打獨鬥……」

福原轉過頭，和桐子四目相對。

「……」

福原沒有說話，注視著桐子顏色很淡的虹膜。

桐子說：

「這並不是終點，還有很多病人。我們要連同音山的份努力工作，這是我們活著的人的使命。」

「……是啊。」

福原低下頭，然後再度轉向墳墓，蹲在墳前。

「我說了好幾次，我並不認同你的做法，但並不是意見完全不合……瞭解嗎？對，我們要連同音山的份……」

他沒有繼續說下去。

福原合起一雙大手，閉上了眼睛。

「我先走了。」

桐子對他說。

「下午還要為病人看診。」

福原沒有回答。桐子注視著福原的背影片刻，然後轉過身，把手放進口袋，邁開了步伐。

櫻花在他身後飄舞。

桃色的暖風吹來，吹起了花瓣，花瓣在空中飄舞。

宛如在填補漸漸遠去的桐子和福原之間的距離。

春日文庫 ハルヒブンコ
72

最後的醫生仰望櫻花想念你

最後の医者は桜を見上げて君を想う

最後的醫生仰望櫻花想念你 / 二宮敦人作 ; 王蘊潔譯. -- 初版. -- 臺北市 : 春天出版國際, 2018.09
面 ; 公分. -- (春日文庫 ; 72)
譯自 : 最後の医者は桜を見上げて君を想う
ISBN 978-957-9609-84-5(平裝)

861.57　　107014254

ISBN 978-957-9609-84-5
Printed in Taiwan

作　　者　二宮敦人
插　　畫　syo5
譯　　者　王蘊潔
總 編 輯　莊宜勳
主　　編　鍾靈

出 版 者　春天出版國際文化有限公司
地　　址　台北市信義路四段458號3樓
電　　話　02-7718-0898
傳　　眞　02-7718-2388
E － mail　story@bookspring.com.tw
網　　址　http://www.bookspring.com.tw
部 落 格　http://blog.pixnet.net/bookspring
郵政帳號　19705538
戶　　名　春天出版國際文化有限公司
法律顧問　蕭顯忠律師事務所
出版日期　二〇一八年九月初版

定　　價　399元

總 經 銷　楨德圖書事業有限公司
地　　址　新北市新店區寶興路45巷6弄6號5樓
電　　話　02-8919-3186
傳　　眞　02-8914-5524
香港總代理　一代匯集
地　　址　九龍旺角塘尾道64號 龍駒企業大廈10 B&D室
電　　話　852-2783-8102
傳　　眞　852-2396-0050